中國語言文字研究輯刊

五 編

許錟輝 主編

第 10 冊

說文重文字形研究（第三冊）

陳 立 著

花木蘭文化出版社

國家圖書館出版品預行編目資料

說文重文字形研究（第三冊）／陳立 著 — 初版 — 新北市：
花木蘭文化出版社，2013〔民102〕
目 8+246 面；21×29.7 公分
（中國語言文字研究輯刊 五編；第 10 冊）
ISBN：978-986-322-513-3（精裝）
1. 說文解字 2. 研究考訂
802.08 102017774

ISBN-978-986-322-513-3

9 789863 225133

中國語言文字研究輯刊
五 編 第 十 冊 ISBN：978-986-322-513-3

說文重文字形研究（第三冊）

作 者 陳 立
主 編 許錟輝
總 編 輯 杜潔祥
出 版 花木蘭文化出版社
發 行 所 花木蘭文化出版社
發 行 人 高小娟
聯絡地址 235 新北市中和區中安街七二號十三樓
電話：02-2923-1455／傳眞：02-2923-1452
網 址 http://www.huamulan.tw 信箱 sut81518@gmil.com
印 刷 普羅文化出版廣告事業
初 版 2013 年 9 月
定 價 五編 25 冊（精裝）新台幣 58,000 元

說文重文字形研究（第三冊）

陳　立　著

第八章　《說文》卷七重文字形分析

506、《說文》「日」字云：「⊖，實也。大昜之精不虧。从○一，象
　　形。凡日之屬皆从日。⊙，古文象形。」〔註1〕

　　「日」字自商周以來多寫作「⊟」或「⊙」，「日」內部的形體或爲「一」，
或爲「‧」，古文作「乀」，應是由「一」變化而來。至於戰國燕系寫作「○」
〈明‧弧背燕刀〉，則是省減「⊙」中間的「‧」所致。

字　例	重　文	時　期	字　　　　形
日　⊟	⊙	殷　商	⊟《合》（5225）
		西　周	⊙〈史牆盤〉
		春　秋	〈少虞劍〉日〈日‧平肩空首布〉
		楚　系	⊟〈鄂君啓舟節〉
		晉　系	〈䛆銮壺〉
		齊　系	⊙〈安陽之大刀‧齊刀〉 ⊖〈齊大刀‧齊刀〉
		燕　系	○〈明‧弧背燕刀〉
		秦　系	⊟〈青川‧木牘〉

〔註1〕　（漢）許慎撰、（清）段玉裁注：《說文解字注》，頁305，臺北，黎明文化事業股
　　　　份有限公司，1991年。

秦　朝	曰〈繹山碑〉
漢　朝	曰《馬王堆・春秋事語74》

507、《說文》「時」字云：「旹，四時也。从日寺聲。旹，古文時从日出作。」〔註2〕

「時」字或从日寺聲作「旹」〈石鼓文〉、「旹」〈郭店・太一生水4〉、「旹」〈郭店・五行27〉，所从之「寺」本从「又」作「旹」〈吳王光鑑〉，較之於「時」字之「寺」，「旹」从寸，「旹」从又，「旹」从攵，據「禱」與「敗」字考證，寸、又、攵的字義無涉，其間的替代，爲一般形符的替換，《說文》篆文「旹」源於此，近於「旹」；或从日之聲作「旹」〈郭店・窮達以時14〉，古文「旹」與之相近。「寺」字上古音屬「邪」紐「之」部，「之」字上古音屬「章」紐「之」部，疊韻，寺、之作爲聲符使用時可替代。

字　例	重　文	時　期	字　形
時 旹	旹	殷　商	
		西　周	
		春　秋	旹〈石鼓文〉
		楚　系	旹〈郭店・太一生水4〉　旹〈郭店・窮達以時14〉 旹〈郭店・五行27〉
		晉　系	旹〈中山王𰻞方壺〉
		齊　系	
		燕　系	
		秦　系	旹〈青川・木牘〉
		秦　朝	旹〈繹山碑〉
		漢　朝	旹《馬王堆・經法18》

508、《說文》「昌」字云：「昌，美言也。从日从曰。一曰：『日光也』。《詩》曰：『東方昌矣』。昌，籀文。」〔註3〕

〔註2〕《說文解字注》，頁305。

〔註3〕《說文解字注》，頁309。

甲骨文作「昌」《合》（19924），从日从口，《說文》籀文「♈」應源於此，惟將「口」由「凵」寫作「Y」，兩周文字或作「凵」〈蔡侯盤〉，將「日」寫作「○」，置於「口」中，或於「口」中增添一道短橫畫「-」，形成从日从甘的形體，寫作「甘」〈昌・平肩空首布〉；戰國文字或承襲「凵」作「日」〈郭店・成之聞之9〉、「甘」《古陶文彙編》（3.27），或承襲「甘」作「冒」《古璽彙編》（0006）、「昌」《古陶文彙編》（4.79）、「昌」〈睡虎地・日書甲種120〉，或見將「日」訛寫爲「口」者，如：「昌」《古璽彙編》（0178），或將「甘」訛寫爲「日」者，如：「昌」〈睡虎地・日書甲種36〉；《說文》从日从日的篆文「昌」尚未見於出土文獻。《說文》「口」字云：「人所吕言食也」，「日」字云；「冒也」，「甘」字云：「美也」〔註4〕，「詞」由「口」出，二者在字義上有所關聯，又古文字習見於「口」中增添一道短橫畫，增繁後的形體則與「甘」相同，寫作「甘」的形體，或爲「口」增添飾筆所致，故作爲形符使用時可兩相替代。

字　例	重　文	時　期	字　形
昌 昌	♈	殷　商	昌《合》（19924）
		西　周	
		春　秋	凵〈蔡侯盤〉　甘〈昌・平肩空首布〉
		楚　系	日〈郭店・成之聞之9〉　昌《古璽彙編》（0178）
		晉　系	冒《古璽彙編》（0006）
		齊　系	甘《古陶文彙編》（3.27）
		燕　系	昌《古陶文彙編》（4.79）
		秦　系	昌〈睡虎地・日書甲種36〉　昌〈睡虎地・日書甲種120〉
		秦　朝	昌《秦代陶文》（1018）
		漢　朝	昌《馬王堆・繆和15》

509、《說文》「暴」字云：「暴，晞也。从日出廾米。暴，古文暴从日麃聲。」〔註5〕

篆文作「暴」，从日出廾米，近於「暴」〈睡虎地・日書甲種42背〉，其

〔註4〕　《說文解字注》，頁54，頁204。

〔註5〕　《說文解字注》，頁310。

間的差異，除了書體的不同外，前者从「廾」，秦簡从二手作「羋」，「羋」即「廾」字重文所見从二手的「羋」；馬王堆漢墓出土文獻作「暴」《馬王堆‧五十二病方 164》、「暴」《馬王堆‧戰國縱橫家書 139》、「暴」《馬王堆‧老子乙本 238》，又「出」字作「出」《馬王堆‧經法 2》、「出」《馬王堆‧陰陽五行乙篇 102》，較之於篆文所見的「出」，「出」應爲省略「出」或「出」的上半部形體而與「廾」緊密結合作「出」，又「暴」所从之「米」作「米」，對照「米」的形體，係以收縮筆畫的方式書寫，將下半部的豎畫縮省而作「米」。篆文从日出廾米作「暴」，屬會意字，古文从日麃聲作「暴」，爲形聲字，「暴」字上古音屬「並」紐「藥」部，「麃」字上古音屬「並」紐「宵」部，雙聲，宵藥陰入對轉，由會意字改爲形聲字，爲了便於時人閱讀使用之需，故以讀音相近的字作爲聲符。

字 例	重 文	時 期	字 形
暴 暴	暴	殷 商	
		西 周	
		春 秋	
		楚 系	
		晉 系	
		齊 系	
		燕 系	
		秦 系	暴〈睡虎地‧日書甲種 42 背〉
		秦 朝	暴《馬王堆‧五十二病方 164》
		漢 朝	暴《馬王堆‧戰國縱橫家書 139》 暴《馬王堆‧老子乙本 238》

510、《說文》「昔」字云：「昔，乾肉也。从殘肉，日吕晞之，與俎同意。昔，籀文从肉。」[註6]

甲骨文作「昔」《合》（137 反）、「昔」《合》（1111 反）、「昔」《合》（14229 正）、「昔」《合》（16930），从水从日，正反無別，「水」的形體繁簡不一，金文多承襲之，如：「昔」〈矞尊〉、「昔」〈奸盍壺〉，或將「日」省爲「○」，

〔註6〕《說文解字注》，頁 310。

如：「⿱」〈善鼎〉；戰國楚系文字或从日作「⿱」〈天星觀‧遣策〉，或从田作「⿱」〈天星觀‧遣策〉，或省「水」的同形作「⿱」〈九店 56.44〉，晉系中山國文字亦見从田的「⿱」〈中山王𧊒鼎〉，究其因素，係受到上方的「｜」或是「丶」影響，誤將「日」訛寫爲「田」，又「⿱」上半部的形體似羊首，係誤「水」之「⿱」、「⿱」爲「羊」之首，《說文》篆文「⿱」，从日从⿱，應源於此，上半部的「⿱」即「水」之訛，許書所謂「乾肉也。从殘肉，日呂晞之，與俎同意。」爲非。又戰國秦系文字作「昔」〈睡虎地‧日書甲種 29 背〉，秦漢以來或作「昔」〈繹山碑〉，或作「昔」《馬王堆‧老子乙本 176》，下半部雖从「日」，然上半部所見「⿱」、「⿱」、「⿱」，亦爲「水」的訛寫。籀文从肉昔聲作「⿱」，形體與「⿱」〈邾王糧鼎〉、「⿱」《古陶文彙編》（3.362）近同，其間的差異爲前者之「日」作「⊙」，後者爲「○」；睡虎地秦簡採取上昔下肉的結構，作「昔」〈睡虎地‧日書甲種 113〉，馬王堆漢墓出土文獻爲左肉右昔結構，寫作「⿰」《馬王堆‧周易 79》，上半部所見「⿱」、「⿱」爲「水」之訛，以後者的辭例言，既爲「噬腊肉」，則不當爲《說文》所載作「昔」字的重文，應爲「腊」字，亦由此可知，「乾肉也」之義，係就「腊」字言，許書誤以「腊」的字義說解「昔」。

字 例	籀 文	時 期	字 形
昔 ⿱	⿱	殷 商	⿱《合》（137 反）⿱《合》（367 反）⿱《合》（1111 反） ⿱《合》（14229 正）⿱《合》（16930）
		西 周	⿱〈珂尊〉⿱〈善鼎〉
		春 秋	⿱〈邾王糧鼎〉
		楚 系	⿱，⿱〈天星觀‧遣策〉⿱〈九店 56.44〉
		晉 系	⿱〈中山王𧊒鼎〉⿱〈𪭚盍壺〉
		齊 系	⿱《古陶文彙編》（3.362）
		燕 系	
		秦 系	昔〈睡虎地‧日書甲種 29 背〉昔〈睡虎地‧日書甲種 113〉
		秦 朝	昔〈繹山碑〉
		漢 朝	昔《馬王堆‧老子乙本 176》⿰《馬王堆‧周易 79》

511、《說文》「暱」字云：「暱，日近也。从日匿聲。《春秋傳》曰：
『私降暱燕』。昵，或从尼作。」〔註7〕

「暱」字从日匿聲，或體「昵」从日尼聲。「匿」字上古音屬「泥」紐「職」
部，「尼」字上古音屬「泥」紐「脂」部，雙聲，匿、尼作為聲符使用時可替代。

字 例	重 文	時 期	字 形
暱	昵	殷　商	
暱		西　周	
		春　秋	
		楚　系	
		晉　系	
		齊　系	
		燕　系	
		秦　系	
		秦　朝	
		漢　朝	

512、《說文》「倝」字云：「倝，日始出光倝倝也。从㫃㫃聲。凡倝
之屬皆从倝。�倝，闕，旦从三日在㫃中。」〔註8〕

篆文作「倝」，从㫃㫃聲；重文作「倝」，从三日在㫃中，段玉裁〈注〉
云：「按此蓋倝籀文也」，古文字繁簡不一，如：「曹」字作「𦥯」〈七年趙曹
鼎〉，或作「𦥼」〈中山王𦥼方壺〉，「晉」字作「𣌪」〈晉人簋〉，或作「𣌪」、
「𣌪」〈晉陽・圓足平首布〉，籀文左側上半部从三「日」作「𣌪」，从一或
从三「日」相同。金文有一字作「倝」〈𪊽羌鐘〉，辭例為「賞於倝（韓）宗」，
容庚指出金文「韓」不从韋〔註9〕，從字形言，即「倝」字。許慎言「倝」字「从
㫃㫃聲」，「㫃」字於甲骨文作「㫃」《合》（22758），又《古文四聲韻》「倝」
字作「倝」《汗簡》〔註10〕，上半部的形體為「㫃」，與甲骨文相近，《說文》

〔註7〕　《說文解字注》，頁 310～311。

〔註8〕　《說文解字注》，頁 311。

〔註9〕　容庚：《金文編》，頁 385，北京，中華書局，1992 年。

〔註10〕　（宋）夏竦著：《古文四聲韻》，頁 239，臺北，學海出版社，1978 年。

所見之「⿱⿱」為「卜」割裂筆畫後的形體。又陶文作「⿱」《古陶文彙編》（4.15），上半部的形體作「广」，下半部作「⊕」，相近同的字形又見中山國器之「⿱」〈十四年銅虎〉，而與〈十四年銅虎〉辭例同為「��器」的〈十四年銅犀〉則作「⿱」，將之與「��」字相較，可知皆為「��」之省，又「广」為「卜」之訛，從田、從目皆為從日之訛。

字　例	重　文	時　期	字　　　形
�� ⿱	⿰	殷　商	
		西　周	
		春　秋	⿱ 〈侯馬盟書・宗盟類 1.45〉
		楚　系	⿱ 〈包山 75〉
		晉　系	⿱ 〈驫羌鐘〉 ⿱ 〈十四年銅虎〉 ⿱ 〈十四年銅犀〉
		齊　系	
		燕　系	⿱ 《古陶文彙編》（4.15）
		秦　系	
		秦　朝	
		漢　朝	

513、《說文》「㫃」字云：「㫃，旌旗之游，㫃蹇之皃。從中曲而⿱下㫃相出入也。讀若偃。古人名㫃，字子游。凡㫃之屬皆從㫃。⿰，古文㫃字象旌旗之游及㫃之形。」〔註11〕

甲骨文作「卜」《合》（22758）、「⿱」《合》（27352），「丆象杠與首之飾，⿰象游形」〔註12〕，《說文》篆文作「㫃」，古文作「⿰」，皆為「卜」之訛，又將「⿰」與「㫃」相較，後者應為割裂筆畫後的形體。

字　例	重　文	時　期	字　　　形
㫃 㫃	⿰	殷　商	卜 《合》（22758） ⿱ 《合》（27352）
		西　周	卜 〈休盤〉
		春　秋	

〔註11〕　《説文解字注》，頁 311～312。

〔註12〕　羅振玉：《增訂殷虛書契考釋》卷中，頁 46，臺北，藝文印書館，1982 年。

楚 系	
晉 系	
齊 系	《古璽彙編》（0294）
燕 系	
秦 系	
秦 朝	
漢 朝	

514、《說文》「旞」字云：「旞，導車所載，全羽呂爲允。允，進也。從㫃遂聲。旞，或從遺作。」〔註13〕

〈睡虎地・秦律雜抄 26〉「旞」與篆文「旞」相近，又「旞」字從㫃遂聲，或體「旞」從㫃遺聲。「遂」字上古音屬「邪」紐「物」部，「遺」字上古音屬「余」紐「微」部，微物陰入對轉，遂、遺作爲聲符使用時可替代。

字例	重文	時期	字　　　形
旞 旞	旞	殷 商	
		西 周	
		春 秋	
		楚 系	
		晉 系	
		齊 系	
		燕 系	
		秦 系	旞〈睡虎地・秦律雜抄 26〉
		秦 朝	
		漢 朝	

515、《說文》「旃」字云：「旃，旗曲柄也。所呂旃表士衆。從㫃丹聲。《周禮》曰：『通帛爲旃』。旃，或從亶。」〔註14〕

篆文作「旃」，從㫃丹聲；或體作「旃」，從㫃亶聲。金文有一字爲「旃」

〔註13〕　《說文解字注》，頁 313。

〔註14〕　《說文解字注》，頁 313～314。

〈番生簋蓋〉，辭例爲「朱旂旜」，郭沫若指出《說文》或體从亶作旜，金文从㫃从蟺省聲。〔註15〕「丹」、「亶」二字上古音皆屬「端」紐「元」部，雙聲疊韻，丹、亶作爲聲符使用時可替代。

字 例	重 文	時 期	字 形
旃 旃	旜	殷 商	
		西 周	〈番生簋蓋〉
		春 秋	
		楚 系	
		晉 系	
		齊 系	
		燕 系	
		秦 系	
		秦 朝	
		漢 朝	

516、《說文》「游」字云：「游，旌旗之流也。从㫃汓聲。𤙸，古文游。」〔註16〕

金文作「㫃」〈旃鼎〉、「㫃」〈曾仲旃父方壺〉，从㫃从子，或从「彳」作「㫃」〈曾侯仲子游父鼎〉，或从辵作「㫃」〈蔡侯盤〉，或从水作「㫃」、「㫃」〈簠叔之仲子平鐘〉，「从子執旗，……从水者，後來所加。於是變象形爲形聲矣。」〔註17〕戰國楚系文字作「㫃」〈包山175〉、「㫃」〈包山277〉、「㫃」〈郭店·語叢三51〉，辭例依序爲「遊宮坦宿黃贛」、「絑組之遊」、「遊於藝」，形體雖不同，實爲「游（遊）」字異體，「㫃」係省略上半部的「㫃」，「㫃」於「子」的兩側增添裝飾性質的筆畫作「㫃」，《說文》古文「𤙸」源於此，「㫃」爲「旃」的訛省；晉系文字或承襲「㫃」，寫作「㫃」〈魚鼎匕〉，或从辵作「㫃」〈中山王𧊒鼎〉；秦系文字或作「游」〈睡虎地·日書甲種49背〉，「彡」或寫爲「水」，

〔註15〕 郭沫若：《金文餘釋·釋朱旃旜金䇦二鈴》，頁175，北京，科學出版社，1982年。（收入《郭沫若全集（考古編）》第五卷）

〔註16〕 《說文解字注》，頁314。

〔註17〕 《增訂殷虛書契考釋》卷中，頁46。

作「燚」《秦代陶文》（488），篆文「游」與之相近，僅筆畫多寡不一，據兩周以來的字形觀察，「斿」字本為从子執旗之形，其後因偏旁的增添，而產生从辵斿聲的遊字，或是从水斿聲的游字，許書言「从㕚汙聲」，應為「从水斿聲」。

字 例	重 文	時 期	字 形
游 游	遊	殷 商	
		西 周	〈斿鼎〉
		春 秋	〈曾仲斿父方壺〉 〈曾侯仲子㳺父鼎〉 〈蔡侯盤〉，〈箪叔之仲子平鐘〉
		楚 系	〈包山 175〉 〈包山 277〉 〈郭店・語叢三 51〉
		晉 系	〈魚鼎七〉 〈中山王𰀀鼎〉
		齊 系	
		燕 系	
		秦 系	〈睡虎地・日書甲種 49 背〉
		秦 朝	《秦代陶文》（488）
		漢 朝	《馬王堆・相馬經 36》

517、《說文》「旅」字云：「㪍，軍之五百人。从㕚从从。从，俱也。㞱，古文旅。古文呂為魯衛之魯。」[註18]

甲骨文作「㫃」《合》（1027 正），从㫃从㑫，西周金文或承襲為「㫃」〈散氏盤〉，或將二人省寫為一人作「㫃」〈伯晨鼎〉，辭例為「旅弓旅矢」，或將二人訛寫為二又作「㫃」〈作旅寶鼎〉，辭例為「作旅寶」，或增添「車」作「㪍」〈競作父乙卣〉，辭例為「競作父乙旅」，或在「㪍」構形上再增添「止」作「㪍」〈伯貞甗〉，辭例為「伯真作旅甗」，形體雖不同，實為「旅」字異體，何琳儀指出从从从㕚从車，係「會戰車上載旗及士兵之意」[註19]；春秋金文或襲為「㫃」〈薛子仲安簠〉，或增添「辵」作「遊」〈曾伯霝簠〉；戰國楚系文字或从辵作「遊」〈上博・周易 53〉，或作「㾫」〈包山 116〉，對照「遊」的形體，「㾫」應為「㫃」的訛寫；齊系文字从辵作「遊」《古陶文彙編》（3.265），

[註18] 《說文解字注》，頁 315。

[註19] 何琳儀：《戰國古文字典——戰國文字聲系》，頁 565，北京，中華書局，1998 年。

「」將原本採取左右式的「」易爲上下式結構；燕系文字作「」〈郾王職劍〉，或增添「金」作「」〈郾王職劍〉，辭例皆爲「郾王職作武業旅劍」，增添「金」者係受到語境中後一字「劍」的影響，而類化作從金旅聲之字，「」亦爲「」的訛寫；秦系文字作「」〈睡虎地・法律答問 200〉，「」之形因形體的割裂作「」，馬王堆漢墓出土文獻承襲爲「」《馬王堆・春秋事語 89》，右側形體近同於「衣」，《說文》篆文「」源於此，古文爲「」，作「」者，爲「」之訛，從「衣」者，則爲「」的訛寫。

字例	重文	時期	字　　形
旅 		殷商	《合》（1027 正）
		西周	〈偖作父癸尊〉 〈競作父乙卣〉 〈伯貞盨〉 〈作旅寶鼎〉 〈散氏盤〉 〈伯晨鼎〉
		春秋	〈薛子仲安簠〉 ，〈曾伯霥簠〉 〈樂大嗣徒瓶〉
		楚系	〈包山 116〉 〈上博・周易 53〉
		晉系	
		齊系	《古陶文彙編》（3.265）
		燕系	，〈郾王職劍〉
		秦系	〈睡虎地・法律答問 200〉
		秦朝	
		漢朝	《馬王堆・春秋事語 89》

518、《說文》「曐」字云：「，萬物之精上爲列星。从晶从生聲。一曰：『象形，从○。』古○復注中，故與日同。，古文。星，或省。」〔註20〕

甲骨文「星」字所从之「日」多在二個或二個以上，寫作「」《合》（6063反）或「」《合》（11491），楊樹達云：「星字甲文作或加聲旁作，其爲天上星宿之象形字甚明。」〔註21〕姚孝遂云：「『晶』本象羣星之形，復增『生』

〔註20〕 《說文解字注》，頁 315。

〔註21〕 楊樹達：〈釋星〉，《積微居甲文說》卷上，頁 11，臺北，大通書局，1974 年。

爲聲符。」〔註22〕《說文》篆文作「星」，與〈麓伯星父簋〉的「星」近同；或體作「星」，與「星」〈楚帛書・乙篇 1.21〉或「星」〈睡虎地・日書乙種 41〉相同，將之與「屮」或「星」相較，楚帛書與睡虎地竹簡的字形皆爲省減同形後的形體；古文作「星」，與〈王立事鈚〉的「星」相近，其差異在於後者所從聲符「生」作「土」；又將〈九店 56.79〉的「星」與「星」相較，前者上半部右側之「日」或省寫其間的短橫畫「-」。

字　例	重　文	時　期	字　　形
曐	星，星	殷　商	◊◊◊《合》（6063 反）屮《合》（11491）
		西　周	星〈麓伯星父簋〉
		春　秋	
		楚　系	星〈九店 56.79〉星〈楚帛書・乙篇 1.21〉
		晉　系	星〈王立事鈚〉
		齊　系	
		燕　系	
		秦　系	星〈睡虎地・日書乙種 41〉
		秦　朝	
		漢　朝	星《馬王堆・戰國縱橫家書 49》

519、《說文》「參」字云：「參，商星也。从晶㐱聲。參，或省。」〔註23〕

殷商金文作「星」〈耆星父乙盉〉，發展至西周時期或增添「彡」以爲聲符，寫作「參」〈裘衛盉〉，或在「星」構形之部件「○」增添小圓點「・」爲「⊙」，寫作「參」〈大克鼎〉，「參」、「彡」二字上古音皆屬「山」紐「侵」部，雙聲疊韻，爲了明示讀音，遂增添「彡」聲，以爲識讀之用；貨幣文字省略「星」的「ᵗ」，寫作「ΛΛ」、「ΛΛ」、「☆」〈參川釿・斜肩空首布〉，「○」易爲「▽」；戰國楚系文字或作「參」〈上博・姑成家父 6〉、「參」〈上博・三德 5〉，辭例依序爲「參（三）郤中立」、「參（三）善哉」，對照「參」、「參」的形體，以

〔註22〕 于省吾：《甲骨文字詁林》第二冊，頁 1109，北京，中華書局，1996 年。

〔註23〕 《說文解字注》，頁 316。

「❖」為例，係因形體割裂使得下半部作「❖」，並於「❖」兩側增添飾筆「″ ˝」，或作「❖」〈郭店・語叢三 67 上〉、「❖」〈楚帛書・甲篇 2.21〉，辭例依序為「物參（三）」、「參❖❖逃」，下半部的「❖」、「❖」應為「三」，或作「❖」〈曾侯乙 179〉、「❖」〈郭店・性自命出 15〉、「❖」〈郭店・六德 45〉，辭例依序為「參（三）匹駒駟」、「其參（三）術者」、「參（三）者通」，究其字形，係省略「❖」的「❖」或是「❖」的「❖」；晉系文字作「❖」〈魚鼎匕〉、「❖」〈中山王❖鼎〉、「❖」〈梁上官鼎〉，文字形體的發展，與楚系文字近同；齊系文字作「❖」《古陶文彙編》（3.11），亦同於楚晉二系，惟將「三」寫作「三」；秦系文字作「❖」〈睡虎地・秦律十八種 55〉，較之於「❖」，因形體的割裂，使得「❖」與「❖」分離，再加上誤將「❖」與「三」緊密接連，遂寫作「❖」，《說文》篆文「❖」、或體「❖」皆源於此，上半部的「❖」、「❖」源於西周金文，下半部的「❖」則承襲「❖」的訛誤之形，可知許書言「从晶多聲」為非。

字　例	重　文	時　期	字　　　形
參 ❖	❖	殷　商	❖ 〈❖父乙盉〉
		西　周	❖ 〈裘衛盉〉　❖ 〈大克鼎〉
		春　秋	❖，❖，❖ 〈參川釿・斜肩空首布〉
		楚　系	❖ 〈曾侯乙 179〉 ❖ 〈郭店・性自命出 15〉 ❖ 〈郭店・六德 45〉 ❖ 〈郭店・語叢三 67 上〉 ❖ 〈上博・姑成家父 6〉 ❖ 〈上博・三德 5〉 ❖ 〈上博・用曰 1〉 ❖ 〈楚帛書・甲篇 2.21〉
		晉　系	❖ 〈魚鼎匕〉 ❖ 〈中山王❖鼎〉 ❖ 〈梁上官鼎〉
		齊　系	❖ 《古陶文彙編》（3.11）
		燕　系	
		秦　系	❖ 〈睡虎地・秦律十八種 55〉
		秦　朝	❖ 《秦代陶文》（1120）
		漢　朝	❖ 《馬王堆・陰陽五行甲篇 110》 ❖ 《馬王堆・明君 432》

520、《說文》「晨」字云：「晨，房星，爲民田時者。从晶辰聲。晨，
晨或省。」〔註24〕

秦系文字作「晨」〈睡虎地・日書乙種105〉，較之於「晨」〈士上卣〉，「辰」
所見「人」、「匕」係割裂形體所致，馬王堆漢墓出土文獻作「晨」《馬王堆・
出行占24》、「晨」《馬王堆・刑德乙本69》，「日」、「辰」的偏旁位置上下倒置，
正反無別，《說文》或體「晨」源於此，而形體略異。篆文从晶作「晨」，古
文字或見於既有的結構，重複某一個偏旁，形體雖有所改變，多無礙於原本所
承載的字音與字義，如：「雷」字作「畾」《合》（2864），或作「雷」〈頌鼎〉，
或作「雷」〈包山272〉，可知从三日的「晨」應與「晨」無別。

字　例	或　體	時　期	字　　形
晨　晨	晨	殷　商	
		西　周	
		春　秋	
		楚　系	
		晉　系	
		齊　系	
		燕　系	
		秦　系	晨〈睡虎地・日書乙種105〉
		秦　朝	晨《馬王堆・五十二病方183》
		漢　朝	晨《馬王堆・出行占24》晨《馬王堆・刑德乙本69》

521、《說文》「霸」字云：「霸，月始生魄然也，承大月二日，承小
月三日。从月䕤聲。〈周書〉曰：『哉生霸』。霸，古文或作此。」

〔註25〕

甲骨文从雨作「霸」《合》（37848），或从月作「霸」《屯》（873），或从
雨从月之形作「霸」《西周》（2號卜甲），金文承襲「霸」作「霸」、「霸」
〈作冊大方鼎〉，或「霸」〈豆閉簋〉、「霸」〈頌簋〉，甲骨文所見「東」、「茉」
或寫作「茉」、「茉」、「叀」、「茅」，馬王堆漢墓出土文獻作「霸」《馬王堆・

〔註24〕　《說文解字注》，頁316。
〔註25〕　《說文解字注》，頁316。

五星占 21》，《說文》篆文「霸」與之相近，惟書體不同，又或見省減「雨」
作「霸」《馬王堆・經法 28》，辭例爲「其國霸昌」，許書言「霸」字「從月䪞
聲」，省減「雨」者，係爲「䪞」省聲之字。古文作「霸」，從月從「雨」，商承
祚指出「雨」爲「雨」的訛寫〔註26〕，又「雨」字作「雨」〈石鼓文〉，若在
豎畫上增添短橫畫「-」，則與「雨」近似，從古文字的構形觀察，除貨幣文字
偶見省減整個形符或聲符外，古文字的形體無論如何的省減，基本上以不破壞
該字的聲符爲原則，且僅省減形符或聲符的部分形體，省減形符者，如：「春」
字作「春」〈蔡侯墓殘鐘四十七片〉，或省艸作「春」〈蔡侯墓殘鐘四十七片〉，
「遷」字作「遷」〈望山 1.55〉，或省辵作「遷」〈包山 229〉，省減聲符者，
如：「棺」字作「棺」〈詛楚文〉，或省官作「棺」〈兆域圖銅版〉，「載」字作
「載」〈鄂君啓車節〉，或省戈作「載」〈中山王𧆜方壺〉，以彼律此，商承祚
之言可從，又馬叙倫以爲「雨」爲「宋」字，「霸」係從月宋聲的形聲字〔註27〕，
「宋」字上古音屬「書」紐「侵」部，「霸」字上古音屬「幫」紐「鐸」部，「䪞」
字上古音屬「滂」紐「鐸」部，霸與宋的音韻俱遠，又「宋」字作「宋」，亦
與「雨」不同，實難將之視爲一字。

字 例	重 文	時 期	字 形
霸 霸	霸	殷 商	霸《合》（37848）霸《屯》（873）霸《西周》（2 號卜甲）
		西 周	霸，霸〈作冊大方鼎〉霸〈豆閉簋〉霸〈頌簋〉
		春 秋	
		楚 系	
		晉 系	
		齊 系	
		燕 系	
		秦 系	
		秦 朝	
		漢 朝	霸《馬王堆・五星占 21》霸《馬王堆・經法 28》

〔註26〕 商承祚：《說文中之古文考》，頁 65，臺北，學海出版社，1979 年。

〔註27〕 馬叙倫：《說文解字六書疏證》三，卷十三，頁 1771，臺北，鼎文書局，1975 年。

522、《說文》「期」字云：「𦜜，會也。从月其聲。𣆪，古文从日丌。」
〔註28〕

　　春秋金文或从月其聲作「𣍹」〈吳王光鑑〉，《說文》篆文「𦜜」與此相近，或从日其聲作「𣆗」〈沇兒鎛〉、「𣆛」〈王子子申盞盂〉，「日」、「其」的偏旁位置上下倒置，正反無別，《說文》「日」字云：「實也」，「月」字云：「闕也」〔註29〕，「日」爲太陽，「月」爲太陰，就古人的天體運行知識言，二者的差異在於發光的時間，從意義言，日、月皆爲發光體，又具有計算時間的作用，作爲形旁時，可因義近而替代，二者代換的現象又見於兩周文字，如：「歲」字或从日作「𣥎」〈望山 2.1〉，或从月作「𣥖」〈䵂君啓舟節〉；戰國楚系文字作「𣆟」〈包山 19〉、「𣆢」〈包山 36〉、「𣆣」〈包山 46〉、「𣆤」〈新蔡·甲三 43〉，「日」、「丌」的偏旁位置上下倒置，正反無別；晉系文字或从月丌聲作「𣍲」〈卅五年鼎〉，或从日丌聲作「𣆥」《古陶文彙編》（6.7）；齊系文字从日丌聲作「𣆦」《古陶文彙編》（3.188），古文「𣆪」與之相近，其間的差異，係「日」的形體不同；秦系文字从月其聲作「期」〈睡虎地·秦律雜抄 29〉，仍承襲「𦜜」的字形。細審「日」、「月」形體的差異，「日」的形體較爲扁平，置於「其」或「丌」的上方或下方，並不會使得文字產生視覺的突兀，「月」的形體較爲修長，置於「其」或「丌」的上方，若寫作「𣍹」，必使得「期」字形成長條狀，非僅產生視覺的突兀，也浪費書寫的空間，因此在代換偏旁時，將从日其聲者，採取上下式結構，从月其聲者，作左右式的結構。「其」字上古音屬「群」紐「之」部，「丌」字上古音屬「見」紐「之」部，二者發聲部位相同，見群旁紐，疊韻，其、丌作爲聲符使用時可替代。

字　例	重　文	時　期	字　形
期 𦜜	𣆪	殷　商	
		西　周	
		春　秋	𣆗〈沇兒鎛〉　𣆛〈王子子申盞盂〉　𣍹〈吳王光鑑〉
		楚　系	𣆟〈包山 19〉𣆢〈包山 36〉𣆣〈包山 46〉 𣆤〈新蔡·甲三 43〉

〔註28〕《說文解字注》，頁 317。

〔註29〕《說文解字注》，頁 305，頁 316。

晉	系	〈卅五年鼎〉	《古陶文彙編》（6.7）	
齊	系	《古陶文彙編》（3.188）		
燕	系			
秦	系	〈睡虎地・秦律雜抄 29〉		
秦	朝	〈咸陽瓦〉		
漢	朝	《馬王堆・戰國縱橫家書 30》		

523、《説文》「朙」字云：「，照也。从月囧。凡朙之屬皆从朙。，古文从日。」〔註30〕

　　甲骨文或从囧作「」《合》（11708 正）、「」《合》（16057），或从日作「」《合》（14 正）、「」《合》（6037 正），董作賓指出「」、「田」爲「窗」，「囧」爲「窗」的象形字，「取義於夜間室內黑暗惟有窗前月光射入以會明意」，「窗形」後訛爲「日」，在卜辭中多指「天明之時」〔註31〕，從囧與从日的差異，係取象不同所致，所从之「月」亦或作「夕」，《説文》「月」字云：「闕也，大会之精。」「夕」字云：「莫也，从月半見。」〔註32〕夕、月作爲形符時，替代的現象，亦見於兩周文字，如：「夜」字从月作「」〈師酉簋〉，或从夕作「」〈番生簋蓋〉，「外」字从月作「」〈靜簋〉，或从夕作「」〈子禾子釜〉，「霸」字从月作「」〈頌鼎〉，或从夕作「」〈頌簋〉，「夙」字或从月作「」〈毛公鼎〉，偏旁替代的因素，除了意義上的關係外，應是形體相近所致，「夕」有黃昏的意思，「月」爲夜晚所見星體，二者在意義上有某種關係，作爲形符時，可因義近而替代，再者，古文字習見在某形體內增添一道短畫，在「夕」字形體內增添一道短畫，則與「月」字相近同，因形體相近，遂產生形近替代的條件。兩周以來的文字或承襲从囧的形體，寫作「」〈小盂鼎〉、「」〈秦公簋〉、「」〈上博・三德 1〉，或承襲从日的形體，寫作「」〈侯馬盟書・宗盟類 156.1〉、「」〈鷹羌鐘〉、「」〈明・弧背齊刀〉、「」〈放馬灘・地圖〉，或見作「」〈睡虎地・日書乙種 206〉，左側形體似「目」，蓋爲「囧」的訛

〔註30〕　《説文解字注》，頁 317。

〔註31〕　董作賓：《董作賓先生全集乙編・殷暦譜》，頁 30～31，臺北，藝文印書館，1977 年。

〔註32〕　《説文解字注》，頁 316，頁 318。

寫，《說文》篆文从囧作「」，古文从日作「」，皆有所承襲，形體與「」、「」相同。

字 例	重 文	時 期	字 形
朙 		殷 商	《合》（14 正）《合》（6037 正）《合》（11708 正） 《合》（16057）
		西 周	〈小盂鼎〉〈遂公盨〉
		春 秋	〈秦公簋〉〈侯馬盟書・宗盟類 156.1〉
		楚 系	〈楚帛書・乙篇 9.16〉〈上博・三德 1〉
		晉 系	〈䲍羌鐘〉
		齊 系	，〈明・弧背齊刀〉
		燕 系	，，〈明・弧背燕刀〉
		秦 系	〈放馬灘・地圖〉〈睡虎地・日書乙種 206〉
		秦 朝	〈繹山碑〉
		漢 朝	《馬王堆・經法 1》《武威・特牲 6》

524、《說文》「盟」字云：「，《周禮》曰：『國有疑則盟，諸侯再相與會，十二歲一盟，北面詔天之司愼司命，盟殺牲歃血，朱盤玉敦，吕立牛耳。』从囧皿聲。，篆文从朙。，古文从明。」〔註33〕

西周金文或作「」〈井侯簋〉，「象以皿盛血」之形〔註34〕，「血」之形為「○」，或作「」〈盟弘卣〉，與人立盟誓，殺牲歃血，「」疑為「血」之形，其後或見「」〈叔尸鎛〉、「」〈曾侯乙 214〉、「」〈新蔡・甲三 221〉、「」〈上博・孔子見季趄子 4〉，作「」、「」、「」、「」等形體皆襲自「」，《說文》籀文「」即源於此，所从之「」亦承襲「」，可知許書言「从囧皿聲」實有所承；或作「」〈師望鼎〉，从皿朙聲，篆文「」與之近同。春秋時期从「皿」者或易為「血」，寫作「」〈黿公華鐘〉，从血

〔註33〕《説文解字注》，頁 317～318。

〔註34〕轉引自《古文字詁林》編纂委員會：《古文字詁林》第六冊，頁 516，上海，上海教育出版社，2003 年。

朙聲；或作「□」〈侯馬盟書・宗盟類 200.12〉、「□」〈侯馬盟書・宗盟類 200.71〉，從皿朙聲，古文「□」與之近同。戰國楚系文字或從示朙聲作「□」〈包山 137〉、「□」〈上博七・凡物流形甲本 5〉，「□」爲「□」之訛，或從示朙聲作「□」〈新蔡・零 281〉，「朙」字從日或從囧，據上列「朙」字考證，係取象不同所致，《説文》「示」部之字多與祭祀有關，從「皿」、「血」易爲「示」者，蓋表示此字與祭祀有關。

字　例	重　文	時　期	字　形
盟　盟	盟，盟	殷　商	
		西　周	□〈井侯簋〉　□〈盟弘卣〉　□〈師望鼎〉
		春　秋	□〈黿公華鐘〉　□〈叔尸鎛〉　□〈蔡侯盤〉 □〈侯馬盟書・宗盟類 200.12〉　□〈侯馬盟書・宗盟類 200.71〉
		楚　系	□〈曾侯乙 214〉　□〈包山 137〉　□〈新蔡・甲三 221〉 □〈新蔡・零 281〉　□〈上博・孔子見季趄子 4〉 □〈上博・凡物流形甲本 5〉
		晉　系	
		齊　系	
		燕　系	
		秦　系	□〈詛楚文〉　□〈睡虎地・爲吏之道 48〉
		秦　朝	
		漢　朝	

525、《説文》「夤」字云：「□，敬惕也。從夕寅聲。《易》曰：『夕惕若厲』。□，籀文。」〔註35〕

金文從月寅聲作「□」〈秦公簋〉，秦文字承襲爲「□」《秦代陶文》(1399)，篆文從夕寅聲作「□」，籀文從夕□聲作「□」，又據《古文四聲韻》收錄作「□」《王存乂切韻》〔註36〕，下半部的形體爲「□」，應源於「□」而筆畫略異，又書中所載「寅」字作「□」《汗簡》及「□」、「□」、「□」《崔希裕纂古》，「臏」字作「□」《李商隱字略》，「黃」字作「□」《裴光遠集綴》

〔註35〕　《説文解字注》，頁 318。

〔註36〕　《古文四聲韻》，頁 63。

〔註37〕，皆未見「⿰」者，對照「⿰」之「⿰」，寫作「⿰」者，係省略「⿰」
兩側的「⿱」後，因形體的割裂，使得「⿰」訛寫爲「⿰」。據「冏」字考
證，月、夕作爲形符使用時，替代的現象，除了義近的代換外，亦因形體的
相近，產生形近替代。

字 例	重 文	時 期	字 形
夤 ⿰	⿰	殷 商	
		西 周	
		春 秋	⿰ 〈秦公簋〉
		楚 系	
		晉 系	
		齊 系	
		燕 系	
		秦 系	
		秦 朝	⿰ 《秦代陶文》（1399）
		漢 朝	

526、《說文》「外」字云：「⿰，遠也。卜尙平旦今若夕卜於事外矣。
⿰，古文。」〔註38〕

金文「外」字从月卜，作「⿰」〈靜簋〉，或从夕卜，作「⿰」〈子禾子釜〉。
《說文》篆文作「⿰」，與「⿰」〈包山199〉或「⿰」〈泰山刻石〉近同；古
文作「⿰」，與「⿰」〈九店56.31〉或「⿰」〈中山王⿰方壺〉近同。將「⿰」
〈子禾子釜〉與「⿰」〈臧孫鐘〉相較，後者一方面將左夕右卜的形體改易爲
左卜右夕，一方面又將「夕」的形體左右相反。據「冏」字考證，月、夕作爲
形符使用時，替代的現象，爲義近形符的代換。

字 例	重 文	時 期	字 形
外	⿰	殷 商	
		西 周	⿰ 〈靜簋〉

〔註37〕 《古文四聲韻》，頁63。

〔註38〕 《說文解字注》，頁318。

外	春　秋	外〈臧孫鐘〉	
	楚　系	外〈包山199〉	夘〈九店56.31〉
	晉　系	夘〈中山王䱷方壺〉	
	齊　系	夘〈子禾子釜〉	
	燕　系	夘〈明・弧背燕刀〉	
	秦　系	夘〈詛楚文〉	夘〈睡虎地・日書乙種8〉
	秦　朝	外〈泰山刻石〉	
	漢　朝	外《馬王堆・經法26》	夘《馬王堆・戰國縱橫家書6》

527、《說文》「夙」字云：「夙，早敬也。从丮夕。持事雖夕不休，早敬者也。佩，古文；佩，古文。」[註39]

甲骨文作「夙」《合》（15357），「象人在月下執事之形」[註40]，金文承襲作「夙」〈大盂鼎〉，或作「夙」〈毛公鼎〉，《說文》篆文「夙」應源於此，惟右側的形體因筆畫的差異而作「夙」，或於人的形體上增添「足趾」作「夙」〈羌伯簋〉、「夙」〈師酉鼎〉，發展至春秋時期，或將「夙」的形體分割，訛寫為「夙」〈叔尸鎛〉，增添之「足趾（𠀎）」易為「女（𠨄）」，上半部的「人」形亦由「夙」訛為「廿」，戰國文字或將「夙」上半部的筆畫分割為「𢆶」，並將「夕」置於其間，寫作「夙」〈中山王䱷鼎〉。楚系文字或作「夙」〈上博・季庚子問於孔子10〉，形體近於「夙」，或作「夙」〈上博・周易37〉、「夙」〈上博・民之父母8〉，辭例依序為「夙興夜寐」、「夙（宿）吉」、「夙夜基命有密」，「夙」、「宿」二字上古音皆屬「心」紐「覺」部，雙聲疊韻，理可通假，又將「夙」與「夙」相較，後者增添「止」旁，此種現象亦見於戰國文字，如：「衛」字作「衛」〈班簋〉，或从止作「衛」〈郭店・性自命出27〉，後者的辭例為「鄭衛之樂」，作為國名使用，增添「止」旁，實無表義作用，係屬無義偏旁性質。《說文》古文「佩」、「佩」，近於「夙」，姚孝遂指出「佩」、「佩」為「宿」的古文，甲骨文作「宿」，正像「人宿於席上之形」[註41]，

〔註39〕《說文解字注》，頁318～319。

〔註40〕李孝定：《甲骨文字集釋》第七，頁2284，臺北，中央研究院歷史語言研究所，1991年。

〔註41〕姚孝遂：《精校本許慎與說文解字》，頁112，北京，作家出版社，2008年。

可知「⬚」即「席」，古文所見「⬚」、「⬚」爲「⬚」之訛，「佰」、「佰」應改列爲「宿」的重文。秦系文字作「⬚」〈睡虎地・日書甲種 39 背〉、「⬚」〈睡虎地・日書甲種 79 背〉，從月從「⬚」，「⬚」近於「凡」，從「⬚」者爲「孔」的訛寫，將「⬚」左側的手形省減，並將彎曲的筆畫拉直，即與「⬚」的形體相近。

字 例	重 文	時 期	字 形
佰，佰	佰，佰	殷 商	⬚《合》（15357）
		西 周	⬚〈大盂鼎〉 ⬚〈毛公鼎〉 ⬚〈羌伯簋〉 ⬚〈師酉鼎〉
		春 秋	⬚〈秦公鎛〉 ⬚〈叔尸鎛〉
		楚 系	⬚〈上博・周易 37〉 ⬚〈上博・民之父母 8〉 ⬚〈上博・季庚子問於孔子 10〉
		晉 系	⬚〈中山王⬚鼎〉
		齊 系	
		燕 系	
		秦 系	⬚〈睡虎地・日書甲種 39 背〉 ⬚〈睡虎地・日書甲種 79 背〉
		秦 朝	
		漢 朝	

528、《說文》「多」字云：「⬚，緟也。从緟夕。夕者，相繹也，故爲多。緟夕爲多，緟日爲疊。凡多之屬皆从多。⬚，古文並夕。」[註42]

篆文作「⬚」，與〈詛楚文〉的「⬚」相同；古文作「⬚」，與〈麥方鼎〉的「⬚」相近。甲骨文「多」字作「⬚」《合》（202），从二⬚，採上下疊加的方式，或作「⬚」《合》（20957），爲左右並列的方式，王國維云：「多，從二肉，會意。」[註43] 兩周文字或作「⬚」〈沈子它簋蓋〉，或作「⬚」〈麥方鼎〉，皆承襲甲骨文的形體；又「⬚」之「⬚」或寫作「⬚」，或寫作「⬚」，

[註42] 《說文解字注》，頁 319。

[註43] 《甲骨文字詁林》第四冊，頁 3324。

與「夕」同形，訛寫爲从「二夕」的「多」字，《說文》云：「从緟夕」，應承襲於兩周時期訛誤的字形。又戰國楚系文字或見作「𠙚」〈上博・三德13〉，辭例爲「天之所敗多其賕」，將之與「𠀇」〈包山271〉相較，「𠙚」應爲訛寫。

字　例	重　文	時　期	字　形
多 多	𠀇	殷　商	多《合》（202） 多《合》（2067） 多《合》（20957）
		西　周	多〈沈子它簋蓋〉 多〈麥方鼎〉
		春　秋	多〈秦公簋〉
		楚　系	𠀇〈包山271〉 多〈包山278反〉 𠙚〈上博・三德13〉
		晉　系	
		齊　系	
		燕　系	
		秦　系	多〈詛楚文〉
		秦　朝	多《秦代陶文》（1098）
		漢　朝	多《馬王堆・胎產書18》

529、《說文》「圅」字云：「圅，舌也。舌體巳巳，从巳，象形，巳亦聲。㫳，俗圅从肉今。」〔註44〕

甲骨文作「圅」《合》（18469）、「圅」《合》（28068）、「圅」《花東》（106），王國維指出「象倒矢在函中，……𠂤，其緘處，且所以持也。」〔註45〕金文承襲之，如：「圅」〈圅皇父簋〉，較之於《說文》「圅」與漢代金文「圅」〈陽信家溫酒器一〉，上半部的「𠂤」、「▽」爲「𠂤」的訛寫，下半部的「田」、「𠙻」爲「圅」的訛誤，可知許書釋其字形「舌體巳巳，从巳，象形，巳亦聲」，係就訛誤的文字言；俗字从肉今聲作「㫳」，與〈上博・容成氏5〉的「㫳」相近，其間的差異有二，一爲書體的不同，一爲偏旁位置經營之異，前者爲左肉右今，後者爲上今下肉。

〔註44〕 《說文解字注》，頁319。

〔註45〕 王國維：《王觀堂先生全集・觀堂古金文考釋・不𡢃敦蓋銘考釋》冊六，頁2058～2059，臺北，文華出版公司，1968年。

字 例	重 文	時 期	字　　　形
卣 卣		殷　商	《合》（18469）　《合》（28068）　《花東》（106）
		西　周	〈卣皇父簋〉
		春　秋	
		楚　系	〈上博・容成氏 5〉
		晉　系	
		齊　系	
		燕　系	
		秦　系	
		秦　朝	
		漢　朝	〈陽信家溫酒器一〉

530、《說文》「卤」字云：「卤，艸木實垂卤卤然。象形。凡卤之屬皆从卤。讀若調。𪔂，籀文从三卤作。」〔註46〕

甲骨文或作「」《合》（17839 反），「象酒器之形」〔註47〕，或从二卤作「」《合》（2832 乙正），或从三卤作「」《合》（13663 甲正），「器形內或加一點，殆以液滴形以示器之所盛」〔註48〕，金文承襲「」，作「」〈大盂鼎〉，或將「」中間的短畫易為「一」，寫作「」〈曶壺蓋〉，戰國楚系文字將「一」易為「土」、「」，作「」〈郭店・緇衣 45〉、「」〈上博・緇衣 23〉，二者的辭例皆為「朋友卣（攸）攝，攝以威儀」，容庚云：「經典作卣，《爾雅・釋器》『卣，中尊也』」〔註49〕，「卣」、「攸」上古音皆屬「余」紐「幽」部，雙聲疊韻，通假現象亦見於傳世文獻，如：《詩經・大雅・江漢》云：「秬鬯一卣」〔註50〕，《經典釋文・毛傳音義》云：「『一卣』，音酉，又音由，中尊

〔註46〕《說文解字注》，頁 320。

〔註47〕《甲骨文字集釋》第五，頁 2310。

〔註48〕張世超、孫凌安、金國泰、馬如森：《金文形義通解》，頁 1125，日本京都，中文出版社，1995 年。

〔註49〕《金文編》，頁 487。

〔註50〕（漢）毛公傳、（漢）鄭玄箋、（唐）孔穎達等正義：《詩經正義》，頁 687，臺北，藝文印書館，1993 年。

也，本或作攸。」〔註51〕又「卤」字上古音爲「定」紐「幽」部，「卤」、「卣」二者發聲部位相同，定余旁紐，疊韻，故「卤」字亦可作「卣」。《說文》篆文「卤」、籀文「𣚊」源於「◊」、「◊」而形體略異，其間的短畫誤爲「≪」，故許書就訛形言「艸木實垂卤卤然」。

字 例	重 文	時 期	字 形
卤 卤	𣚊	殷 商	◊◊《合》（2832 乙正） ◊◊◊《合》（13663 甲正） ◊《合》（17839 反）
		西 周	◊〈大盂鼎〉 ◊〈智壺蓋〉
		春 秋	
		楚 系	◊〈郭店・緇衣 45〉 ◊〈上博・緇衣 23〉
		晉 系	
		齊 系	
		燕 系	
		秦 系	
		秦 朝	
		漢 朝	

531、《說文》「栗」字云：「𣚊，栗木也。从卤木，其實下垂，故从卤。𣚊，古文栗从西从二卤。徐巡說：『木至西方戰栗也』。」
〔註52〕

甲骨文作「◊」《合》（5477 正）、「◊」《合》（36902），「象木實有芒之形」〔註53〕，〈石鼓文〉承襲作「◊」，戰國楚系文字或从卤木作「◊」《古璽彙編》（0276），或从二卤从木作「◊」〈包山 257〉，或从三卤从木作「◊」〈包山 264〉，《說文》篆文「栗」與「◊」相近，其間的差異，主要爲「卤」的筆畫略異，古文「𣚊」，从西从二卤从木，較之於「◊」、「◊」，又「卤」字籀文作「𣚊」，从三卤，「栗」字籀文作「𣚊」，从三卤从米，可知从西从二卤的「𣚊」，所从之西，應爲「卤」之誤。

〔註51〕 （唐）陸德明：《經典釋文》，頁 100，臺北，鼎文書局，1972 年。

〔註52〕 《說文解字注》，頁 320。

〔註53〕 《甲骨文字集釋》第五，頁 2313。

字　例	重　文	時　期	字　形
栗　 （圖）	（圖）	殷　商	（圖）《合》（5477 正）　（圖）《合》（36902）
		西　周	
		春　秋	（圖）〈石鼓文〉
		楚　系	（圖）〈包山 257〉　（圖）〈包山 264〉　（圖）《古璽彙編》（0276）
		晉　系	
		齊　系	
		燕　系	
		秦　系	
		秦　朝	
		漢　朝	（圖）《馬王堆・三號墓遣策》　（圖）《武威・特牲 48》

532、《說文》「粟」字云：「（圖），嘉穀實也。从卥从米。孔子曰：『粟之爲言續也』。（圖），籀文。」〔註54〕

戰國楚系文字从禾作「（圖）」《古璽彙編》（0160），燕系文字从米作「（圖）」《古璽彙編》（0287），从米者亦見於《馬王堆・經法 5》的「（圖）」，據「向」字考證，禾、米作爲形符使用時，可因義近而替代。《說文》篆文「（圖）」、籀文「（圖）」所从之「（圖）」、「（圖）」，據「卥」字考證，作「（圖）」者本應爲「'」，又從楚系从米之「（圖）」得知，寫作「（圖）」的形體，蓋受到「（圖）」的影響所致。

字　例	重　文	時　期	字　形
粟　 （圖）	（圖）	殷　商	
		西　周	
		春　秋	
		楚　系	（圖）《古璽彙編》（0160）
		晉　系	
		齊　系	
		燕　系	（圖）《古璽彙編》（0287）

〔註54〕《說文解字注》，頁 320。

秦 系	
秦 朝	
漢 朝	《馬王堆・經法 5》

533、《說文》「鼏」字云：「鼏，鼎之圓掩上者也。从鼎才聲。《詩》曰：『鼐鼎及鼏』。鎡，俗鼏从金茲聲。」〔註55〕

篆文作「鼏」，从鼎才聲，與〈孋作父庚鼎〉的「鼎」相近，二者的差異主要爲「鼎」的形體不同，「鼎」的形體不一，如：「」〈鼎鼎〉、「」〈作冊大方鼎〉、「」〈作冊大方鼎〉、「」〈作旅鼎〉、「」〈麥方鼎〉、「」〈伯旅鼎〉、「」〈哀成叔鼎〉，無論字形如何變化皆像其腹、兩耳、三足之形；俗字作「鎡」，从金茲聲。《說文》「鼎」字云：「三足耳和五味之寶器也」，「金」字云：「五色金也」〔註56〕，二者的字義無涉，从「鼎」係表示其爲鼎的一種，从「金」是爲了明示製作「鼎」的材質，替代的現象，係造字時對於偏旁意義的選擇不同所致。「才」字上古音屬「從」紐「之」部，「茲」字上古音屬「精」紐「之」部，二者發聲部位相同，精從旁紐，疊韻，才、茲作爲聲符使用時可替代。

字 例	重 文	時 期	字 形
鼏 鼏	鎡	殷 商	
		西 周	〈孋作父庚鼎〉
		春 秋	
		楚 系	
		晉 系	
		齊 系	
		燕 系	
		秦 系	
		秦 朝	
		漢 朝	

〔註55〕《說文解字注》，頁322。

〔註56〕《說文解字注》，頁322，頁709。

534、《說文》「克」字云：「亨，肩也。象屋下刻木之形。凡克之屬皆从克。🔲，古文克；🔲，亦古文克。」〔註57〕

甲骨文作「🔲」《合》（4419）、「🔲」《合》（4421）、「🔲」《合》（22399），或作「🔲」《合》（8952）、「🔲」《合》（19673），商承祚指出像「人戴冑持兵」，上半部的「🔲」為兜鍪〔註58〕，可知前者的字形正像人戴冑或正面或側立持兵器之形，後者則省寫為人戴冑側立之形，兩周以來的文字多承習「🔲」發展，如：「🔲」〈番生簋蓋〉、「🔲」〈秦公鎛〉。馬王堆漢墓出土文獻作「🔲」《馬王堆‧周易 7》、「🔲」《馬王堆‧周易 54》、「🔲」《馬王堆‧經法 42》，辭例依序為「弗克攻」、「至十年弗克征」、「以何國不克」，形體雖不同，皆為「克」字異體，三者上半部作「古」，應襲自「🔲」〈詛楚文〉，「🔲」下半部的「🔲」，係「尸」的訛寫。楚系文字或於「🔲」中間增添一道短橫畫「-」作「🔲」、「🔲」，或增添「又」作「🔲」〈郭店‧老子乙本 2〉，與此形體近同者，亦見於晉系的中山國文字「🔲」〈中山王🔲鼎〉，辭例依序為「不克則莫知其極」、「克敵大邦」，「克」字於此為動詞，增添「又」表示動詞之用。《說文》篆文「亨」、古文「🔲」，上半部的「古」為「🔲」的訛寫，下半部的「🔲」、「🔲」為「尸」之誤，另一古文作「🔲」，「🔲」仍保有「冑」形，其下的「🔲」，商承祚以為像「介甲」之形，「介」之「🔲」像「戴冑服甲，戰欲其克」〔註59〕，其言可參，若省去「🔲」、「🔲」、「🔲」的兵器「🔲」，則寫作「🔲」、「🔲」、「🔲」，「🔲」疑為「🔲」、「🔲」、「🔲」的訛寫。據此可知，許書言「肩也。象屋下刻木之形。」為非。

字 例	重 文	時 期	字　　形
克 🔲	🔲，🔲	殷　商	🔲《合》（4419）🔲、🔲《合》（4421）🔲《合》（8952）🔲《合》（19673）🔲《合》（22399）
		西　周	🔲〈番生簋蓋〉
		春　秋	🔲〈秦公鎛〉
		楚　系	🔲〈者沪鐘〉🔲〈曾侯乙 45〉🔲〈郭店‧老子乙本 2〉

〔註57〕 《說文解字注》，頁 323。

〔註58〕 《說文中之古文考》，頁 68。

〔註59〕 《說文中之古文考》，頁 68。

			〈郭店・緇衣 19〉
		晉　系	〈中山王譻鼎〉
		齊　系	〈塦侯因資敦〉
		燕　系	
		秦　系	〈詛楚文〉
		秦　朝	
		漢　朝	《馬王堆・周易 7》《馬王堆・周易 54》 《馬王堆・經法 42》

535、《說文》「稑」字云：「，疾孰也。从禾坴聲。《詩》曰：『黍稷種稑』。，稑或从翏。」〔註 60〕

「稑」字从禾坴聲，或體「穋」从禾翏聲。「坴」字上古音屬「來」紐「覺」部，「翏」字上古音屬「來」紐「幽」部，雙聲，幽覺陰入對轉，坴、翏作為聲符使用時可替代。

字　例	重　文	時　期	字　形
稑 		殷　商	
		西　周	
		春　秋	
		楚　系	
		晉　系	
		齊　系	
		燕　系	
		秦　系	
		秦　朝	
		漢　朝	

536、《說文》「稷」字云：「，齋也。五穀之長。从禾畟聲。，古文稷。」〔註 61〕

〔註 60〕《說文解字注》，頁 324。

〔註 61〕《說文解字注》，頁 324～325。

戰國楚系文字或从禾作「稷」〈上博‧孔子詩論 24〉，辭例為「后稷之見貴也」，或从示作「禝」〈郭店‧唐虞之道 10〉、「禝」〈新蔡‧零 338〉、「禩」〈九店 56.13〉，辭例依序為「后稷治土」、「其社稷口」、「立社稷」，或作「禗」〈上博七‧吳命 5〉、「禩」〈清華‧祭公之顧命 13〉，辭例依序為「社稷」、「后稷」，形體雖異，從辭例言，皆為「稷」字異體，對照「禝」、「禝」的形體，「畟」下方的「𡕨」應為「人」的形體之訛寫，「禩」係在「禝」的構形上增添「止」，以標示足趾之形，《說文》「示」部之字多與「祭祀」有關，「禾」字云：「嘉穀也」〔註62〕，二者的字義無涉，然《周禮‧地官‧大司徒‧疏》云：「稷，是原隰之神，宜五穀。五穀不可遍舉。稷者，五穀之長，立稷以表神名，故號稷。」〔註63〕《風俗通義‧祀典‧稷神》云：「《孝經》說：『稷者，五穀之長。五穀眾多，不可徧祭，故立稷而祭之。』」〔註64〕《集韻》於从示的「禝」字下亦載：「堯臣，能播五穀，有功於民，祀之。通作稷。」〔註65〕可知从示之「禝」蓋有表示「神祇」的意涵，又從右側的形體觀察，「畟」本應為「畀」或「畢」，側立與跪坐無別，作「畟」者，係在「人」的形體上標示足趾之形，其後因將位置上移而與「女」近同，中山國之「禫」〈中山王𰯼鼎〉，以及齊系的「禫」〈子禾子釜〉，與此相同。秦系文字从禾作「稷」〈睡虎地‧日書甲種 18〉，《說文》篆文「稷」與之近同；古文為「稷」，近於「禝」，惟从示與从禾之別。武威出土文獻為「稷」《武威‧特牲 17》，辭例為「佐食取黍稷肺祭授尸」，右側作「稷」，較之於「畟」，上半部的「田」訛寫為「𭃹」，下半部的形體亦訛為「夂」，不復見「稷」之形。

字　例	重　文	時　期	字　形
稷　稷	稷	殷　商	
		西　周	
		春　秋	

〔註62〕《說文解字注》，頁 323。

〔註63〕（漢）鄭玄注、（唐）賈公彥疏：《周禮注疏》，頁 150，臺北，藝文印書館，1993年。

〔註64〕（漢）應劭撰、（民國）王利器校注：《風俗通義校注》卷八，頁 356，北京，中華書局，2010 年。

〔註65〕（宋）丁度等：《集韻》，頁 757，臺北，學海出版社，1986 年。

	楚 系	〈郭店・唐虞之道 10〉〈上博・孔子詩論 24〉 〈新蔡・零 338〉〈九店 56.13〉〈上博七・吳命 5〉 〈清華・祭公之顧命 13〉
	晉 系	〈中山王■鼎〉
	齊 系	〈子禾子釜〉
	燕 系	
	秦 系	〈睡虎地・日書甲種 18〉
	秦 朝	《馬王堆・五十二病方 189》
	漢 朝	《馬王堆・老子甲本 90》《武威・特牲 17》

537、《說文》「穧」字云：「穧，稷也。从禾齊聲。穧，稷或从次作。」〔註 66〕

篆文作「穧」，从禾齊聲；或體作「穧」，从禾次聲，與《馬王堆・一號墓遣策 129》的「穧」相近，前者將「禾」置於「次」字所从之「＝」的下方，後者為上下式結構。「齊」字上古音屬「從」紐「脂」部，「次」字上古音屬「清」紐「脂」部，二者發聲部位相同，清從旁紐，疊韻，齊、次作為聲符使用時可替代。

字 例	重 文	時 期		字 形
穧 穧	穧	殷 商		
		西 周		
		春 秋		
		楚 系		
		晉 系		
		齊 系		
		燕 系		
		秦 系		
		秦 朝		
		漢 朝		《馬王堆・一號墓遣策 129》

〔註 66〕 《說文解字注》，頁 325。

538、《說文》「秫」字云：「禄，稷之粘者。从禾朮，象形。朮，秫或省禾。」〔註67〕

甲骨文作「朮」《合》（2940）、「朮」《合》（18406），正反無別，戰國楚系文字承襲之，如：「朮」〈包山269〉，段玉裁〈注〉云：「下象其莖葉，上象其采」，其言可從；或增添「禾」，寫作「秫」〈睡虎地・日書甲種18〉，从禾之意，表示此為「嘉穀」〔註68〕，為農作物之一。可知許書以為或體係「省禾」的說法並不正確。《說文》或體「朮」、篆文「禄」，所从之「朮」與「朮」的差異在於形體間的小點數目不一，又从辵的「述」字作「述」〈大盂鼎〉，或作「述」〈睡虎地・日書甲種130〉，或作「述」〈郭店・老子丙本2〉，其間的小點數目亦不一，「秫」字之「朮」，應是受到「述」的影響，其來源應為戰國秦系文字。

字　例	重　文	時　期	字　　形
秫 禄	朮	殷　商	朮《合》（2940）　朮《合》（18406）
		西　周	
		春　秋	
		楚　系	朮〈包山269〉
		晉　系	
		齊　系	
		燕　系	
		秦　系	秫〈睡虎地・日書甲種18〉
		秦　朝	秫《馬王堆・五十二病方309》
		漢　朝	秫《馬王堆・十問98》

539、《說文》「秔」字云：「秔，稻屬。从禾亢聲。稉，俗秔。」〔註69〕

「秔」字从禾亢聲，俗字「稉」从禾更聲。「更」字上古音屬「見」紐「陽」部，「亢」字有二讀音，一為「苦浪切」，上古音屬「溪」紐「陽」部，一為「古

〔註67〕　《說文解字注》，頁325。

〔註68〕　《說文解字注》，頁323。

〔註69〕　《說文解字注》，頁326。

郎切」，上古音屬「見」紐「陽」部，若爲溪紐則與見紐的發聲部位相同，爲見溪旁紐、疊韻的關係，若爲見紐則爲雙聲疊韻的關係，兂、更作爲聲符使用時可替代。

字　例	重　文	時　期	字　　形
秔 秔	稉	殷　商	
		西　周	
		春　秋	
		楚　系	
		晉　系	
		齊　系	
		燕　系	
		秦　系	
		秦　朝	
		漢　朝	

540、《說文》「采」字云：「采，禾成秀，人所收者也。从爪禾。穗，俗从禾惠聲。」〔註70〕

甲骨文作「采」《合》（2734正），「象手采穗之形」〔註71〕，其後文字从爪禾作「采」〈侯馬盟書‧宗盟類36.4〉、「采」《銀雀山403》，《說文》篆文「采」與「采」相同。戰國楚系文字作「采」〈包山86〉、「采」〈郭店‧唐虞之道12〉、「采」〈郭店‧忠信之道6〉，辭例依序爲「宵采」、「咎采（繇）入用五刑」、「君子弗采（由）也」，較之於「采」，「采」爲左爪右禾的結構，「采」上半部的「爪」仍爲「爪」形，因受到下半部「禾」的影響，遂於「爪」的下方增添一道斜畫「乀」，訛寫爲「采」；晉系貨幣文字作「采」、「采」、「采」〈武采‧斜肩空首布〉，首例係將爪與禾緊密結合，第二、三例字除了緊密結合外，又因「禾」的筆畫割裂，使得「禾」字與「木」的形體相近。「采」字从爪禾，屬會意字，俗字「穗」从禾惠聲，爲形聲字。「采」字上古音屬「邪」紐「質」部，「惠」字上古音屬「匣」紐「質」部，疊韻。兩周以來皆爲从爪禾的會意字，

〔註70〕《說文解字注》，頁327。

〔註71〕陳夢家：《殷虛卜辭綜述》，頁536，北京，中華書局，1992年。

尚未見從禾惠聲的字形，由會意字改為形聲字，為了便於時人閱讀使用之需，故以讀音相近的字作為聲符。

字　例	重　文	時　期	字　　形
采 采	穛	殷　商	⿱ 《合》（2734 正）
		西　周	
		春　秋	𢽎 〈侯馬盟書·宗盟類 36.4〉
		楚　系	𢽎 〈包山 86〉 采 〈郭店·唐虞之道 12〉 采 〈郭店·忠信之道 6〉
		晉　系	采，采，采 〈武采·斜肩空首布〉
		齊　系	
		燕　系	
		秦　系	采 〈睡虎地·日書乙種 47〉
		秦　朝	
		漢　朝	采 《銀雀山 403》

541、《說文》「穛」字云：「穛，禾采之兒。从禾遂聲。《詩》曰：『禾 穎穛穛』。蘙，穛或从艸。」 [註72]

篆文作「穛」，从禾遂聲，或體作「蘙」，从艸遂聲，《說文》「艸」字云：「百卉也。」「禾」字云：「嘉穀也。」 [註73] 二者皆為植物，在意義上有某種關係，作為形旁時，可因義近而替代。

字　例	重　文	時　期	字　　形
穛 穛	蘙	殷　商	
		西　周	
		春　秋	
		楚　系	
		晉　系	
		齊　系	
		燕　系	

[註72] 《說文解字注》，頁 327。

[註73] 《說文解字注》，頁 22，頁 323。

	秦　系	
	秦　朝	
	漢　朝	

542、《說文》「稃」字云：「，也。从禾孚聲。，稃或从米付聲。」 〔註74〕

　　《說文》「稃」字作「」，从禾孚聲，或體作「」，从米付聲。據「」字考證，禾、米作爲形符使用時，可因義近而替代。「孚」字上古音屬「滂」紐「幽」部，「付」字上古音屬「幫」紐「侯」部，二者發聲部位相同，幫滂旁紐，孚、付作爲聲符使用時可替代。

字　例	重　文	時　期	字　形
稃		殷　商	
		西　周	
		春　秋	
		楚　系	
		晉　系	
		齊　系	
		燕　系	
		秦　系	
		秦　朝	
		漢　朝	

543、《說文》「穅」字云：「，穀之皮也。从禾米庚聲。，穅或省作。」 〔註75〕

　　金文作「」〈史牆盤〉、「」〈秦公鎛〉，羅振玉指出所从「」像碎屑之形，「」可以畫作三點「」，亦可爲二點「」，形體並未固定〔註76〕，或見在豎畫上增添小圓點「‧」，寫作「」〈令狐君嗣子壺〉、「」〈齊陳曼

〔註74〕　《說文解字注》，頁327。

〔註75〕　《說文解字注》，頁327～328。

〔註76〕　《增訂殷虛書契考釋》卷中，頁35。

篇〉，戰國楚系文字或承襲「稟」作「稟」〈郭店・緇衣 28〉，或以收縮筆畫的方式書寫爲「稟」〈上博・緇衣 15〉，或將小圓點「・」拉長爲橫畫「一」，寫作「稟」〈郭店・成之聞之 38〉，較之於「稟」的「✔」，「稟」之「山」與「稟」之「山」皆爲訛省，其辭例皆爲「康誥」，「稟」下半部似「米」之形應與「稟」、「稟」無別，馬王堆漢墓出土文獻亦作「稟」《馬王堆・十六經 125》，可知《說文》篆文「稟」、或體「稟」所從之「米」皆爲訛誤之形，又「稟」係將「甲」的形體割裂而形成「米」，篆文增添偏旁「禾」，係表示此指「嘉穀」的穀皮。

字 例	重 文	時 期	字 形
穅 稟	稟	殷 商	
		西 周	稟 〈史牆盤〉
		春 秋	稟 〈秦公鎛〉
		楚 系	稟 〈郭店・緇衣 28〉 稟 〈郭店・成之聞之 38〉 稟 〈上博・緇衣 15〉
		晉 系	稟 〈哀成叔鼎〉 稟 〈令狐君嗣子壺〉
		齊 系	稟 〈齊陳曼簠〉
		燕 系	
		秦 系	
		秦 朝	
		漢 朝	稟 《馬王堆・十六經 125》

544、《說文》「稈」字云：「稈，禾莖也。从禾旱聲。《春秋傳》曰：『或投一秉稈』。秆，稈或从干作。」〔註77〕

篆文作「稈」，與《馬王堆・相馬經 17》的「稈」相同。「稈」字从禾旱聲，或體「秆」从禾干聲。「旱」字上古音屬「匣」紐「元」部，「干」字上古音屬「見」紐「元」部，二者發聲部位相同，見匣旁紐，疊韻，旱、干作爲聲符使用時可替代。

〔註77〕《說文解字注》，頁 329。

字　例	重　文	時　期	字　形
稈 稈	秆	殷　商	
		西　周	
		春　秋	
		楚　系	
		晉　系	
		齊　系	
		燕　系	
		秦　系	
		秦　朝	
		漢　朝	稈《馬王堆・相馬經 17》

545、《說文》「秋」字云：「烌，禾穀孰也。从禾龜省聲。龝，籀
　　文不省。」〔註78〕

　　甲骨文有一字作「㝈」《合》（34148）、「㝈」《合補》（10936），或增添「火」作「㝈」《合》（32854），唐蘭釋爲「龜」、「龝」，即「秋」字〔註79〕，高鴻縉進一步指出字形像蟋蟀之類的昆蟲，「以秋季鳴，其聲啾啾然。故古人造字，文以象其形，聲以肖其音，更借以名其所鳴之節季曰秋。」〔註80〕其說可從，《說文》籀文作「龝」，許書言「籀文不省」，「龜」即「龜」字，「龜」於甲骨文作「龜」《合》（17666）、「龜」《合》（18363）、「龜」《合》（18366），於金文作「龜」〈龜父丙鼎〉、「龜」〈龜父丁爵〉，「龜」、「龜」形體略似「㝈」、「㝈」，從「龜」之形蓋由此而來。兩周以來的文字或從禾作「秌」〈侯馬盟書・宗盟類 3.3〉、「秌」〈青川・木牘〉，「大」係於「火」的較長筆畫上增添飾筆性質的短橫畫「－」，或從木作「秌」〈放馬灘・地圖〉，據「利」字考證，禾、木作爲形符使用時，可因義近而兩相替代，篆文「烌」同於「烌」〈咸陽瓦〉，從字形言，許慎認爲「秋」字爲「从禾龜省聲」之字，係以「龝」省去右側的「龜」，即寫作「烌」。戰國楚系文字或從禾從火從日作「㝈」〈郭店・六德

〔註78〕　《說文解字注》，頁 330。

〔註79〕　唐蘭：《古文字學導論・下篇》，頁 41～42，臺北，學海出版社，1986 年。

〔註80〕　高鴻縉：《中國字例》，頁 227，臺北，三民書局股份有限公司，1981 年。

25〉、「⿰」〈清華・程寤 6〉，或增添艸作「⿱」〈清華・金縢 13〉，辭例依序為「觀諸易、春秋則亦在矣」、「矧又勿亡秋明武威」、「秋則大穫」，所增添之「艸」應屬無義偏旁的性質，此種現象亦見於楚系文字，如：「果」字作「⿱」〈曾侯乙 37〉，或增添艸作「⿱」〈曾侯乙 62〉，「臭」字作「⿰」〈包山 73〉，或增添艸作「⿱」〈望山 1.8〉，又何琳儀指出所增添之「日」係表示季節〔註81〕，從辭例觀察，其言可從；或見「⿰」〈包山 187〉、「⿰」〈郭店・語叢一 40〉、「⿰」〈楚帛書・乙篇 1.15〉，辭例依序為「秋亥」、「春秋所以會古今之事也」、「春夏秋多」，對照「⿰」的形體，「⿰」之「⿰」、「⿰」之「川」皆為省減「火」的部分筆畫，「⿰」則省略「火」。

字 例	重 文	時 期	字 形
秋 ⿰	⿱ ⿰	殷 商	⿰《合》（32854）⿰《合》（34148）⿰《合補》（10936）
		西 周	
		春 秋	⿰〈侯馬盟書・宗盟類 3.3〉
		楚 系	⿰〈包山 187〉⿰〈郭店・六德 25〉⿰〈郭店・語叢一 40〉 ⿰〈楚帛書・乙篇 1.15〉⿰〈清華・程寤 6〉 ⿱〈清華・金縢 13〉
		晉 系	
		齊 系	
		燕 系	
		秦 系	⿰〈青川・木牘〉⿰〈放馬灘・地圖〉
		秦 朝	⿰，⿰〈咸陽瓦〉
		漢 朝	⿰《馬王堆・一號墓遣策 125》

546、《說文》「秦」字云：「⿰，伯益之後所封國。地宜禾，從禾舂省。一曰：『秦禾名』。⿰，籀文秦从秝。」 〔註82〕

甲骨文作「⿱」《合》（299），从午从廾从二禾，像雙手持杵舂禾之形，其後「午」字填實為「⿰」〈效卣〉，寫作「⿰」〈史秦鬲〉，或為「⿰」〈少虞劍〉，寫作「⿰」〈訇簋〉、「⿰」〈秦公簋〉，《說文》籀文「⿰」源於此，

〔註81〕 《戰國古文字典——戰國文字聲系》，頁 228。

〔註82〕 《說文解字注》，頁 330。

而與「」相近；或將雙手之形以「ㄑヽ」替代，省寫爲「」〈秦王鐘〉；
或將二禾省寫爲一禾，作「」〈睡虎地・秦律雜抄 5〉、「」《秦代陶文》
（1117），篆文「」形體與之相同；或省略「廾」，作「」〈包山 132〉、「」
〈包山 180〉，辭例依序爲「秦競夫人」、「秦戲」，後者將「午」省寫爲「个」；
或从午从臼从廾从禾从邑作「」〈曾侯乙 3〉，辭例爲「二秦弓」，增添「邑」
係明示該字所指爲地望或國名；从邑者亦見於「」〈三年馬師鈹〉，辭例爲
「工師甹秦」，作爲人名使用，較之於「」，僅保留午、禾、邑，究其因素，
係因兵器上可供刻寫的空間有限，爲了讓人得以識字，遂在「」下方保留
所从之禾、邑；或从午从臼从廾从木作「」〈清華・楚居 12〉，辭例爲「秦
溪」，據「利」字考證，从木、从禾作爲形符使用時，可因義近而替代；馬王
堆漢墓出土文獻或承襲「」作「」《馬王堆・十問 94》，或因將「」
省寫，並與「廾」接連作「」而訛寫爲「」《馬王堆・戰國縱橫家書 16》，
或進一步省訛爲「」《馬王堆・戰國縱橫家書 136》，上半部的「羊」已難
以識出其形本爲「」。

字 例	重 文	時 期	字 形
秦 		殷　商	《合》（299）
		西　周	〈史秦鬲〉　〈訇簋〉
		春　秋	〈秦公簋〉　〈秦王鐘〉
		楚　系	〈曾侯乙 3〉　，〈天星觀・卜筮〉〈包山 132〉 〈包山 180〉　〈清華・楚居 12〉
		晉　系	〈羌鐘〉〈三年馬師鈹〉
		齊　系	
		燕　系	《古陶文彙編》（4.108）
		秦　系	〈詛楚文〉〈睡虎地・秦律雜抄 5〉
		秦　朝	《秦代陶文》（1117）
		漢　朝	《馬王堆・十問 94》《馬王堆・戰國縱橫家書 16》 《馬王堆・戰國縱橫家書 136》

547、《說文》「稯」字云：「⿰禾變，布之八十縷爲稯。从禾變聲。⿰禾兌，
籀文稯省。」〔註83〕

籀文作「⿰禾兌」，與《馬王堆・五星占7》的「⿰禾兌」相同，又許愼認爲「稯」
字籀文「⿰禾兌」爲「稯省」，係以「⿰禾變」省去下半部的「⿰弋」，即寫作「⿰禾兌」。「稯」
字从禾變聲，籀文「⿰禾兌」从禾兌聲。「變」字上古音屬「精」紐「東」部，「兌」
字上古音屬「曉」紐「東」部，疊韻，變、兌作爲聲符使用時可替代。

字　例	重　文	時　期	字　　　　　形
稯 ⿰禾變	⿰禾兌	殷　商	
		西　周	
		春　秋	
		楚　系	
		晉　系	
		齊　系	
		燕　系	
		秦　系	
		秦　朝	
		漢　朝	⿰禾兌《馬王堆・五星占7》

548、《說文》「黏」字云：「⿱黍古，黏也。从黍古聲。粘，黏或从米作。」
〔註84〕

篆文作「⿱黍古」，从黍古聲；或體作「粘」，从米古聲。《說文》「黍」字云：
「禾屬而黏者也。呂大暑而種，故謂之黍。」「米」字云：「粟實也」〔註85〕，
黍、米皆屬穀物，作爲形旁時，可因義近而替代。

字　例	重　文	時　期	字　　　　　形
黏 ⿱黍古	粘	殷　商	
		西　周	
		春　秋	

〔註83〕 《說文解字注》，頁331。

〔註84〕 《說文解字注》，頁333。

〔註85〕 《說文解字注》，頁332，頁333。

楚　系	
晉　系	
齊　系	
燕　系	
秦　系	
秦　朝	
漢　朝	

549、《說文》「桼日」字云：「🌾，黏也。从黍日聲。《春秋傳》曰：『不義不桼日』。🌾，桼日或从刃。」〔註86〕

「桼日」字从黍日聲，或體「🌾」从黍刃聲。「日」字上古音屬「日」紐「質」部，「刃」字上古音屬「日」紐「文」部，雙聲，日、刃作爲聲符使用時可替代。

字　例	重　文	時　期	字　形
桼日 桼日	🌾	殷　商	
		西　周	
		春　秋	
		楚　系	
		晉　系	
		齊　系	
		燕　系	
		秦　系	
		秦　朝	
		漢　朝	

550、《說文》「粒」字云：「粒，糂也。从米立聲。🍚，古文从食。」〔註87〕

篆文作「粒」，从米立聲；古文作「🍚」，从食立聲。據「餐」字考證，米、食作爲形符使用時可兩相替代。

〔註86〕《說文解字注》，頁333。

〔註87〕《說文解字注》，頁334～335。

字　例	重　文	時　期	字　　形
粒	䊪	殷　商	
		西　周	
		春　秋	
		楚　系	
		晉　系	
		齊　系	
		燕　系	
		秦　系	
		秦　朝	
		漢　朝	

551、《說文》「糂」字云：「糂，吕米和羹也。从米甚聲。一曰：『粒也』。糝，籀文糂从朁。糝，古文糂从參。」〔註88〕

　　「糂」字从米甚聲，籀文「糝」从米朁聲，古文「糝」从米參聲。「甚」字上古音屬「禪」紐「侵」部，「朁」字上古音屬「清」紐「侵」部，「參」字上古音屬「清」紐「元」部，甚、朁具有疊韻關係，朁、參為雙聲關係，甚、朁、參作為聲符使用時可替代。

字　例	重　文	時　期	字　　形
糂	糝，糝	殷　商	
		西　周	
		春　秋	
		楚　系	
		晉　系	
		齊　系	
		燕　系	
		秦　系	
		秦　朝	
		漢　朝	

〔註88〕《說文解字注》，頁335。

552、《說文》「𥶶」字云：「𥶶，酒母也。从米𥶶省聲。𪊟，𥶶或
　　　从麥鞠省聲。」〔註89〕

篆文作「𥶶」，从米𥶶省聲；或體作「𪊟」，从麥鞠省聲。《說文》「麥」
字云：「芒榖，秋穜厚薶，故謂之麥。」「米」字云：「粟實也」〔註90〕，
米、麥皆屬榖物，亦可釀酒，作爲形旁時，可因義近而替代。「𥶶」、「鞠」
二字上古音皆屬「見」紐「覺」部，雙聲疊韻，𥶶、鞠作爲聲符使用時可
替代。

字　例	重　文	時　期	字　　　　　形
𥶶 𥶶	𪊟	殷　商	
		西　周	
		春　秋	
		楚　系	
		晉　系	
		齊　系	
		燕　系	
		秦　系	
		秦　朝	
		漢　朝	

553、說文》「糟」字云：「糟，酒滓也。从米曹聲。𥻦，籀文从西。」
　　　　　〔註91〕

篆文作「糟」，从米曹聲；籀文作「𥻦」，从西曹聲。《說文》「米」字云：
「粟實也」，「西」字云：「就也」〔註92〕，甲、金文「西」字作「𐂷」《合》（166）、
「𐂷」《合》（32859）、「𐂷」〈酉父辛爵〉、「𐂷」〈遹簋〉，像酒尊之形，「糟」
的字義爲「酒滓」，从米係表示釀酒的材料，从西應指其意涵與「酒」有關，替
代的現象，係造字時對於偏旁意義的選擇不同所致。

〔註89〕　《說文解字注》，頁 335。

〔註90〕　《說文解字注》，頁 234，頁 330。

〔註91〕　《說文解字注》，頁 335。

〔註92〕　《說文解字注》，頁 333，頁 754。

字　例	重文	時　期	字　形
糟 糟	(篆)	殷　商	
		西　周	
		春　秋	
		楚　系	
		晉　系	
		齊　系	
		燕　系	
		秦　系	
		秦　朝	
		漢　朝	

554、《說文》「氣」字云：「氣，饋客之芻米也。从米气聲。《春秋傳》曰：『齊人來氣諸侯』。餼，氣或从既；餼，氣或从食。」
〔註93〕

篆文作「氣」，从米气聲，近於「氣」〈睡虎地·效律29〉，其間的差異，係書體的不同；或體作「餼」，从食氣聲，另一或體作「餼」，从米既聲，「氣」的字義為「饋客之芻米」，增添偏旁「食」，可表現其意涵，據「餐」字考證，米、食作為形符使用時可兩相替代，又「氣」、「气」二字上古音皆屬「溪」紐「物」部，「既」字上古音屬「見」紐「物」部，發聲部位相同，見溪旁紐，疊韻，氣、气、既作為聲符使用時可替代。

字　例	重文	時　期	字　形
氣 氣	餼，餼	殷　商	
		西　周	
		春　秋	
		楚　系	
		晉　系	
		齊　系	
		燕　系	

〔註93〕《說文解字注》，頁336。

	秦　系	氣〈睡虎地・效律 29〉
	秦　朝	
	漢　朝	氣《馬王堆・戰國縱橫家書 188》

555、《說文》「舀」字云：「舀，抒臼也。从爪臼。《詩》曰：『或簸或舀』。抔，舀或从手冗；抔，舀或从臼冗。」〔註94〕

篆文作「舀」，从爪臼，爲會意字；或體作「抔」，从手冗聲；另一或體作「抔」，从臼冗聲。「舀」字上古音屬「余」紐「幽」部，「冗」字上古音屬「日」紐「東」部，章太炎言「古娘日二紐歸泥」，可知「日」於上古聲母可歸於「泥」，二者發聲部位相同，旁紐。「舀」字从爪臼，由會意字改爲形聲字時，爲避免識讀的困擾，或保留「臼」而增添冗聲作「抔」，或將「爪」易爲「手」而增添冗聲作「抔」，《說文》「爪」字云：「丮也」，「手」字云：「拳也」〔註95〕，在意義上有所關連，故可代換，又爲了便於時人閱讀使用之需，故以讀音相近的字作爲聲符。戰國楚系有一字作「舀」〈郭店・性自命出 24〉，辭例爲「則舀如也斯奮」，上半部爲「爪」，下半部爲「臼」之「臼」，將「爪」較之於「爪」，似重複「爪」形而作「爪」，此重複原本構形之偏旁的現象，習見於戰國文字，如：「惑」字作「惑」〈包山 168〉，或作「惑」〈包山 106〉，「語」字作「語」〈郭店・五行 34〉，或作「語」〈中山王■鼎〉。

字　例	重　文	時　期	字　形
舀	抔，抔	殷　商	
		西　周	
		春　秋	
		楚　系	舀〈郭店・性自命出 24〉
		晉　系	
		齊　系	
		燕　系	
		秦　系	

〔註94〕 《說文解字注》，頁 337。

〔註95〕 《說文解字注》，頁 114，頁 599。

秦　朝	
漢　朝	

556、《說文》「枲」字云：「枲，麻也。从木台聲。𣕙，籀文枲从林從辝。」 〔註96〕

篆文作「枲」，从木台聲；籀文作「𣕙」，从林辝聲。《說文》「木」字云：「分枲莖皮也」，「林」字云：「菔之總名也」〔註97〕，二者的字義無涉，又古文字所从偏旁或部件的多寡並不影響原本所承載的音義，如：「幾」字作「𢆶」〈幾父壺〉或「𢆶」〈五里牌5〉，「能」字作「𦏧」〈毛公鼎〉或「𢇍」〈望山1.37〉，「葉」字作「𦱤」〈包山258〉或「𦱤」〈郭店・尊德義39〉，从林應與从木相同。「台」字上古音屬「透」紐「之」部，「辝」字上古音屬「邪」紐「之」部，疊韻，台、辝作為聲符使用時可替代。

字　例	重　文	時　期	字　形
枲 枲	𣕙	殷　商	
		西　周	
		春　秋	
		楚　系	
		晉　系	
		齊　系	
		燕　系	
		秦　系	
		秦　朝	
		漢　朝	

557、《說文》「枝」字云：「枝，配鹽幽尗也。从尗支聲。䜴，俗枝从豆。」 〔註98〕

篆文作「枝」，从尗支聲，與《馬王堆・五十二病方351》的「𦬊」相近；

〔註96〕　《說文解字注》，頁339。

〔註97〕　《說文解字注》，頁339。

〔註98〕　《說文解字注》，頁340。

俗字作「荳」，从豆支聲。《說文》「豆」字云：「古食肉器也。」「尗」字云：「豆也。」段玉裁於「尗」字下〈注〉云：「尗、豆古今語，亦古今字，此以漢時語釋古語也。……《史記》豆作菽。……今字作菽」〔註99〕可知「豆」、「尗」二字之義於漢代相同，作爲偏旁時理可替代。

字 例	重 文	時 期	字 形
尗支 枝	荳	殷 商	
		西 周	
		春 秋	
		楚 系	
		晉 系	
		齊 系	
		燕 系	
		秦 系	
		秦 朝	菽《馬王堆・五十二病方 351》
		漢 朝	

558、《說文》「韲」字云：「韲，齏也。从韭次事皆聲。齏，韲或从齊。」〔註100〕

「韲」字从韭次事皆聲，或體「齏」从韭齊聲。「次」字上古音屬「清」紐「脂」部，「事」字上古音屬「莊」紐「脂」部，「齊」字上古音屬「從」紐「脂」部，三者發聲部位相同，爲旁紐疊韻關係，次、事、齊作爲聲符使用時可替代。

字 例	重 文	時 期	字 形
韲 齏	齏	殷 商	
		西 周	
		春 秋	
		楚 系	
		晉 系	

〔註99〕 《說文解字注》，頁 209，頁 339～340。

〔註100〕 《說文解字注》，頁 340。

	齊 系	
	燕 系	
	秦 系	
	秦 朝	
	漢 朝	

559、《說文》「瓞」字云：「瓞，𤓰也。从瓜失聲。《詩》曰：『緜緜瓜瓞』。𤓰弗，瓞或从弗。」〔註101〕

「瓞」字从瓜失聲，或體「𤓰弗」从瓜弗聲。「失」字上古音屬「書」紐「質」部，「弗」字上古音屬「幫」紐「物」部，二者的音韻關係較遠，段玉裁〈注〉云：「按弗當作弟，篆體誤也。」今從其言，「弟」字上古音屬「定」紐「脂」部，書、定皆爲舌音，錢大昕言「舌音類隔不可信」，黃季剛言「照系三等諸紐古讀舌頭音」，「書」於上古聲母可歸於「透」，透定旁紐，脂質陰入對轉，失、弟作爲聲符使用時可替代。

字 例	重 文	時 期	字　　形
瓞 瓞	𤓰弗	殷 商	
		西 周	
		春 秋	
		楚 系	
		晉 系	
		齊 系	
		燕 系	
		秦 系	
		秦 朝	
		漢 朝	

560、《說文》「家」字云：「家，尻也。从宀豭省聲。家，古文家。」〔註102〕

〔註101〕《說文解字注》，頁340。

〔註102〕《說文解字注》，頁341。

甲骨文作「㞢」《合》（13586），从宀豭聲；金文作「㝮」〈家戈爵〉、「㝮」〈戲簋〉、「㝮」〈林氏壺〉、「㝮」〈令狐君嗣子壺〉，从宀从豕，戰國以來的文字多承襲爲「㝮」〈家陽・三孔平首布〉、「家」〈睡虎地・日書乙種 18〉、「㝮」〈繹山碑〉、「家」《馬王堆・老子甲本 41》，《說文》篆文「㝮」與「家」相同，可知許書言「从宀豭省聲」爲非。《說文》「豕」字云：「彘也。竭其尾，故謂之豕。」「豭」字云：「牡豕也」〔註103〕，二者的意義相關，作爲形符使用，可兩相代換。楚系文字習見从爪作「㝮」〈包山 249〉、「㝮」〈上博七・鄭子家喪甲本 7〉，辭例依序爲「保家」、「人將救子家」；或作「㝮」〈天星觀・卜筮〉，辭例爲「㠯攖志習之以承家占之」，相近的辭例亦見於〈卜筮〉，爲「陞道習之以承家占之」，字形爲「㝮」，可知「㝮」應爲訛形；或增添「宀」作「㝮」〈郭店・五行 29〉，辭例爲「邦家」，較之於「㝮」，所增之「宀」屬無義偏旁的性質；或作「㝮」〈郭店・語叢一 13〉、「㝮」〈清華・皇門 8〉、「㝮」〈清華・金縢 12〉，辭例依序爲「有家有名」、「王邦王家」、「我邦家禮亦宜之」，字形雖不同，實爲「家」字異體，又楚系「豕」字作「㝮」〈包山 211〉、「㝮」〈包山 146〉，「㝮」之「㝮」與楚系「豕」字相差甚遠，可知〈郭店・語叢一〉的原始傳本應非爲楚文字，「㝮」之「㝮」、「㝮」之「㝮」應爲「㝮」、「㝮」的訛省；又或从宀从豕作「㝮」〈郭店・唐虞之道 26〉，辭例爲「三十而有家」。古文作「㝮」，从门从㝮，段玉裁〈注〉云：「此篆體蓋誤，當从古文豕作㝮」，金文「豕」字作「㝮」〈㝮皇父簋〉，「㝮」應爲「㝮」的訛寫。又《武威・士相見之禮 12》从「㝮」作「㝮」，《說文》「㝮」字云：「从意也。从八豕聲。」〔註104〕與「豕」的字義無涉，作「㝮」者蓋爲「㝮」之訛。

字 例	重 文	時 期	字 形
家 ⟨㝮⟩ ⟨㝮⟩	㝮	殷 商	㞢《合》（13586） 㝮〈家戈爵〉
		西 周	㝮〈戲簋〉
		春 秋	㝮〈林氏壺〉

〔註103〕《說文解字注》，頁 459。
〔註104〕《說文解字注》，頁 49。

楚　系	〔象形字〕〈天星觀·卜筮〉　象〈包山 249〉　象〈郭店·五行 29〉〈郭店·唐虞之道 26〉　象〈郭店·語叢一 13〉　象〈上博七·鄭子家喪甲本 7〉　帝〈清華·皇門 8〉　象〈清華·金縢 12〉	
晉　系	家〈令狐君嗣子壺〉　冈〈家陽·三孔平首布〉	
齊　系		
燕　系		
秦　系	家〈睡虎地·日書乙種 18〉	
秦　朝	家〈繹山碑〉	
漢　朝	家《馬王堆·老子甲本 41》　家《武威·士相見之禮 12》	

561、《說文》「宅」字云：「庑，人所託凥也。从宀乇聲。冈，古文宅；庆，亦古文宅。」〔註105〕

甲骨文从宀乇聲作「庑」《合》（21031），金文承襲爲「庑」〈珂尊〉、「庑」〈秦公簋〉，《說文》篆文「庑」源於此，惟筆畫略異。戰國楚系文字或从厂作「庑」〈包山 171〉、「庑」〈包山 155〉、「庑」〈上博七·凡物流形甲本 6〉，辭例依序爲「東宅人舒豫」、「足罷王士之宅」、「亡宅（託）」，「庑」起筆橫畫上的短橫畫爲飾筆的增添，「庑」之「乇」於較長的筆畫上增添一道橫畫「-」；或增添「邑」作「邧」〈望山 1.114〉，辭例爲「墾禱東宅公」，與之辭例近同者爲「東宅公」，字形作「庑」〈望山 1.109〉，又包山竹簡中亦見「東宅」一辭，如：「東宅人舒豫」〈包山 171〉，可知增添「邑」應表示作爲地望之用；或增添「宀」作「庑」〈新蔡·甲三 11〉，辭例爲「宅茲沮漳」，增添的「宀」旁，應與「家」字所見之「象」〈郭店·五行 29〉相同，屬無義偏旁的性質。晉系文字从厂作「庑」〈宅陽·平襠方足平首布〉，古文「庆」與此近同。秦系文字从宀作「宅」〈睡虎地·日書甲種 37 背〉，亦與「庑」相近。另一古文从土宅聲作「冈」，「宅」字从宀，《說文》「邑」字云：「國也」，「土」字云：「地之吐生萬物者也」〔註106〕，「邑」與「土地」有關，增添偏旁「土」疑與竹簡所見「邧」之「邑」的作用相近，然未能明確知曉其因，有待日後出土材料中从「土」

〔註105〕　《說文解字注》，頁 341。

〔註106〕　《說文解字注》，頁 285，頁 688。

之「宅」字出現，以明瞭其作用爲何。又《說文》「宀」字云：「交覆突屋也」，「广」字云：「因厂爲屋也」，「厂」字云：「山石之厓巖人可凥」〔註 107〕，「宀」、「广」、「厂」的字義與「住所」有關，其替代的現象亦見於古文字，如：「寇」字从宀作「」〈曶鼎〉，或从广作「」〈廿七年大梁司寇鼎〉，「庫」字从宀作「」〈七年邦司寇矛〉，或从广作「」〈朝歌右庫戈〉，或从厂作「」〈陰平劍〉，「安」字从宀作「」〈哀成叔鼎〉，或从厂作「」〈格伯簋〉，三者可因意義的關聯而替代。

字　例	重　文	時　期	字　形
宅	，	殷　商	《合》(21031)
		西　周	〈㺇尊〉
		春　秋	〈秦公簋〉
		楚　系	〈望山 1.114〉〈包山 155〉〈包山 171〉〈新蔡・甲三 11〉〈上博・凡物流形甲本 6〉
		晉　系	〈宅陽・平襠方足平首布〉
		齊　系	
		燕　系	
		秦　系	〈睡虎地・日書甲種 37 背〉
		秦　朝	
		漢　朝	《馬王堆・戰國縱橫家書 136》

562、《說文》「宇」字云：「，屋邊也。从宀亏聲。《易》曰：『上棟下宇』。，籀文宇从禹。」〔註 108〕

金文或从宀于聲作「」〈史牆盤〉，或从囗禹聲作「」〈史牆盤〉，或从宀禹聲作「」〈五祀衛鼎〉，从「囗」之字的辭例爲「舍宇于周卑處」，應爲「宇」字的異體。篆文之「」，籀文之「」，葢源於「」、「」。《說文》「囗」字云：「回也」，「宀」字云：「交覆突屋也」〔註 109〕，二者的字義雖

〔註 107〕《說文解字注》，頁 341，頁 447，頁 450。

〔註 108〕《說文解字注》，頁 342。

〔註 109〕《說文解字注》，頁 279，頁 341。

無涉，然从口之「圉」字籀文作「」，許書載「所吕養禽獸曰圉」，此處之「口」應有圈地爲限的涵意，替代的現象，係造字時對於偏旁意義的選擇不同所致。「于」、「禹」二字上古音皆屬「匣」紐「魚」部，雙聲疊韻，于、禹作爲聲符使用時可替代。

字　例	重　文	時　期	字　　　　　形
宇 㝢	㝢	殷　商	
		西　周	宇，囷 〈史牆盤〉　宇 〈五祀衛鼎〉
		春　秋	
		楚　系	
		晉　系	
		齊　系	
		燕　系	
		秦　系	宇 〈睡虎地・爲吏之道 19〉
		秦　朝	
		漢　朝	宇 《馬王堆・十六經 140》

563、《說文》「寏」字云：「寏，周垣也。从宀奐聲。院，寏或从𨸏完聲。」〔註110〕

篆文作「寏」，从宀奐聲，與〈師寏父盤〉的「寏」近同；或體作「院」，从𨸏完聲。《說文》「宀」字云：「交覆深屋也」，「𨸏」字云：「大陸也。山無石者。」〔註111〕二者的字義無涉。又或體的字形亦見於「𨸏」部之「院」，其言「院，堅也。从𨸏完聲。」〔註112〕二者形同而義異，段玉裁於「寏」字或體下〈注〉云：「蓋此篆當从宀阮聲，與𨸏部从𨸏完聲之字別。」又「奐」字上古音屬「曉」紐「元」部，「完」字上古音屬「匣」紐「元」部，「阮」字上古音屬「疑」紐「元」部，三者發聲部位相同，爲旁紐疊韻的關係，奐、完、阮作爲聲符使用時可替代，然考量其形符宀、𨸏的字義無涉，應以段玉裁的說法爲佳，亦即古人於抄寫時誤將「院」之「阮」所从的「𨸏」置於「宀」外，

〔註110〕《說文解字注》，頁 342。

〔註111〕《說文解字注》，頁 341，頁 738。

〔註112〕《說文解字注》，頁 743。

遂作「院」，而與「院」字混淆。

字　例	重　文	時　期	字　形
寫寫	院	殷　商	
		西　周	宀 〈師寫父盤〉
		春　秋	
		楚　系	
		晉　系	
		齊　系	
		燕　系	
		秦　系	
		秦　朝	
		漢　朝	

564、《說文》「宗」字云：「宗，無人聲也。从宀未聲。謎，宗或从言。」〔註113〕

篆文作「宗」，从宀未聲；或體作「謎」，从言未聲。《說文》「言」字云：「直言曰言，論難曰語」，「宀」字云：「交覆突屋也」〔註114〕，二者的字義無涉，从宀蓋表示屋室寂靜無人語之意，从言係就「無人聲」言，替代的現象，係造字時對於偏旁意義的選擇不同所致。

字　例	重　文	時　期	字　形
宗宗	謎	殷　商	
		西　周	
		春　秋	
		楚　系	
		晉　系	
		齊　系	
		燕　系	
		秦　系	

〔註113〕《說文解字注》，頁343。

〔註114〕《說文解字注》，頁90，頁341。

		秦　朝	
		漢　朝	

565、《說文》「容」字云：「⿱宀谷，盛也。从宀谷聲。⿱宀公，古文容从公。」

〔註115〕

　　春秋金文从宀公聲作「⿱宀公」〈晉公盆〉，戰國晉系文字承襲作「⿱宀公」〈二十七年晉戈〉，又「公」字作「ㅂ」〈沈子它簋蓋〉、「ㅆ」〈元年師兌簋〉，可知「⿱宀公」所見之「ㅂ」為訛誤之形，《說文》古文作「⿱宀公」，「公」之「ㅂ」亦為訛形；秦系文字从宀谷聲作「⿱宀谷」〈三年詔事鼎〉，形體與篆文「⿱宀谷」近同。楚系文字或从宀公聲作「⿱宀公」〈郭店・語叢一 109〉、「⿱宀公」〈香港中大・戰 1〉，或从厂公聲作「⿱厂公」〈上博・緇衣 9〉，或从宀谷聲作「⿱宀谷」〈上博・鮑叔牙與隰朋之諫 2〉，或从人公聲作「⿰人公」〈郭店・五行 32〉，辭例依序為「唐與容與夫其行者」、「其容不改」、「適容有常」、「觀其容」、「容貌」，形體雖不同，皆為「容」字異體，「⿱宀公」起筆橫畫上的短橫畫為飾筆的增添，「容」字从人作「⿰人公」，「容貌」一詞為「人」專用，由「宀」易為「人」，應表示其指為「人」。宀、厂作為形符使用時，替代的現象，據「宅」字考證，可因意義的關聯而兩相代換。「谷」字上古音屬「見」紐「屋」部，「公」字上古音屬「見」紐「東」部，雙聲，東屋陽入對轉，谷、公作為聲符使用時可替代。

字　例	重　文	時　期	字　　　形
容 ⿱宀谷	⿱宀公	殷　商	
		西　周	
		春　秋	⿱宀公〈晉公盆〉
		楚　系	⿰人公〈郭店・五行 32〉　⿱宀公〈郭店・語叢一 109〉 ⿱厂公〈上博・緇衣 9〉　⿱宀谷〈上博・鮑叔牙與隰朋之諫 2〉 ⿱宀公〈香港中大・戰 1〉
		晉　系	⿱宀公〈二十七年晉戈〉
		齊　系	
		燕　系	
		秦　系	⿱宀谷〈三年詔事鼎〉

〔註115〕《說文解字注》，頁 343。

秦　朝	圉	〈麗山園鍾〉	
漢　朝	宩	《馬王堆‧戰國縱橫家書25》	

566、《說文》「寶」字云:「𡪐,珍也。从宀玉貝缶聲。㝧,古文寶省貝。」〔註116〕

甲骨文从宀从玉从貝作「㝬」《合》（17511 臼）、「㝧」《合》（17512），古文字上下倒置無別，「從宀中置貝及玨，會意為寶。」〔註 117〕西周金文或从宀从玉缶聲作「㝬」〈叔作父鼎簋〉；或从宀从玉从貝缶聲作「㝬」〈德方鼎〉、「㝬」〈頌鼎〉；所從之「貝」或易為「鼎」作「㝬」〈同簋〉，辭例為「寶簋」，據「敗」、「則」等字考證，古文字習見从鼎、从貝互作的現象；或在「㝬」的構形上增添「廾」作「㝧」〈量侯簋〉，辭例為「作寶尊簋」，「寶」字下的「尊」字作「㝬」，增添之「廾」蓋受到語境中「㝬」的影響；或从宀缶聲作「㝧」〈悆鼎〉，辭例為「寶器」。《說文》篆文「𡪐」源於此，形體近於「㝧」。春秋金文或承襲為「㝬」〈國差𦉑〉；或从宀从玉保聲作「㝬」〈齊縈姬盤〉，辭例為「永寶用享」；或从貝保聲作「㝬」〈龜叔之伯鐘〉，辭例為「永寶用享」。戰國楚系文字或从宀从玉从貝缶聲作「㝬」〈包山 221〉，辭例為「邦朕以少寶為左尹邵㢟貞」；或从宀从貝保省聲作「㝬」〈望山 1.14〉，辭例為「以寶豢為忥固貞」；或从貝保聲作「㝬」〈望山 1.15〉、「㝬」〈上博‧吳命 2〉，辭例依序為「以寶豢為忥固」、「孤居保系綺之中」，又「保」字作「㝬」《合》（6）、「㝬」〈史牆盤〉、「㝬」〈墜侯因𦎫敦〉，西周金文於「子」的右側增添一道斜畫「／」作為區別符號，發展至後期為求結構的穩定、對稱，甚或達到補白的效果，遂於左側再增添一道「／」，除了具有區別的作用，亦兼具飾筆性質，可知「㝬」、「㝬」的差異，僅為筆畫多寡的不同；或从宀从貝从人缶聲作「㝬」〈上博‧曹沫之陳 56〉，辭例為「民有寶」，較之於「㝬」、「㝬」，所從之「人」疑為「保」省，若為「保」的省體，則「㝬」應為从保、缶二聲之字；或从宀从玉缶聲作「㝬」〈清華‧皇門 12〉，辭例為「天用弗寶」，古文「㝧」與之相近，其間的差異，係偏旁位置經營的不同，前者所從之玉、缶，採取左缶右玉的結構，古文為上玉下

〔註116〕《說文解字注》，頁 343。
〔註117〕徐中舒：《甲骨文字典》，頁 804，成都，四川辭書出版社，1995 年。

缶的構形；或从玉保省聲作「」〈包山 226〉、「」〈上博・競公瘧 1〉，辭例依序爲「吉以寶爲左尹貞」、「吾珪寶大於吾先君之口」，將「」所从之「」與「」相較，後者省減「」的一筆橫畫「一」而寫作「」，又將「」之「」與「」對照，除了在「」上半部的「」添加一道短橫畫，使其形體與「日（）」相近外，下半部又以收縮筆畫的方式書寫作「」，將「」完整的形體割裂作「」與「」。其字形雖異，然從辭例言，皆爲「寶」字異體，又從其構形觀察，無論形體如何省減，皆能保有聲符以爲識讀之需。晉系文字作「」〈小木條 DK：84〉，對照「」的形體，係从宀从玉从貝省从缶省聲。「缶」、「保」二字上古音皆屬「幫」紐「幽」部，雙聲疊韻，缶、保作爲聲符使用時可替代。

字　例	重　文	時　期	字　形
寶		殷　商	《合》（17511 臼）《合》（17512）
		西　周	〈叔作父鼎簋〉〈寏鼎〉〈德方鼎〉〈頌鼎〉〈同簋〉〈量侯簋〉〈史牆盤〉
		春　秋	〈國差𦉜〉〈齊縈姬盤〉〈鼄叔之伯鐘〉
		楚　系	〈望山 1.14〉〈望山 1.15〉〈包山 221〉〈包山 226〉〈上博・曹沬之陳 56〉〈上博・競公瘧 1〉〈上博・吳命 2〉〈清華・皇門 12〉
		晉　系	〈小木條 DK：84〉
		齊　系	
		燕　系	
		秦　系	
		秦　朝	
		漢　朝	

567、《說文》「宜」字云：「，所安也。从宀之下，一之上，多省聲。，古文宜；，亦古文宜。」〔註 118〕

甲骨文作「」《合》（318）、「」《合》（13282 正），容庚以爲「象置肉

〔註 118〕《說文解字注》，頁 344。

于且上之形」〔註119〕，徐中舒云：「從且從肉，象肉在爼上之形。所從之肉或一或二或三，數目不等。」〔註120〕金文多固定從二肉，寫作「」〈天亡簋〉、「」〈秦公簋〉，又將〈侯馬盟書‧宗盟類 200.30〉的「」與「」相較，若割裂「」的筆畫，使「」的收筆橫畫與兩側的筆畫分離，即作「」，此種形體習見於戰國秦漢以來的「宜」字，如：「」〈中山王鼎〉。楚系或從二肉作「」〈天星觀‧卜筮〉、「」〈包山 103〉、「」〈包山 134〉、「」〈包山 223〉、「」〈新蔡‧乙四 71〉，其間的差異為「且」中橫畫的多寡不一；或從一肉作「」〈上博‧性情論 7〉，惟「肉（）」訛寫為「」，與「目」相近。晉系文字或從一肉作「」〈宜陽右倉鼎〉、「」〈宜陽‧平襠方足平首布〉，「且」之形訛為「冂」。西方的秦文字仍承襲作「」〈睡虎地‧秦律十八種 185〉、「」《秦代陶文》（1232）、「」〈泰山刻石〉，從二肉的「」雖已分割筆畫，但與楚、晉系文字相較，仍不失其保守性。馬王堆漢墓所見，或訛寫為「」《馬王堆‧十六經 124》，或進一步將「」訛誤為「」《馬王堆‧經法 19》，下半部的形體與「且」字之「」《馬王堆‧戰國縱橫家書 8》相同，形成從冂從且，甚者訛寫作「」《馬王堆‧老子甲本 49》，從宀從且。《說文》篆文作「」，釋其字形為「從宀之下，一之上，多省聲」，係就分割筆畫與訛誤的形體言，與「從且從肉，象肉在爼上之形」，差異甚遠；古文之「」、「」亦為分割筆畫與訛誤的形體。

字　例	重　文	時　期	字　形
宜 	， 	殷　商	《合》（318）　《合》（13282 正）
		西　周	〈天亡簋〉
		春　秋	〈秦公簋〉　〈侯馬盟書‧宗盟類 200.30〉
		楚　系	〈天星觀‧卜筮〉　〈包山 103〉　〈包山 134〉 〈包山 223〉　〈上博‧性情論 7〉　〈新蔡‧乙四 71〉
		晉　系	〈中山王鼎〉　〈盉壺〉　〈宜陽右倉鼎〉 〈宜陽‧平襠方足平首布〉
		齊　系	

〔註119〕　《金文編》，頁 527。

〔註120〕　《甲骨文字典》，頁 806。

	燕　系	
	秦　系	（圖）〈睡虎地‧秦律十八種 185〉
	秦　朝	（圖）〈泰山刻石〉　（圖）《秦代陶文》（1232）
	漢　朝	 （圖）《馬王堆‧老子甲本 49》　（圖）《馬王堆‧十六經 124》（圖）《馬王堆‧經法 19》

568、《說文》「寢」字云：「（圖），臥也。从宀侵聲。（圖），籀文寢省。」

〔註 121〕

甲骨文作「（圖）」《合》（13578）、「（圖）」《合》（35673），从宀从帚，金文承襲爲「（圖）」〈師遽方彝〉；戰國楚系文字或增添「戈」旁作「（圖）」〈上博‧容成氏 2〉，辭例爲「而寢其兵」，類似的現象亦見於楚竹書，如：「奇」字作「（圖）」〈奇氏‧平襠方足平首布〉，或从「戈」作「（圖）」〈郭店‧老子甲本 29〉，以後者爲例，辭例爲「以正之國，以奇甬兵，以亡事取天下。」於今本《老子》第五十七章作「以正治國，以奇用兵，以無事取天下。」從「以奇用兵」言，「奇」字增添偏旁「戈」，係表示其與戰爭有關，以彼律此，「（圖）」字从「戈」蓋亦受到辭例中「兵」的影響；馬王堆出土文獻作「（圖）」《馬王堆‧陰陽五行甲篇 127》，或增添「人」旁爲「（圖）」《馬王堆‧二三子問 5》，形體與《說文》的篆文「（圖）」、籀文「（圖）」相近，其間的差異，係後者增添偏旁「又」，籀文之「（圖）」，唐蘭以爲「从宀�叜聲」〔註 122〕，據商周以來的字形言，其說可從。

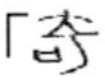

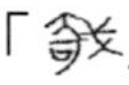

字　例	重　文	時　期	字　形
寢（圖）（圖）	（圖）	殷　商	（圖）《合》（13578）　（圖）《合》（35673）
		西　周	 （圖）〈師遽方彝〉
		春　秋	
		楚　系	（圖）〈上博‧容成氏 2〉
		晉　系	
		齊　系	
		燕　系	

〔註 121〕《說文解字注》，頁 344 年。

〔註 122〕唐蘭：《殷虛文字記‧釋帚婦（圖）帚（圖）帰帰帝屢掃慢》，頁 30，臺北，學海出版社，1986 年。

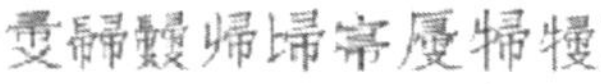

	秦　系	
	秦　朝	
	漢　朝	《馬王堆・二三子問 5》《馬王堆・陰陽五行甲篇 127》《武威・服傳甲本 4》

569、《說文》「宛」字云：「，屈艸自覆也。从宀夗聲。，宛或从心。」〔註123〕

篆文作「」，與〈睡虎地・日書乙種 194〉的「」相近；或體作「」，與〈睡虎地・日書乙種 14〉的「」相近。馬叙倫以為或體應為从宀怨聲之字〔註124〕，「夗」、「怨」二字上古音皆屬「影」紐「元」部，雙聲疊韻，夗、怨作為聲符使用時可替代。今從其言。戰國楚系文字作「」〈上博・緇衣 6〉、「」〈上博・緇衣 12〉，辭例依序為「小民唯日宛（怨）」、「則大臣不宛（怨）」，「」下半部的形體以借用筆畫的方式書寫，將「夕」下半部的筆畫與「」上半部的筆畫合用一道筆畫，又較之於「」，「」係省略「夕」。

字　例	重　文	時　期	字　形
宛		殷　商	
		西　周	
		春　秋	
		楚　系	〈上博・緇衣 6〉 〈上博・緇衣 12〉
		晉　系	
		齊　系	
		燕　系	
		秦　系	〈睡虎地・日書乙種 14〉 〈睡虎地・日書乙種 194〉
		秦　朝	
		漢　朝	《馬王堆・十六經 139》 《馬王堆・春秋事語 37》

〔註123〕《說文解字注》，頁 344。

〔註124〕馬叙倫：《說文解字六書疏證》三，卷十四，頁 1883，臺北，鼎文書局，1975 年。

570、《說文》「寓」字云：「寓，寄也。从宀禺聲。庽，寓或从广作。」

〔註125〕

篆文作「寓」，从宀禺聲，與〈石鼓文〉的「寓」相同；或體作「庽」，从广禺聲。又璽印文字作「厑」《古璽彙編》（3236），从厂禺聲。宀、广、厂作為形符使用時，替換的現象，據「宅」字考證，三者可因意義的關聯而替代。

字 例	重 文	時 期	字 形
寓	庽 庽	殷 商	
		西 周	〈寓鼎〉
		春 秋	〈石鼓文〉
		楚 系	
		晉 系	《古璽彙編》（3236）
		齊 系	
		燕 系	
		秦 系	〈睡虎地・日書甲種60〉
		秦 朝	
		漢 朝	《馬王堆・天下至道談60》

571、《說文》「竅」字云：「竅，竈也。从宀籔聲。竅，竅或从穴。」

〔註126〕

篆文作「竅」，从宀籔聲；或體作「竅」，从穴籔聲。《說文》「宀」字云：「交覆突屋也」，「穴」字云：「土室也」〔註127〕，「宀」與「穴」的字義與「住所」有關，其替代的現象亦見於古文字，如：「窒」字从宀作「宦」〈史牆盤〉，或从穴作「窒」〈九店56.13〉，「窘」字从宀作「宦」〈睡虎地・日書乙種30〉，或从穴作「窘」〈睡虎地・日書乙種33〉，二者可因意義的關聯而替代

〔註125〕《說文解字注》，頁345。

〔註126〕《說文解字注》，頁345。

〔註127〕《說文解字注》，頁341，頁347。

字　例	重　文	時　期	字　形
竅 竅	竅	殷　商	
		西　周	
		春　秋	
		楚　系	
		晉　系	
		齊　系	
		燕　系	
		秦　系	
		秦　朝	
		漢　朝	

572、《說文》「宄」字云：「宄，姦也。外爲盜，內爲宄。从宀九聲。
讀若軌。㝇，古文宄；㝡，亦古文宄。」〔註 128〕

　　金文从宀从廾九聲作「㝡」〈曶鼎〉，或省「廾」爲「又」作「㝡」〈兮甲盤〉，《說文》古文「㝇」，或爲「㝡」省減「宀」後的形體，篆文「宄」或源於「㝡」省略「又」的形體；或从宮九聲作「㝡」〈師望鼎〉、「㝡」〈幾父壺〉，二者的差異，僅爲偏旁位置的上下互置；或从宮省九聲作「㝡」〈師酉簋〉，省略「宮」中的一個「○」。古文「㝡」，从宀从心九聲，「宄」的字義爲「姦也」，「姦」字云：「厶也」，其下收錄一個从心早聲的古文〔註 129〕，从心者蓋表示「厶」由心生之意，又商承祚指出从心的「㝡」應爲「㝡」的訛寫〔註 130〕，其言可參。

字　例	重　文	時　期	字　形
宄 宄	㝇， 㝡	殷　商	
		西　周	㝡〈曶鼎〉　㝡〈兮甲盤〉　㝡〈師望鼎〉　㝡〈幾父壺〉 㝡〈師酉簋〉
		春　秋	

〔註 128〕　《說文解字注》，頁 345。

〔註 129〕　《說文解字注》，頁 632。

〔註 130〕　《說文中之古文考》，頁 71。

楚 系	
晉 系	
齊 系	
燕 系	
秦 系	
秦 朝	
漢 朝	

573、《說文》「呂」字云：「呂，脊骨也。象形。昔大嶽爲禹心呂之臣故封呂矦。凡呂之屬皆从呂。膂，篆文呂从肉旅聲。」[註131]

「膂」字从肉旅聲，屬形聲字；古文「呂」爲象形字，與甲骨文之「呂」《合》（6567）、金文之「呂」〈班簋〉近同。「呂」、「旅」二字上古音皆屬「來」紐「魚」部。自甲骨文以來皆爲象形字，尚未見从肉旅聲的字形，由象形字改爲形聲字，爲了便於時人閱讀使用之需，故以讀音相同的字作爲聲符。

字 例	重 文	時 期	字 形
呂 膂	呂	殷 商	呂《合》（6567）
		西 周	呂〈班簋〉
		春 秋	呂〈少虡劍〉
		楚 系	呂，呂〈曾侯乙鐘〉
		晉 系	呂《古陶文彙編》（6.90）
		齊 系	
		燕 系	
		秦 系	呂〈三年相邦呂不韋戈〉
		秦 朝	呂《秦代陶文》（1484）
		漢 朝	呂《馬王堆·繆和15》

[註131]《說文解字注》，頁346。

574、《説文》「躳」字云：「躳，身也。从呂从身。躬，俗从弓身。」
〔註 132〕

金文作「躳」〈郘□□尹□鼎〉，从呂从身，戰國楚系文字爲「躳」〈包山226〉，或增添「宀」旁作「躳」〈包山217〉，辭例皆爲「躳身」，增添的「宀」屬無義偏旁的性質，秦系文字作「躬」〈泰山刻石〉，《説文》篆文「躳」源於此，形體與「躬」近同。俗字从弓身作「躬」，段玉裁〈注〉云：「弓身者，曲之會意也。」小徐本言「弓聲」〔註 133〕，「躳」或「躬」字上古音屬「見」紐「多」部，「弓」字上古音屬「見」紐「蒸」部，雙聲，兩周文字皆爲从呂从身的會意字，若據小徐本將「弓」視爲聲符，則「躬」爲形聲字，由會意字改爲形聲字，爲了便於時人閲讀使用之需，故以讀音相近的字作爲聲符。

字 例	重 文	時 期	字 形
躳　躳	躬	殷　商	
		西　周	
		春　秋	躳〈郘□□尹□鼎〉
		楚　系	躳〈包山217〉躳〈包山226〉
		晉　系	
		齊　系	
		燕　系	
		秦　系	
		秦　朝	躬〈泰山刻石〉
		漢　朝	

575、《説文》「竈」字云：「竈，炊竈也。《周禮》：『呂竈祠祝融』。从穴黿省聲。竈，或不省作。」〔註 134〕

春秋文字作「竈」〈邵□鐘〉、「竈」〈石鼓文〉，下半部的形體與「竈」

〔註 132〕《説文解字注》，頁 347。

〔註 133〕（漢）許慎撰、（南唐）徐鍇撰：《説文解字繫傳》，頁 150，北京，中華書局，1998年。

〔註 134〕《説文解字注》，頁 347。

字之「」〈鼄大宰簠〉近同，皆爲「蜘蛛」之形，戰國時期〈三年𢓼余令韓讎戈〉的「」亦爲从「蜘蛛」之形；秦系文字爲「」〈睡虎地・日書乙種 40〉，从穴从黽，《說文》篆文「」與之相同，較之於「」，从黽者應爲「蜘蛛」之形的訛寫，可知應爲从穴蛛聲之字，又據「」字考證，「宀」與「穴」的字義與「住所」有關，二者可因意義的關聯而替代。或體作「」，从穴䵷聲。「蛛」字上古音屬「端」紐「侯」部，「䵷」字上古音屬「清」紐「覺」部，又「䵷」字从黽先聲，「先」字上古音屬「來」紐「覺」部，二者發聲部位相同，端來旁紐，蛛、䵷作爲聲符使用時可替代。戰國楚系文字或作「」〈望山 1.139〉，从宀从示从火告聲，或从宀从土从火告聲，「」〈包山・木簽〉，辭例依序爲「祭䵷」、「䵷」，爲「䵷」字異體，「告」字上古音屬「見」紐「覺」部，與「䵷」、「先」爲疊韻關係，作爲聲符使用時亦可替代。

字 例	重 文	時 期	字 形
䵷 𤟥	𤟥	殷 商	
		西 周	
		春 秋	〈石鼓文〉　〈邵黛鐘〉
		楚 系	〈望山 1.139〉　〈包山・木簽〉
		晉 系	〈三年𢓼余令韓讎戈〉
		齊 系	
		燕 系	
		秦 系	〈睡虎地・日書乙種 40〉
		秦 朝	
		漢 朝	〈馬王堆・雜療方 77〉

576、《說文》「寤」字云：「，寐覺而有言曰寤。从𡨄省吾聲。一曰：『晝見而夜𡨄也』。，籕文寤。」 〔註135〕

篆文作「」，从𡨄省吾聲；籕文作「」，从𡨄吾聲。從字形言，許愼認爲「寤」字篆文「」爲「𡨄省」之字，係以「」省去「」，再與聲

〔註135〕《說文解字注》，頁 351。

符「􀀀」緊密結合，即寫作「􀀀」。至於「􀀀」或「􀀀」的筆畫多寡，並不影響原本所承載的音義。

字 例	重 文	時 期	字 形
瘖 􀀀	􀀀	殷 商	
		西 周	
		春 秋	
		楚 系	
		晉 系	
		齊 系	
		燕 系	
		秦 系	
		秦 朝	
		漢 朝	

577、《說文》「疾」字云：「􀀀，病也。从􀀀矢聲。􀀀，籀文疾。􀀀，古文。」 〔註136〕

甲骨文作「􀀀」《合》（137 正）、「􀀀」《合》（12671 正）、「􀀀」《合》（13682 正），「象人臥床以示疾病之意」〔註137〕，或作「􀀀」《合》（21054），「象矢著人肬下」〔註138〕，西周金文或作「􀀀」〈師酉簋〉、「􀀀」〈毛公鼎〉，以〈毛公鼎〉為例，辭例為「旻天疾威」，形體即襲自「􀀀」，又較之於「􀀀」，作「􀀀」者係「􀀀」之訛。其後文字多作「􀀀」〈侯馬盟書・宗盟類85.26〉，从􀀀矢聲，《說文》篆文「􀀀」形體與之相同；或於「􀀀」的起筆橫畫上增添飾筆性質的短橫畫「-」，寫作「􀀀」〈包山218〉、「􀀀」〈包山245〉；戰國秦系文字或在「􀀀」的起筆橫畫上增添一短畫，作「􀀀」〈放馬灘・日書甲種 15〉，較之於「􀀀」或「􀀀」，「􀀀」所見短畫「|」的性質應與「-」相同，皆為飾筆，惟作「|」並置於「􀀀」之上，遂形成「广」。籀文作「􀀀」，古文作「􀀀」，段玉裁〈注〉

〔註136〕《說文解字注》，頁 351。

〔註137〕張世超、孫凌安、金國泰、馬如森：《金文形義通解》，頁 1925，日本京都，中文出版社，1995 年。

〔註138〕《增訂殷虛書契考釋》卷中，頁 75。

云：「从廿者，古文疾也。」「廿」即由「𤵂」而得；又據大小徐本所載，「疾」字古文爲「𤶫」或「𤶫」〔註139〕，形體與「𤶫」《古陶文彙編》（4.5）、「𤶫」《古陶文彙編》（3.556）等字相近，段注本將之刪除，於此應補入大小徐本所收的字形。

字　例	重　文	時　期	字　形
疾 𤵂	𤵂，廿	殷　商	𤵂《合》（137 正）　𤵂《合》（12671 正）　𤵂《合》（13682 正）　𤵂《合》（21054）
		西　周	𤵂〈毛公鼎〉　𤵂〈師𠭰簋〉
		春　秋	𤵂〈叔尸鎛〉　𤵂〈侯馬盟書・宗盟類 85.26〉
		楚　系	𤵂〈包山 218〉　𤵂〈包山 220〉　𤵂〈包山 245〉
		晉　系	𤵂〈十三年上官鼎〉
		齊　系	𤵂《古陶文彙編》（3.106）　𤵂《古陶文彙編》（3.556）
		燕　系	𤵂《古陶文彙編》（4.2）　𤵂《古陶文彙編》（4.5）
		秦　系	𤵂〈王六年上郡守疾戈〉　疾〈放馬灘・日書甲種 15〉
		秦　朝	𤵂〈泰山刻石〉　疾〈琅琊刻石〉　疾《秦代陶文》（483）
		漢　朝	疾《馬王堆・春秋事語 58》　疾《馬王堆・十問 49》

578、《說文》「瘚」字云：「瘚，屰气也。从疒从屰欠。𢼒，瘚或省疒。」〔註140〕

篆文作「瘚」，从疒从屰欠；或體作「𢼒」，从屰欠，與《馬王堆・老子乙本 177》的「𢼒」相近。許慎認爲「瘚」字或體「𢼒」爲「省疒」之字，係以「瘚」省去「疒」，即寫作「𢼒」。

字　例	重　文	時　期	字　形
瘚 瘚	𢼒	殷　商	
		西　周	
		春　秋	

〔註139〕《說文解字繫傳》，頁 152；（漢）許慎撰、（宋）徐鉉校定：《說文解字》，頁 154，香港，中華書局，1996 年。

〔註140〕《說文解字注》，頁 353。

	楚 系		
	晉 系		
	齊 系		
	燕 系		
	秦 系		
	秦 朝		
	漢 朝	珡	《馬王堆・老子乙本 177》

579、《說文》「瘇」字云：「瘇，脛气腫。从疒童聲。《詩》曰：『既微且瘇』。尰，籀文。」〔註141〕

篆文作「瘇」，从疒童聲；籀文作「尰」，从尢童聲。「瘇」之字義爲「脛气腫」，段玉裁〈注〉云：「脛氣腫即足腫也」，《說文》「疒」字云：「倚也，人有疾痛也」，「尢」字云：「尳也」〔註142〕，二者的字義無涉，替代的現象，係造字時對於偏旁意義的選擇不同所致。又楚系文字作「尰」〈包山177〉，亦从疒童聲，據「童」字考證，形體本爲从辛从目从土，作「壬」者，係於「土」的左側增添一道短斜畫「ノ」。

字 例	重 文	時 期	字 形
瘇 尰	尰	殷 商	
		西 周	
		春 秋	
		楚 系	尰 〈包山 177〉
		晉 系	
		齊 系	
		燕 系	
		秦 系	
		秦 朝	
		漢 朝	

〔註141〕《說文解字注》，頁 354。

〔註142〕《說文解字注》，頁 351，頁 499。

580、《說文》「痲」字云：「痲，皮剝也。从疒冄聲。讀若柟，又讀若襜。痰，籀文从昆。」[註143]

「痲」字从疒冄聲，或體「痰」从疒昆聲。「冄」字上古音屬「日」紐「談」部，「昆」字上古音屬「日」紐「元」部，雙聲，冄、昆作爲聲符使用時可替代。

字　例	重　文	時　期	字　形
痲 痲	痰	殷　商	
		西　周	
		春　秋	
		楚　系	
		晉　系	
		齊　系	
		燕　系	
		秦　系	
		秦　朝	
		漢　朝	

581、《說文》「癃」字云：「癃，罷病也。从疒隆聲。痒，籀文癃省。」[註144]

篆文作「癃」，从疒隆聲；籀文作「痒」，从疒隆省聲，與〈睡虎地・日書甲種55〉的「痒」相近，僅「疒」左側的筆畫多寡不一。從字形言，許愼認爲「癃」字或體「痒」爲「隆省」之字，係以「隆」省去左側的「阜」與右側下半部的「生」，即寫作「痒」。從字音言，「隆」字上古音屬「來」紐「多」部，「夅」字上古音屬「匣」紐「多」部，疊韻，隆、夅作爲聲符使用時可替代。

字　例	重　文	時　期	字　形
癃 癃	痒	殷　商	
		西　周	
		春　秋	

[註143]《說文解字注》，頁354～355。

[註144]《說文解字注》，頁355。

楚 系	
晉 系	
齊 系	
燕 系	
秦 系	〈睡虎地・日書甲種 55〉
秦 朝	《馬王堆・五十二病方 161》
漢 朝	

582、《說文》「爍」字云：「爍，治也。从疒樂聲。讀若勞。癆，或
　　从寮。」〔註145〕

「爍」字从疒樂聲，或體「癆」从疒寮聲。「樂」字上古音屬「來」紐「藥」
部，「寮」字上古音屬「來」紐「宵」部，雙聲，宵藥陰入對轉，樂、寮作爲聲
符使用時可替代。

字 例	重 文	時 期	字 形
爍 爍	癆	殷 商	
		西 周	
		春 秋	
		楚 系	
		晉 系	
		齊 系	
		燕 系	
		秦 系	
		秦 朝	
		漢 朝	

583、《說文》「冕」字云：「冕，大夫吕上冠也。遝延垂璪紞纊。从
　　冃免聲。古者黃帝初作冕。繞，冕或从糸作。」〔註146〕

甲骨文作「𢑷」《合》（33069），像人跪坐而頭戴冕形，郭沫若以爲「冕之

〔註145〕《說文解字注》，頁356。

〔註146〕《說文解字注》，頁357。

初文，象人箸冕之形。」〔註147〕戰國楚系文字作「」〈上博・容成氏 52〉，
辭例爲「武王於是乎素冠冕」，上半部的「卢」即「冠冕」之形。篆文作「冕」，
從冃免聲；或體作「絻」，從糸免聲，《說文》「冃」字云：「小兒及蠻夷頭衣也」，
「糸」字云：「細絲也」〔註148〕，在意義上皆與紡織品有關，作爲形符時，理
可因義近而替代。從字形觀察，篆文上冃下免，採取上下式結構，或體左糸右
免，爲左右式結構，「糸」的形體較長，若置於「免」上，字形結構必呈現長條
狀，故改以左糸右免的構形。

字　例	重　文	時　期		字　形
冕 冕	絻	殷　商		《合》（33069）
		西　周		
		春　秋		
		楚　系		〈上博・容成氏 52〉
		晉　系		
		齊　系		
		燕　系		
		秦　系		
		秦　朝		
		漢　朝		

584、《說文》「冑」字云：「冑，兜鍪也。從冃由聲。𩊚，司馬法冑從革。」〔註149〕

甲骨文作「冑」《周原》（H11：174），金文承襲爲「冑」〈小盂鼎〉、「冑」
〈虢簋〉，商承祚指出「山」爲鍪，「冂」、「Ħ」像冃，下半部爲「目」，「示蒙
首僅見目狀」〔註150〕，或作「𩊚」〈中山王𧲚方壺〉，以「人」取代「目」。戰
國楚系文字或作「冑」〈上博・緇衣 11〉，辭例爲「我弗冑（由）聖」，較之於「冑」，

〔註147〕郭沫若：《兩周金文辭大系圖錄考釋・免簋》，頁 90，上海，上海書店出版社，1999
　　　　年。

〔註148〕《說文解字注》，頁 357，頁 650。

〔註149〕《說文解字注》，頁 357～358。

〔註150〕《說文中之古文考》，頁 72～73。

係省略「冃」；或作「豪」〈曾侯乙 123〉，辭例爲「縞椎玉瑅冑」，上半部的「夷」
即「亩」，下半部爲「夢」，即《說文》所言「从革」之字形，或見「豪」〈天
星觀・遣策〉、「豪」〈秦家嘴 96.6〉、「鞈」〈包山 270〉、「䩦」〈包山・牘 1〉，
辭例依序爲「鼻冑」、「一虛一冑」、「首冑」、「一和龍虛頁冑」，形體雖略異，
實皆「冑」字異體，對照「夢」的形體，「豪」除省略「夷」下方的「丷」
外，所從之「革」上半部作「凵」，「夢」則進一步將「革」所從的「凵」省略，
「鞈」與「䩦」採取左右式結構，左側的「革」上半部或作「Ｗ」，或作「凵」，
「革」字象獸皮開展之形，「廿」或「凵」爲獸首，包山竹簡（270）「革」上
半部作「Ｗ」，應爲「廿」或「凵」省減所致。篆文「冑」，从冃由聲；古文
「䩯」，从革由聲。《說文》「革」字云：「獸皮治去其毛曰革」，「冃」字云：「小
兒及蠻夷頭衣也」〔註 151〕，二者的字義無涉，替代的現象，係造字時對於偏旁
意義的選擇不同所致，「革」可製冑，从革者是爲了明示製作「冑」的材質。

字 例	重 文	時 期	字 形
冑 冑	䩯	殷 商	岢《周原》（H11：174）
		西 周	冑〈小盂鼎〉 冑〈虞簋〉
		春 秋	
		楚 系	豪〈曾侯乙 123〉 豪〈天星觀・遣策〉 鞈〈包山 270〉 䩦〈包山・牘 1〉 豪〈上博・緇衣 11〉 豪〈秦家嘴 96.6〉
		晉 系	冑〈中山王䕓方壺〉
		齊 系	
		燕 系	
		秦 系	
		秦 朝	
		漢 朝	

585、《說文》「冒」字云：「冒，冡而前也。从冃目。䨷，古文冒。」
〔註 152〕

〔註 151〕《說文解字注》，頁 108，頁 357。
〔註 152〕《說文解字注》，頁 358。

　　金文作「🔲」〈九年衛鼎〉，从冃目，其後的文字作「🔲」〈詛楚文〉，上半部的「🔲」因筆畫割裂作「🔲」，《說文》篆文「🔲」源於此，與「🔲」相同，古文作「🔲」，上半部爲「🔲」，下半部作「🔲」，較之於「🔲」，「🔲」爲「🔲」之訛，「🔲」係「目」的訛寫。戰國楚系文字或作「🔲」〈包山 277〉，或从韋作「🔲」〈包山 259〉，或从糸作「🔲」〈仰天湖 11〉，辭例皆爲「帽子」之「帽」，以「🔲」爲例，對照「🔲」的形體，上半部的「🔲」，非如楚系文字所見的「🔲」，「🔲」係將「🔲」中間的「-」向兩側延伸，再加上受到類化影響，形成與「🔲」近似的形體，遂作「🔲」，又於「冒」字增添偏旁「韋」或「糸」，原本係反映該器的製作材料，卻形成從韋冒聲，或是從糸冒聲的形聲字。

字　例	重　文	時　期	字　　　形
冒 🔲	🔲	殷　商	
		西　周	🔲 〈九年衛鼎〉
		春　秋	
		楚　系	🔲 〈包山 259〉　🔲 〈包山 277〉　🔲 〈仰天湖 11〉
		晉　系	
		齊　系	
		燕　系	
		秦　系	🔲 〈詛楚文〉
		秦　朝	
		漢　朝	🔲 《馬王堆・戰國縱橫家書 2》

586、《說文》「网」字云：「🔲，庖犧氏所結繩㠯田㠯漁也。从冂，下象网交文。凡网之屬皆从网。🔲，网或加亡；🔲，或从糸。🔲，古文网从冂亡聲。🔲，籀文从冃。」〔註153〕

　　甲骨文作「🔲」《合》（10514）、「🔲」《合》（10754）、「🔲」《合》（10976正）、「🔲」《英》（738），筆畫多寡無別，像張網之形，金文承襲爲「🔲」〈岡刧卣〉，《說文》篆文「🔲」源於此，惟書體不同，籀文「🔲」近於「🔲」，因筆畫的割裂，許書遂言「从冃」，可知「从冃」之說爲非；戰國以來多增添「亡」

〔註153〕《說文解字注》，頁 358。

以爲聲符，寫作「⿰⿱⿱」〈九店 56.31〉、「⿰」〈睡虎地・日書乙種 19〉，「⿰⿱⿱」的形體雖異，其辭例爲「設網得」，實爲「网」字異體，較之於「⿱」，係因筆畫割裂，使得上半部的形體寫作「⿰」，又象形增聲的現象於兩周文字中亦習見，如：「丘」字作「⿱」〈商丘叔簠〉，或增添丌聲作「⿱」〈三十四年頓丘戈〉，「兒」字作「⿱」〈曾子仲宣鼎〉，或增添坣聲作「⿰」〈王孫遺者鐘〉，「畐」字作「⿱」〈士父鐘〉，或增添北聲作「⿰」〈八年鳥柱盆〉，或體「⿱」應源於此，惟「网」從篆文「⿱」之形，古文「⿱」則省略「⿱」的部件「╳╳」作「⿱」，另一或體增添「糸」作「⿰」，《說文》「糸」字云：「細絲也」〔註154〕，增添「糸」的作用係表示編製網的材質。

字　例	重　文	時　期	字　形
网	⿱，⿰，⿱，⿱	殷　商	⿱《合》（10514）　⿱《合》（10754）　⿱《合》（10976 正）　⿱《合》（28329）　⿱《合》（36749）　⿱《英》（738）
		西　周	⿱〈岡刧卣〉
		春　秋	
		楚　系	⿱〈九店 56.31〉
		晉　系	
		齊　系	
		燕　系	
		秦　系	⿰〈睡虎地・日書乙種 19〉
		秦　朝	
		漢　朝	⿱《馬王堆・養生方 62》

587、《說文》「罻」字云：「⿰，网也。从网舆聲。⿰，舆或从足舆。《逸周書》曰：『不卵不⿰，以成鳥獸。』舆者，禳獸足，故从足。」〔註155〕

篆文作「⿰」，从网舆聲；或體作「⿰」，从足舆聲。《說文》「足」字云：「人之足也」，「网」字云：「庖犧氏所結繩吕田吕漁也」〔註156〕，二者的字義

〔註154〕《說文解字注》，頁 650。

〔註155〕《說文解字注》，頁 358。

〔註156〕《說文解字注》，頁 81，頁 358。

無涉，許書言「⿱網足獸足，故从足」，从網表示為网的一種，从足則表明其作用，替代的現象，係造字時對於偏旁意義的選擇不同所致。

字　例	重　文	時　期	字　　　形
罬 罬	網足	殷　商	
		西　周	
		春　秋	
		楚　系	
		晉　系	
		齊　系	
		燕　系	
		秦　系	
		秦　朝	
		漢　朝	

588、《說文》「罧」字云：「罧，网也。从网米聲。𦊙，罧或从歺。」
〔註157〕

篆文作「罧」，从网米聲；或體作「𦊙」，从歺米聲。《說文》「歺」字云：「剮骨之殘也」，「网」字云：「庖犧氏所結繩以田以漁也」〔註158〕，二者的字義無涉，段玉裁〈注〉云：「从歺亦网罟殘害之意也」，替代的現象，係造字時對於偏旁意義的選擇不同所致。

字　例	重　文	時　期	字　　　形
罧 罧	𦊙	殷　商	
		西　周	
		春　秋	
		楚　系	
		晉　系	
		齊　系	
		燕　系	

〔註157〕《說文解字注》，頁358～359。

〔註158〕《說文解字注》，頁163，頁358。

	秦	系	
	秦	朝	
	漢	朝	

589、《說文》「罶」字云：「罶，曲梁寡婦之笱魚所留也。从网留，
　　　留亦聲。𦊓，罶或从婁。《春秋國語》曰：『溝眔𦊓』」〔註159〕

「罶」字从网留，留亦聲，或體「𦊓」从网婁聲。「留」字上古音屬「來」
紐「幽」部，「婁」字上古音屬「來」紐「侯」部，雙聲，留、婁作爲聲符使用
時可替代。

字　例	重　文	時　期		字　形
罶	𦊓	殷	商	
		西	周	
		春	秋	
		楚	系	
		晉	系	
		齊	系	
		燕	系	
		秦	系	
		秦	朝	
		漢	朝	

590、《說文》「罬」字云：「罬，捕鳥覆車也。从网叕聲。輟，罬或
　　　从車作。」〔註160〕

篆文作「罬」，从网叕聲；或體作「輟」，从車叕聲，「罬」指的是一種
捕鳥的網具，故从网，又車部亦見篆文「輟」，其義爲「車小缺復合者也」
〔註161〕，字義與「罬」字不同，朱駿聲云：「輟字，車部重出，古書或借輟
爲罬耳」〔註162〕，可知「罬」字的或體「輟」，可能是書手臨文忘字借用同

〔註159〕 《説文解字注》，頁 359。

〔註160〕 《説文解字注》，頁 359。

〔註161〕 《説文解字注》，頁 735～736。

〔註162〕 （清）朱駿聲：《説文通訓定聲》，頁 697，臺北，藝文印書館，1994 年。

音之字所致。

字 例	重 文	時 期	字 形
叕	輟	殷　商	
		西　周	
		春　秋	
		楚　系	
		晉　系	
		齊　系	
		燕　系	
		秦　系	
		秦　朝	
		漢　朝	

591、《說文》「罜」字云：「罜，覆車也。从网包聲。《詩》曰：『雉
　　離于罜』。罜，罜或从孚作。」〔註163〕

　　「罜」字从网包聲，或體「罜」从网孚聲。「包」字上古音屬「幫」紐「幽」
部，「孚」字上古音屬「滂」紐「幽」部，二者發聲部位相同，幫滂旁紐，疊韻，
包、孚作爲聲符使用時可替代。

字 例	重 文	時 期	字 形
罜	罜	殷　商	
		西　周	
		春　秋	
		楚　系	
		晉　系	
		齊　系	
		燕　系	
		秦　系	
		秦　朝	
		漢　朝	

〔註163〕《說文解字注》，頁359。

592、《說文》「罝」字云：「罝，兔网也。从网且聲。羅，罝或从組作。魘，籀文从虘。」〔註164〕

「罝」字从网且聲，或體「羅」从网組聲，籀文「魘」从网虘聲。「且」、「組」二字上古音皆屬「精」紐「魚」部，「虘」字上古音屬「從」紐「魚」部，二者發聲部位相同，精從旁紐，疊韻，且、組、虘作爲聲符使用時可替代。

字　例	重　文	時　期	字　　形
罝	羅，魘	殷　商	
		西　周	
		春　秋	
		楚　系	
		晉　系	
		齊　系	
		燕　系	
		秦　系	
		秦　朝	
		漢　朝	

593、《說文》「罵」字云：「罵，馬落頭也。从网馽。馽，絆也。羈，馽或从革。」〔註165〕

篆文作「罵」，从网馽，或體作「羈」，从罵革，又〈睡虎地・秦律十八種188〉作「羈」，从网馬糸。「罵」字云：「馬落頭也。」指套住馬口的嘴套，《說文》「革」字云：「獸皮治去其毛曰革」，「糸」字云：「細絲也」〔註166〕，增添偏旁「革」或「糸」的作用，係爲表示製作「馬落頭」的材質。段玉裁〈注〉云：「既絆其足，又网其頭……，今字作羈。」「罵」字今寫作「羈」，从网馬革，與睡虎地秦簡的差異，在於从「革」、从「糸」的不同。又「馬」爲四足獸，該部之「馽」字指「絆馬足」〔註167〕，「罵」字从「馬」應兼有

〔註164〕《說文解字注》，頁360。

〔註165〕《說文解字注》，頁360。

〔註166〕《說文解字注》，頁108，頁650。

〔註167〕《說文解字注》，頁472。

「既絆其足，又网其頭」之意，以偏旁「馬」替代「[字形]」，係以整體取代部分的現象。

字　例	重　文	時　期	字　　　形
[字形] [字形]	[字形]	殷　商	
		西　周	
		春　秋	
		楚　系	
		晉　系	
		齊　系	
		燕　系	
		秦　系	[字形]〈睡虎地・秦律十八種 188〉
		秦　朝	
		漢　朝	

594、《說文》「覈」字云：「[字形]，實也。攷事襾笮邀遮其辭得實曰覈。從襾敫聲。[字形]，覈或從雨。」〔註 168〕

篆文作「[字形]」，從襾敫聲；或體作「[字形]」，從雨敫聲，與《馬王堆・五十二病方 246》的「[字形]」、《馬王堆・稱 152》的「[字形]」相近。《說文》「襾」字云：「覆也」，「雨」字云：「水從雲下也」〔註 169〕，二者於字義無涉，段玉裁於或體「從雨」下〈注〉云：「亦襾意」，實難從字義解釋替換形符的原因；又「襾」字作「[字形]」，「雨」字作「[字形]」，疑其形符替換的因素，可能係形體的相近所致。

字　例	重　文	時　期	字　　　形
覈 [字形]	[字形]	殷　商	
		西　周	
		春　秋	
		楚　系	
		晉　系	

〔註 168〕《說文解字注》，頁 360。

〔註 169〕《說文解字注》，頁 360，頁 577。

		齊 系	
		燕 系	
		秦 系	
		秦 朝	霆《馬王堆・五十二病方 246》
		漢 朝	霆《馬王堆・稱 152》

595、《說文》「帥」字云：「帥，佩巾也。从巾𠂤聲。帨，帥或从兌聲。」〔註170〕

金文从巾作「帥」〈五祀衛鼎〉，左側的形體或可省寫而作「帥」〈師虎簋〉，或可分割成兩個形體作「帥」〈師望鼎〉；从市作「帥」〈毛公鼎〉，左側的形體可分割爲兩個形體並將右側之「市」重複作「帥」〈彔伯𢧲簋蓋〉。高鴻縉指出「彐」爲兩手，「丨」爲垂巾之形，金文所从之「巾」係周人所添加的意符〔註171〕，其說可參。戰國楚系文字作「帥」〈清華・楚居 7〉，辭例爲「至焚冒霝帥（率）𠂤都徙居焚」，對照「帥」、「帥」的形體，「𦥑」爲「𦥑」、「𦥑」的訛寫，遂形成「阜」，右側則重複「市」作「帥」；秦系文字作「帥」〈睡虎地・日書甲種 7〉，左側的形體應爲「𦥑」的訛寫，《說文》篆文「帥」从「𠂤」，蓋受到「帥」的影響，誤將「𦥑」作「𠂤」而釋爲「𠂤」。《說文》「巾」字云：「佩巾也」，「市」字云：「韠也」〔註172〕，「巾」與「市」皆爲紡織品，爲服飾之一，二者作爲形符使用時替代的現象，亦見於戰國文字，如：「裙」字或从巾作「帬」〈信陽 2.5〉，或从市作「帬」〈望山 2.49〉。「𠂤」字上古音屬「端」紐「微」部，「兌」字上古音屬「定」紐「月」部，二者發聲部位相同，端定旁紐，𠂤、兌作爲聲符使用時可替代。

字 例	重 文	時 期	字 形
帥 帥	帨	殷 商	
		西 周	帥〈五祀衛鼎〉 帥〈毛公鼎〉 帥〈師虎簋〉 帥〈師望鼎〉 帥〈彔伯𢧲簋蓋〉

〔註170〕《說文解字注》，頁 361。

〔註171〕《中國字例》，頁 278。

〔註172〕《說文解字注》，頁 360，頁 366。

	春　秋	𣐆 〈石鼓文〉 𣐆 〈侯馬盟書·宗盟類 16.3〉
	楚　系	𣐆 〈清華·楚居 7〉
	晉　系	
	齊　系	
	燕　系	
	秦　系	𣐆 〈睡虎地·日書甲種 7〉
	秦　朝	
	漢　朝	

596、《說文》「帬」字云：「帬，繞領也。从巾君聲。裠，帬或从衣。」
〔註 173〕

「帬」字或从巾作「帬」，與〈睡虎地·封診式 68〉「帬」相同，〈信陽
2.15〉「帬」上半部的「君」作「爲」，「=」爲「口」的省寫，下半部「巾」作
「巾」，豎畫上的短橫畫「-」爲飾筆；或从衣作「裠」。《說文》「巾」字云：「佩
巾也」，「衣」字云：「依也，上曰衣，下曰常。」〔註 174〕又从「巾」與从「衣」
替換的現象，在《說文》「巾」部中除了「帬」字外，亦見若干字例，如：「常」
字或从巾作「常」，或从衣作「裳」，「襌」字或从巾作「帬」，或从衣作「襌」，
「帗」字或从巾作「帗」，或从衣作「袚」等〔註 175〕，「巾」與「衣」皆爲紡
織品，爲服飾之一，二者之替換，爲義近偏旁的替代。

字　例	重　文	時　期	字　　　形
帬	裠	殷　商	
		西　周	
	帬	春　秋	
		楚　系	帬 〈信陽 2.15〉
		晉　系	
		齊　系	
		燕　系	

〔註 173〕《說文解字注》，頁 361～362。

〔註 174〕《說文解字注》，頁 360，頁 392。

〔註 175〕《說文解字注》，頁 361～362。

秦 系	帛 〈睡虎地・封診式 68〉
秦 朝	
漢 朝	

597、《說文》「常」字云：「常，下帬也。从巾尚聲。裳，常或从衣。」

〔註 176〕

「常」字或从巾作「常」，或从衣作「裳」，據「帬」字考證，「巾」、「衣」替換，屬義近偏旁的替代。又戰國楚系或从「市」作「常」〈曾侯乙 123〉，辭例為「一常」，或从卒作「縱」〈包山 199〉，辭例為「石被常」，或从巾作「常」〈包山 203〉，辭例為「石被常」，或从衣作「裳」〈包山 244〉，辭例為「衣常」。從衣、從卒替換的例子，如：「鐶」字或从衣作「鐶」〈信陽 2.10〉，或从卒作「鐶」〈仰天湖 14〉，「被」字或从衣作「被」〈包山 214〉，或从卒作「被」〈包山 199〉，從巾、從市替換的例子，如：「布」字或从巾作「布」〈作冊睘卣〉，或从市作「布」〈曾侯乙 130〉等，《說文》「卒」字云：「隸人給事者為卒，古以染一題識，故从衣一。」〔註 177〕「市」字云：「韠也，上古衣蔽前而巳市以象之。」〔註 178〕「巾」、「衣」、「市」皆為紡織品，為服飾之一，巾、衣、市替換，屬義近偏旁的替代；古文字習見於長筆畫上增添一道短畫「-」，在「衣」字較長的下斜筆畫上，增添一道短橫畫「-」，字形與「卒」相近同，因形體的相近，遂產生形近偏旁替代的現象。

字 例	重 文	時 期	字 形
常	裳 常	殷 商	
		西 周	
		春 秋	
		楚 系	常〈曾侯乙 123〉 常〈包山 203〉 縱〈包山 199〉 裳〈包山 244〉
		晉 系	
		齊 系	

〔註 176〕《說文解字注》，頁 362。

〔註 177〕《說文解字注》，頁 401。

〔註 178〕《說文解字注》，頁 366。

	燕　系	
	秦　系	常〈睡虎地・日書乙種 23〉
	秦　朝	
	漢　朝	常《馬王堆・戰國縱橫家書 55》

598、《說文》「幃」字云：「幃，橐也。从巾軍聲。褘，幃或从衣。」 [註179]

「幃」字或从巾作「幃」，或从衣作「褘」，據「幎」字考證，「巾」、「衣」替換，屬義近偏旁的替代。

字　例	重　文	時　期	字　形
幃 幃	褘	殷　商	
		西　周	
		春　秋	
		楚　系	
		晉　系	
		齊　系	
		燕　系	
		秦　系	
		秦　朝	
		漢　朝	

599、《說文》「幒」字云：「幒，幃也。从巾悤聲。一曰：『帗』。鬆，幒或从松。」 [註180]

「幒」字从巾悤聲，或體「鬆」从巾松聲。「悤」字上古音屬「清」紐「東」部，「松」字上古音屬「邪」紐「東」部，二者發聲部位相同，清邪旁紐，疊韻，悤、松作為聲符使用時可替代。

字　例	重　文	時　期	字　形
幒	鬆	殷　商	

〔註179〕《說文解字注》，頁 362。

〔註180〕《說文解字注》，頁 362。

	西　周	
🔲	春　秋	
	楚　系	
	晉　系	
	齊　系	
	燕　系	
	秦　系	
	秦　朝	
	漢　朝	

600、《說文》「帷」字云：「帷，在旁曰帷也。从巾隹聲。𢅼，古文帷。」〔註181〕

篆文作「帷」，从巾隹聲，與《馬王堆・一號墓遣策251》的「帷」相近，惟書體不同；古文作「𢅼」，从匚韋聲。《說文》「巾」字云：「佩巾也」，「匚」字云：「受物之器」〔註182〕，二者的字義無涉，段玉裁〈注〉云：「錯曰：『从匚象周帀』」，替代的現象，係造字時對於偏旁意義的選擇不同所致，又「隹」字上古音屬「章」紐「微」部，「韋」字上古音屬「匣」紐「微」部，疊韻，隹、韋作為聲符使用時可替代。

字　例	重　文	時　期	字　　　形
帷 帷	𢅼	殷　商	
		西　周	
		春　秋	
		楚　系	
		晉　系	
		齊　系	
		燕　系	
		秦　系	
		秦　朝	
		漢　朝	帷 《馬王堆・一號墓遣策251》

〔註181〕《說文解字注》，頁362。

〔註182〕《說文解字注》，頁360，頁641。

601、《說文》「帙」字云：「帙，書衣也。从巾失聲。袠，帙或从衣。」
〔註183〕

「帙」字或从巾作「帙」，或从衣作「袠」，據「帽」字考證，「巾」、「衣」
替換，屬義近偏旁的替代。

字 例	重 文	時 期		字 形
帙 帙	袠	殷	商	
		西	周	
		春	秋	
		楚	系	
		晉	系	
		齊	系	
		燕	系	
		秦	系	
		秦	朝	
		漢	朝	

602、《說文》「席」字云：「席，藉也。《禮》：『天子諸矦席有黼
繡純飾』。从巾庶省聲。囩，古文席从石省。」〔註184〕

戰國楚系文字或从竹作「簜」〈曾侯乙76〉、「簹」〈包山263〉、「簹」〈上
博・競公瘧12〉，辭例依序為「紫因之席」、「一寢席」、「退席」，或从艸作「蓆」
〈信陽2.19〉，辭例為「裀席」，形體雖不同，皆「席」字異體，「艸」係在「竹」
的豎畫增添短橫畫「-」，據「䇞」字考證，竹、艸作為形符使用時，可因義近
而替代，又據「汛」字考證，姚孝遂指出甲骨文「席」字作「囩」、「囩」，王
襄《簠室殷契類纂》釋為「象織紋方幅之形」〔註185〕，許進雄以為「正象屋內
之坐席形」〔註186〕，較之於「簜」的「唇」，下半部的「囩」即「囩」，「簹」、
「蓆」皆从「石」，寫作「石」者，有二種可能，一為「囩」的訛省，一為聲

〔註183〕《說文解字注》，頁362。

〔註184〕《說文解字注》，頁364。

〔註185〕《精校本許慎與說文解字》，頁112。

〔註186〕許進雄：《古文諧聲字根》，頁182，臺北，臺灣商務印書館，1995年。

符的代換，「席」字上古音屬「邪」紐「鐸」部，「石」字上古音屬「禪」紐「鐸」部，疊韻，席、石作爲聲符使用時可替代，從形體觀察，應爲聲符的代換。《說文》古文作「囷」，蓋源於「𥬖」，許書言「从石省」爲非，邱德修指出「『囷』從厂從囚，乃由置囚於（室屋）中，以會籍席之誼。」〔註187〕其說可從。秦系文字作「席」〈睡虎地・秦律雜抄 4〉、「帯」〈睡虎地・日書甲種 157 背〉，篆文「席」同於「席」，許慎分析字形爲「从巾庶省聲」，「庶」字从火从石，「廿」係「石」之部件「口」的訛寫，「帯」之「廿」作「廾」，係因筆畫延展所致。

字　例	重　文	時　期	字　　　　形
席　席	囷	殷　商	
		西　周	
		春　秋	
		楚　系	𥬖〈曾侯乙 76〉𦊆〈信陽 2.19〉𥬖〈包山 263〉𥬖〈上博・競公瘧 12〉
		晉　系	
		齊　系	
		燕　系	
		秦　系	席〈睡虎地・秦律雜抄 4〉帯〈睡虎地・日書甲種 157 背〉
		秦　朝	席〈五十二病方 247〉
		漢　朝	席《馬王堆・胎產書 17》席《馬王堆・要 12》

603、《說文》「市」字云：「市，韠也。上古衣蔽前而已市呂象之。天子朱市，諸矦赤市，卿大夫蔥衡。从巾，象連帶之形。凡市之屬皆从市。䧿，篆文市从韋从犮，俗作紱。」〔註188〕

西周金文作「市」〈師𩛥簋〉，《說文》古文「市」與之相同，或增添攵作「𦎫」〈瘋盨〉，辭例依序爲「赤市」、「鞞市」，與〈瘋盨〉的辭例相近同者，如〈毛公鼎〉、〈番生簋蓋〉的「朱市」，又如〈頌簋〉的「赤市」等，從辭例的

〔註187〕邱德修：《說文解字古文釋形考述》，頁 737，臺北，國立臺灣師範大學國文研究所碩士論文，1974 年。

〔註188〕《說文解字注》，頁 366。

比對可知〈癲盨〉所从「夂」之字應爲「市」，又據〈癲盨〉銘文所載，在「韠市」之前有「鞶靳」，後有「鋚勒」，「鞶」、「鋚」二字皆从「夂」，「市」字增添「夂」，疑受到語境中前後字形的影響，故增添「夂」作「𧝬」；春秋金文或見增添「韋」作「𧝬」〈曾師季𧝬盤〉，辭例爲「曾師季𧝬用其吉金自作寶盤」，較之於「𢎨」〈黃韋俞父盤〉，「𧝬」係省略「𢎨」的「○」，《說文》「韋」字云：「相背也。獸皮之韋，可吕束物，枉戾相韋背，故借吕爲皮韋。」〔註189〕增添「韋」是爲了表示製作「市」的材質，篆文从韋夋聲作「鞖」，所从之「韋」與「𧝬」的作用相同，「市」字上古音屬「並」紐「物」部，「夋」字上古音屬「並」紐「月」部，雙聲，市、夋作爲聲符使用時可替代。

字　例	重　文	時　期	字　形
市 市	鞖	殷　商	
		西　周	市〈師酉簋〉 𧝬〈癲盨〉
		春　秋	𧝬〈曾師季𧝬盤〉
		楚　系	市〈曾侯乙129〉
		晉　系	
		齊　系	
		燕　系	
		秦　系	
		秦　朝	
		漢　朝	

604、《說文》「袷」字云：「袷，士無市有袷，制如榼缺四角，爵弁服，其色韎，賤不得與裳同。从巿合聲。鞈，袷或从韋。」〔註190〕

篆文作「袷」，从巿合聲；或體作「鞈」，从韋合聲，金文作「鞈」〈裘衛盉〉，與或體相近。《說文》「巿」字云：「韠也。」「韋」字云：「相背也。獸皮之韋，可吕束物，枉戾相韋背，故借吕爲皮韋。」〔註191〕「袷」爲服飾名，

〔註189〕《說文解字注》，頁237。

〔註190〕《說文解字注》，頁366～367。

〔註191〕《說文解字注》，頁237，頁366。

「市」為熟皮所製，「韋」借指熟而柔軟的獸皮，可知「市」、「韋」在字義上有一定的關係，作為形旁時，可因義近而替代。

字　例	重　文	時　期	字　形
帢帢	鞈	殷　商	
		西　周	鞈 〈裘衛盉〉
		春　秋	
		楚　系	
		晉　系	
		齊　系	
		燕　系	
		秦　系	
		秦　朝	
		漢　朝	

605、《說文》「白」字云：「白，西方色也。会用事物色白。从入合二。二，会數。凡白之屬皆从白。𩇦，古文白。」〔註192〕

甲骨文作「白」《合》（203 反）或「白」《合》（20078），郭沫若指出其字形「實拇指之象形」〔註193〕，許慎言「白」字「从入合二。二，会數。」為釋形之誤。〈兆域圖銅版〉之字作「白」，張守中釋為「且」，湯餘惠從辭例與字形考慮，言其字為「白」而讀為「帛」，容庚指出是從白從一的「白」字。〔註194〕從戰國晉系的貨幣文字觀察，中山王器所見之字，應如湯餘惠所言，其下的橫畫「一」為增添的飾筆。又《馬王堆·一號墓遣策 11》的「白」字作「白」，辭例為「牛白羹一鼎」，字形與「自」字之「白」相同，疑因書手誤寫，將「白」寫作「白」。《說文》篆文作「白」，形體與「白」〈上博·緇

〔註192〕　《說文解字注》，頁 367。

〔註193〕郭沫若：《金文叢考·金文餘釋·釋白》，頁 388，北京，科學出版社，1982 年。（收入《郭沫若全集（考古編）》第五卷）

〔註194〕張守中：《中山王𨟭器文字編》，頁 16，北京，中華書局，1981 年；湯餘惠：〈關於全字的再探討〉，《古文字研究》第十七輯，頁 218～222，北京，中華書局，1989年；《金文編》，頁 552。

衣 18〉或「白」〈泰山刻石〉相近；古文作「帛」，雖尚未見於出土文獻，然據《古文四聲韻》所載，「白」字作「帛」、「帛」《古老子》〔註195〕，形體與「帛」近同，可知《說文》收錄之「帛」，亦有所依據。

字 例	重 文	時 期	字 形
白 白	帛	殷 商	白《合》（203 反） 白《合》（20078）
		西 周	白〈虢季子白盤〉
		春 秋	白〈魯伯愈父鬲〉
		楚 系	白〈上博・緇衣 18〉
		晉 系	白〈兆域圖銅版〉 白〈城白・直刀〉 白〈成白・直刀〉
		齊 系	
		燕 系	
		秦 系	白〈睡虎地・秦律十八種 34〉
		秦 朝	白〈泰山刻石〉
		漢 朝	白《馬王堆・經法 3》 白《馬王堆・一號墓遣策 11》

606、《說文》「皤」字云：「皤，老人白也。从白番聲。《易》曰：『賁如皤如』。頮，皤或从頁。」〔註196〕

篆文作「皤」，从白番聲；或體作「頮」，从頁番聲。「皤」字為老人白首之貌，段玉裁於「頮」字下注云：「然則白髮亦俏皤。」《說文》「白」字云：「西方色也」，「頁」字云：「頭也」〔註197〕，二者的字義雖無關聯，然從「皤」的字義言，改易為「頁」實為明確表示「白首之貌」。

字 例	重 文	時 期	字 形
皤 皤	頮	殷 商	
		西 周	
		春 秋	
		楚 系	

〔註195〕《古文四聲韻》，頁 317 。

〔註196〕《說文解字注》，頁 367。

〔註197〕《說文解字注》，頁 367，頁 420。

晉　系	
齊　系	
燕　系	
秦　系	
秦　朝	
漢　朝	

第八章　《説文》卷七重文字形分析

第九章 《說文》卷八重文字形分析

607、《說文》「人」字云：「⿰，天地之性取貴者也。此籀文。象臂
　　脛之形。凡人之屬皆从人。」[註1]

　　　《說文》「儿」字云：「⿰，古文奇字⺅也。象形。孔子曰：
　　『儿在下故詰詘』。凡儿之屬皆从儿。」[註2]

　　甲骨文作「⿰」《合》（7277）、「⿰」《合》（21099），像「側立之形」[註3]，
其後文字多承襲之，如：「⿰」〈師酉簋〉、「⿰」〈子禾子釜〉、「⿰」〈睡虎地・
法律答問5〉，《說文》籀文「⿰」源於此，而與《馬王堆・二三子問25》的「⿰」
相近。武威漢簡作「⿰」《武威・有司20》，古文奇字「⿰」形體與之相近，其
間的差異爲書體的不同，《說文》从「儿」之字，如：「兒」字作「⿰」，金文作
「⿰」〈易兒鼎〉，「允」字作「⿰」，金文作「⿰」〈班簋〉，「兄」字作「⿰」，
金文作「⿰」〈夌季良父壺〉，金文中尚未見从「⿰」得形者，許書收錄的「⿰」，
蓋源於「⿰」。

〔註1〕 （漢）許慎撰、（清）段玉裁注：《說文解字注》，頁369，臺北，黎明文化事業股
　　　　份有限公司，1991年。

〔註2〕 《說文解字注》，頁409。

〔註3〕 李孝定：《甲骨文字集釋》第八，頁2609，臺北，中央研究院歷史語言研究所，1991
　　　　年。

字 例	重 文	時 期	字 形
人	𠘤， 𠆢	殷 商	𠆢 《合》（7277） 𠂊 《合》（21099）
		西 周	𠂉 〈師酉簋〉
		春 秋	𠂉 〈侯馬盟書・納室類 67.2〉
		楚 系	𠂆 〈包山 91〉
		晉 系	𠄌 〈中山王🔲鼎〉 𠂉 〈白人刀・直刀〉
		齊 系	𠂉 〈子禾子釜〉
		燕 系	𠄌 〈明・弧背燕刀〉
		秦 系	人 〈睡虎地・法律答問 5〉
		秦 朝	
		漢 朝	入 《馬王堆・戰國縱橫家書 27》 𠆢 《馬王堆・二三子問 25》 𠆢 《武威・有司 20》

608、《說文》「保」字云：「𠈃，養也。从人�省聲。㝐，古文孚。𢀇，古文不省；𠤽，古文。」〔註4〕

殷商文字作「𠈃」《合》（6），从人从子，或作「𠈃」《合》（18970）、「𠈃」〈保鼎〉，像人懷抱小孩，對之呵護的形象。西周金文或承襲从人从子之形，並於「子」的右側增添一道斜畫「／」，作「𠈃」〈大盂鼎〉，或於此構形上再增添「玉」，寫作「𠈃」〈矢令方彝〉，姚孝遂指出「保」字在甲骨文所从之「子」與「人」的形體並列，金文所見「／」爲區別符號，或增添「玉」，字形非从「孚」〔註5〕，其言可從；又〈格伯簋〉或見从人从𠈃的「𠈃」，或从人从𠈃的「𠈃」，較之於「𠈃」，「𠈃」係在「𠈃」的右側增添一道斜畫「／」，「／」本作爲區別符號之用，爲求結構的穩定、對稱，甚或達到補白的效果，遂於左側再增添一道「／」，除了具有區別的作用外，亦兼具飾筆性質，然因誤將兩道筆畫接連作「人」形成「𠈃」，「𠈃」係受到「〜」的影響，遂重複形體作「≫」。〈𤲮侯少子簋〉从人从𠈃作「𠈃」，《說文》篆文「𠈃」與之相近，古文「𠤽」應爲省減「人」的形體，可知許書言「从人㝐省聲」的說法爲非。戰國楚系文字或

〔註4〕 《說文解字注》，頁 369。

〔註5〕 姚孝遂：《精校本許愼與說文解字》，頁 126，北京，作家出版社，2008 年。

見「⿰保」〈郭店・老子甲本 2〉，或見「⿰保」〈郭店・老子乙本 15〉，辭例依序
為「視素保樸」、「善保者不脫」，「⿰保」之「⿰保」係省略「子」之首的形體；
晉系中山國文字增添「爪」作「⿰保」〈中山王⿰鼎〉，究其形體，應是承襲「⿰保」、
「⿰保」發展，「⿰保」所見之「手」，本應在形體改為「人」後，隨著本有的形
體消失，卻在〈中山王⿰鼎〉中出現，由於「手」與主體割裂，遂以「爪」的
形象呈現，古文「⿰保」與之相近；齊系文字或增添「缶」作「⿰保」〈十年墜侯
午敦〉，辭例為「保有齊邦」，與之辭例相同者，見於〈十四年墜侯午敦〉，該器
銘「保」字作「⿰保」，「保」字上古音屬「並」紐「幽」部，「缶」字上古音屬
「幫」紐「幽」部，二者發聲部位相同，幫並旁紐，疊韻，增添聲符「缶」的
現象，僅見於齊系的〈十年墜侯午敦〉，應是「保」字的讀音發生變化，遂增添
一個相近的聲符，作為標音之用。

字 例	重 文	時 期	字　　形
保 ⿰保	⿰保，⿰保	殷 商	⿰《合》（6）　⿰《合》（18970）　⿰〈保鼎〉
		西 周	⿰〈大盂鼎〉　⿰〈矢令方彝〉　⿰，⿰，⿰〈格伯簋〉
		春 秋	⿰〈黿公華鐘〉　⿰〈鄦侯少子簋〉　⿰〈齊侯敦〉
		楚 系	⿰〈郭店・老子甲本 2〉　⿰〈郭店・老子乙本 15〉
		晉 系	⿰〈中山王⿰鼎〉
		齊 系	⿰〈十年墜侯午敦〉　⿰〈十四年墜侯午敦〉 ⿰〈墜侯因⿰敦〉
		燕 系	
		秦 系	⿰〈睡虎地・封診式 86〉
		秦 朝	
		漢 朝	⿰《馬王堆・戰國縱橫家書 74》

609、《說文》「仁」字云：「⿰，親也。从人二。⿱，古文仁从千心
　　　作；⿰，古文仁或从尸。」〔註6〕

篆文作「⿰」，从人二，與〈侯馬盟書・宗盟類 1.36〉的「⿱」相近，又

〔註6〕《說文解字注》，頁 369。

戰國楚系文字或作「☐」〈包山 180〉，左側形體異於「人」，楚簡帛「人」字
作「☐」、「☐」、「☐」、「☐」、「☐」、「☐」、「☐」，「尸」字作「☐」、「☐」、
「☐」、「☐」，可知「☐」所從爲「尸」，尸、人的形體雖然有別，卻十分相
近，遂將「人」寫爲「尸」。古文從尸二作「☐」，形體與〈中山王☐鼎〉的
「☐」近同。《說文》「人」字云：「天地之性☐貴者也」，「尸」字云：「陳也」
〔註7〕，二者的字義無涉，然「尸」字篆文作「☐」，像「☐」倒書，仍取象
於「人」，故易「人」爲「尸」。另一古文作「☐」，從心千聲，形體近於「☐」
〈上博‧性情論 34〉，楚系文字或從心身聲作「☐」〈郭店‧緇衣 10〉、「☐」〈郭
店‧五行 1〉，或從心人聲作「☐」〈郭店‧唐虞之道 8〉、「☐」〈郭店‧唐虞之
道 2〉，辭例依序爲「唯性愛近仁」、「上好仁則下之爲仁也爭先」、「仁形於內謂
之德之行」、「仁而未義也」、「古昔賢仁聖者如此」，其形體雖異，皆爲「仁」字
異體，「☐」係在「人」的較長筆畫上增添一道小圓點「‧」，「☐」係在「心」
的形體增添一道短橫畫「-」，所見的「‧」、「-」皆屬飾筆性質，「千」字上古音
屬「清」紐「眞」部，「人」字上古音屬「日」紐「眞」部，「身」字上古音屬「心」
紐「眞」部，三者具有疊韻的關係，千、人、身作爲聲符使用時可替代。

字 例	重 文	時 期	字 形
仁 ☐	☐，☐	殷 商	
		西 周	
		春 秋	☐〈侯馬盟書‧宗盟類 1.36〉
		楚 系	☐〈包山 180〉 ☐〈郭店‧五行 1〉 ☐〈郭店‧緇衣 10〉 ☐〈郭店‧唐虞之道 2〉 ☐〈郭店‧唐虞之道 8〉 ☐〈上博‧性情論 34〉
		晉 系	☐〈中山王☐鼎〉
		齊 系	
		燕 系	
		秦 系	☐〈睡虎地‧法律答問 63〉
		秦 朝	
		漢 朝	☐《馬王堆‧老子乙本 175》 ☐《馬王堆‧春秋事語 57》

〔註7〕《說文解字注》，頁 369，頁 403。

610、《說文》「企」字云：「企，舉踵也。从人止。企，古文企从足。」
〔註8〕

甲骨文作「企」《合》（11891）、「企」《合》（11893），从人止，篆文之「企」，即承襲此形體而發展。古文从足作「企」，據「歸」字考證，「止」字於甲骨文即爲足形，止、足作爲形符時替代的現象，屬義近的替代。

字　例	重　文	時　期	字　　　　形
企 企	企	殷　商	企《合》（11891）　企《合》（11893）
		西　周	
		春　秋	
		楚　系	
		晉　系	
		齊　系	
		燕　系	
		秦　系	
		秦　朝	企〈龍崗 217〉
		漢　朝	

611、《說文》「伊」字云：「伊，殷聖人阿衡也。尹治天下者，从人尹。伊，古文伊从古文死。」〔註9〕

甲骨文作「伊」《合》（32790），从人尹，其後的文字多承襲之，如：「伊」〈史懋壺〉、「伊」〈睡虎地・編年記 14〉，《說文》篆文作「伊」，與「伊」相同。或見作「伊」〈叔尸鐘〉、「伊」〈上博・子羔 2〉，所从之「尹」，據「君」字考證，因筆畫的省減、接連，以及類化作用的影響，形成「尹」的形體，將之與「伊」右側的「尹」相較，「尹」亦應爲「尹」，因省減其間的一筆，遂由「尹」作「尹」。古文从死作「伊」，左側之形體「伊」，疑爲「尹」的訛寫。「尹」字上古音屬「余」紐「眞」部，「死」字上古音屬「心」紐「脂」部，脂眞陰陽對轉，尹、死作爲聲符使用時可替代。

〔註 8〕　《說文解字注》，頁 369。
〔註 9〕　《說文解字注》，頁 371。

字　例	重　文	時　期	字　　　形
伊 伊	順	殷　商	伊《合》（32790）
		西　周	伊〈史懋壺〉
		春　秋	伊〈叔尸鐘〉
		楚　系	伊〈上博・子羔2〉
		晉　系	
		齊　系	
		燕　系	
		秦　系	
		秦　朝	伊〈睡虎地・編年記14〉
		漢　朝	伊《馬王堆・九主352》

612、《說文》「倓」字云：「倓，安也。从人炎聲。讀若談。㑅，倓或从剡。」〔註10〕

「倓」字从人炎聲，或體「㑅」从人剡聲。「剡」字有二讀音，一為「時染切」，上古音屬「禪」紐「談」部，一為「以冉切」，上古音屬「余」紐「談」部，「炎」字上古音屬「匣」紐「談」部，疊韻，炎、剡作為聲符使用時可替代。

字　例	重　文	時　期	字　　　形
倓 倓	㑅	殷　商	
		西　周	
		春　秋	
		楚　系	
		晉　系	
		齊　系	
		燕　系	
		秦　系	
		秦　朝	
		漢　朝	

〔註10〕《說文解字注》，頁371。

613、《說文》「傀」字云：「傀，偉也。从人鬼聲。《周禮》曰：『大
　　傀異災』。瓌，傀或从玉褱聲。」〔註11〕

篆文作「傀」，从人鬼聲；或體作「瓌」，从玉褱聲。《說文》「玉」部之
字，或以「玉」爲字義，如：「瓘」、「玒」、「璐」、「球」，或以「治玉」爲字義，
如：「琢」、「琱」、「理」，或以「玉聲」爲字義，如：「玲」、「瑲」、「玎」、「琤」、
「瑣」、「瑝」，或以「石之次玉者」爲字義，如：「瑀」、「玤」、「璓」，或以「石
之似玉者」爲字義，如：「㻠」、「瓅」、「璁」、「玽」、「琂」、「瑦」、「瑂」、「璒」、
「玕」，或以「石之美者」爲字義，如：「琨」、「珉」、「瑤」〔註12〕，尚未見有
「魁偉」或「高大」之義，故馬叙倫指出「瓌」應歸於「玉」部「瑰」字的重
文〔註13〕，其言可參。「傀」、「瑰」二字上古音皆屬「見」紐「微」部，雙聲疊
韻，理可通假，將「瓌」置於「傀」下，係誤以通假字爲重文。

字　例	重　文	時　期	字　形
傀　傀	瓌	殷　商	
		西　周	
		春　秋	
		楚　系	
		晉　系	
		齊　系	
		燕　系	
		秦　系	
		秦　朝	
		漢　朝	

614、《說文》「份」字云：「份，文質僃也。从人分聲。《論語》曰：
　　『文質份份』。彬，古文份从彡林。林者，从焚省聲。」〔註14〕

「份」字从人分聲，古文「彬」从彡焚省聲。「分」字上古音屬「幫」紐「文」

〔註11〕　《說文解字注》，頁372。

〔註12〕　《說文解字注》，頁10～19。

〔註13〕　馬叙倫：《說文解字六書疏證》三，卷十五，頁2032，臺北，鼎文書局，1975年。

〔註14〕　《說文解字注》，頁372。

部，「焚」字上古音屬「並」紐「文」部，二者發聲部位相同，幫並旁紐，疊韻，分、焚作爲聲符使用時可替代。《說文》「彡」字云：「毛飾畫文也」〔註15〕，「份」的字義爲「文質兼備」，從「人」係指此爲人類獨有的行爲，從「彡」係就「文飾」言，替代的現象，係造字時對於偏旁意義的選擇不同所致。

字 例	重 文	時 期	字 形
份	彬	殷 商	
		西 周	
		春 秋	
		楚 系	
		晉 系	
		齊 系	
		燕 系	
		秦 系	
		秦 朝	
		漢 朝	

615、《說文》「仿」字云：「仿，仿佛，相倡，視不諟也。從人方聲。侚，籒文仿從丙。」〔註16〕

「仿」字從人方聲，籒文「侚」從人丙聲。「方」、「丙」二字上古音皆屬「幫」紐「陽」部，雙聲疊韻，方、丙作爲聲符使用時可替代。

字 例	重 文	時 期	字 形
仿	侚	殷 商	
		西 周	
		春 秋	
		楚 系	仿 〈包山200〉
		晉 系	
		齊 系	
		燕 系	

〔註15〕 《說文解字注》，頁 428。

〔註16〕 《說文解字注》，頁 374。

		秦　系	
		秦　朝	
		漢　朝	𢓊《馬王堆・老子乙本 226》

616、《說文》「備」字云：「備，愼也。从人葡聲。俻，古文備。」

〔註17〕

　　甲骨文从人葡聲作「𤰅」《合》（565），「葡」字作「𤰇」《合》（320），「其字本象箙形，中或盛一矢、二矢、三矢，後乃由從一矢之𤰇、𤰇，變而爲𤰇、𤰇，於初形已漸失。」〔註18〕金文作「𤰇」〈或簋〉、「𤰇」〈元年師旋簋〉、「𤰇」〈洹子孟姜壺〉，「矢」之形由「𤰇」訛寫爲「𤰇」、「𤰇」；戰國楚系文字或襲自「𤰇」作「𤰇」〈曾侯乙 137〉，或作「𤰇」〈郭店・老子乙本 1〉、「𤰇」〈郭店・語叢一 94〉、「𤰇」〈上博・孔子見季趄子 7〉、「𤰇」〈清華・保訓 6〉、「𤰇」〈清華・耆夜 6〉、「𤰇」〈清華・皇門 5〉，「𤰇」所從之「𤰇」上半部作「𤰇」，應由「𤰇」、「𤰇」發展而來，「𤰇」所見的「＝」，本爲「盛矢之器形」，將左右兩側的豎畫省略，並將「＝」與「矢」的形體緊密接連，遂寫作「𤰇」，下半部的「〃」爲飾筆的增添，「𤰇」左側上半部所從爲「人」，因置於「𤰇」旁，故縮寫爲「刀」，形近於「刀」，右側的「𤰇」亦爲「𤰇」、「𤰇」之訛，「𤰇」左側的「𤰇」應爲「人」，右側的「𤰇」係「𤰇」的省寫，「𤰇」右側作「𤰇」，下半部進一步訛寫爲「𤰇」，「𤰇」右側爲「𤰇」，下半部訛爲「𤰇」；晉系文字作「𤰇」〈中山王𤰇鼎〉，「𤰇」在「𤰇」的下方增添「𤰇」，並於「𤰇」的兩側增添飾筆「〃」，寫作「𤰇」；秦系文字作「𤰇」，「𤰇」亦訛爲「𤰇」， 馬王堆漢墓出土文獻承襲爲「俻」《馬王堆・二三子問 8》。《說文》篆文「備」蓋源於「𤰇」，因形體訛誤愈甚，故許書言「从人葡聲」，又古文作「俻」，較之於「𤰇」，右側的「𤰇」或爲「𤰇」的訛寫。

字　例	重　文	時　期	字　　形
備	俻	殷　商	𤰅《合》（565）

〔註17〕《說文解字注》，頁 375。

〔註18〕羅振玉：《增訂殷虛書契考釋》卷中，頁 45，臺北，藝文印書館，1982 年。

		西　周	〈𢆥簋〉 〈元年師旋簋〉
備		春　秋	，〈洹子孟姜壺〉
		楚　系	〈曾侯乙 137〉 〈郭店・老子乙本 1〉 〈郭店・語叢一 94〉 〈上博・孔子見季趄子 7〉 〈清華・保訓 6〉 〈清華・耆夜 6〉 〈清華・皇門 5〉
		晉　系	〈中山王𧊟鼎〉
		齊　系	
		燕　系	
		秦　系	〈睡虎地・秦律十八種 175〉
		秦　朝	
		漢　朝	《馬王堆・二三子問 8》

617、《說文》「儐」字云：「儐，導也。从人賓聲。擯，儐或从手。」

〔註 19〕

篆文从人作「儐」，或體从手作「擯」，與《武威・士相見之禮 7》的「擯」相近，惟書體不同，《說文》「人」字云：「天地之性最貴者也」，以「人」替代「手」，係以整體取代部分，若以「手」替代「人」，則爲以部分取代整體。類似的現象，亦見於兩周文字，如：「體」字或从人作「禮」〈上博・緇衣 5〉，或从身作「軆」〈中山王𧊟方壺〉，或从肉作「䠱」〈上博・民之父母 13〉，或从骨作「體」〈郭店・緇衣 8〉。人、手作爲形符時替代的現象，屬義近的替代。

字　例	重文	時　期	字　形
儐	擯	殷　商	
儐		西　周	
		春　秋	
		楚　系	
		晉　系	
		齊　系	
		燕　系	

〔註 19〕《說文解字注》，頁 375～376。

		秦　系	
		秦　朝	
		漢　朝	擯《武威・士相見之禮 7》

618、《說文》「侮」字云：「㑄，傷也。从人每聲。𡙇，古文从母。」
〔註 20〕

戰國楚系文字从人矛聲作「𡘻」〈郭店・老子丙本 1〉，辭例爲「其次侮之」，晉系文字作「𡙇」〈中山王𧊒鼎〉，从人母聲，形體近同於《說文》古文「𡙇」，篆文从人每聲作「㑄」，聲符雖異，實皆「侮」字異體。「每」、「母」二字上古音皆屬「明」紐「之」部，「矛」字上古音屬「明」紐「幽」部，每、母爲雙聲疊韻關係，與矛爲雙聲關係，每、母、矛作爲聲符使用時可替代。

字　例	重　文	時　期	字　　　　　形
侮 㑄	𡙇	殷　商	
		西　周	
		春　秋	
		楚　系	𡘻〈郭店・老子丙本 1〉
		晉　系	𡙇　〈中山王𧊒鼎〉
		齊　系	
		燕　系	
		秦　系	
		秦　朝	
		漢　朝	

619、《說文》「㑄」字云：「㑄，㑄也。从人疾聲。一曰：『毒也』。㛄，㑄或从女。」〔註 21〕

篆文从人作「㑄」，或體从女作「㛄」，《說文》「人」字云：「天地之性取貴者也」，「女」字云：「婦人也」〔註 22〕，「人」爲人類的統稱，「女」指婦人，

〔註 20〕　《說文解字注》，頁 384。

〔註 21〕　《說文解字注》，頁 384。

〔註 22〕　《說文解字注》，頁 369，頁 618。

二者的字義有所關聯，人、女作爲形符使用時替代的現象，亦見於兩周文字，如：「育」字或從人作「𣎜」〈史牆盤〉，或從女作「𡥀」〈呂仲僕爵〉，「姓」字或從人作「𤯔」〈黿鎛〉，或從女作「𡝩」〈詛楚文〉，作爲形符時替代的現象，屬義近的替代。

字 例	重 文	時 期	字 形
侯 候	𠊱	殷 商	
		西 周	
		春 秋	
		楚 系	
		晉 系	
		齊 系	
		燕 系	
		秦 系	
		秦 朝	
		漢 朝	

620、《說文》「眞」字云：「𧴦，僊人變形而登天也。從匕目乚，𠀇，所㠯乘載之。𧴦，古文眞。」〔註23〕

金文作「𧴦」〈伯眞甗〉、「𧴦」〈眞盤〉，基本構形從貝從匕，或增添丌，唐蘭以爲應從貝匕聲，「匕」即「殄」字古文，又古文「𧴦」下半部的「𠔿」爲「貝」之訛〔註24〕，從「𧴦」的形體觀察，其說可從；或從鼎匕聲作「𧴦」〈段簋〉、「𧴦」〈季鼎鬲〉，古文字中或見從鼎、從貝互作者，如：「敗」字或從鼎作「𣀄」《合》（2274 正），或從貝作「𣀄」《合》（18317），或見因形體的訛省而由鼎作貝者，如：「則」字從鼎作「𠟥」〈郭店・五行 15〉，從貝作「𠟥」〈上博・緇衣 2〉，「員」字從鼎作「𪔂」〈石鼓文〉，從貝作「員」〈放馬灘・地圖〉，「眞」字或從貝，或從鼎，其現象應同於「敗」字；東周文字皆從鼎作「𪔂」〈眞・平肩空首布〉、「𪔂」〈曾侯乙 61〉，並增添「丌」於下方，聲符「匕」訛寫爲「卜」、「𠃌」；馬王堆漢墓出土文獻爲「𧴦」《馬王堆・

〔註23〕 《說文解字注》，頁 388。

〔註24〕 唐蘭：〈釋眞〉，《唐蘭先生金文論集》，頁 31～33，北京，紫禁城出版社，1995 年。

老子甲本 133》，對照「貞」、「爂」的形體，蓋受到省減與類化的影響，將「貝」或「鼎」的形體寫作「目」，《説文》篆文「眞」與「夐」相近，惟形體訛誤愈甚，「兀」訛寫作「丌」，可知許書言「从匕目乚，丌，所吕乘載之」，實就訛形釋字。

字 例	重 文	時 期	字　形
眞 眞	眞	殷　商	
		西　周	〈伯眞甗〉　〈眞盤〉　〈段簋〉　〈季鼎扁〉
		春　秋	〈眞・平肩空首布〉
		楚　系	〈曾侯乙61〉
		晉　系	
		齊　系	
		燕　系	
		秦　系	
		秦　朝	
		漢　朝	《馬王堆・老子甲本 133》

621、《説文》「卓」字云：「卓，高也。早匕爲卓，匕卪爲卬，皆同意。卓，古文卓。」〔註25〕

西周金文作「卓」〈九年衛鼎〉，張世超等人指出从人在「易」之上，「蓋象人於日下立於高卓之處」〔註26〕，「易」字作「易」〈同簋〉、「易」〈永盂〉、「易」〈伊簋〉，與「易」相近，其言可參；戰國楚系文字承襲爲「卓」〈天星觀・卜筮〉，於「人」增添一道橫畫「一」，寫作「卓」；馬王堆漢墓出土文獻作「卓」《馬王堆・五行篇 334》，近於《説文》古文「卓」，其間的差異，係前者下半部爲「十」，後者將「一」引曳拉長爲「乀」，寫作「巾」；篆文从早匕作「卓」，兩周以來的「卓」字尚未見作「卓」者，下半部的「卬」，蓋受到「十」的影響將之寫作「卬」。

〔註25〕《説文解字注》，頁 389。

〔註26〕張世超、孫凌安、金國泰、馬如森：《金文形義通解》，頁 2037，日本京都，中文出版社，1995 年。

字　例	重　文	時　期	字　形
享 亯	宗	殷　商	
		西　周	〈九年衛鼎〉
		春　秋	
		楚　系	〈天星觀・卜筮〉
		晉　系	
		齊　系	
		燕　系	
		秦　系	
		秦　朝	
		漢　朝	《馬王堆・五行篇334》

622、《說文》「比」字云：「ㄇㄇ，密也。二人爲从，反从爲比。凡比之屬皆从比。㐜，古文比。」[註27]

甲骨文作「ㄅㄅ」《合》（5450）、「ㄅㄅ」《合》（6460）、「ㄅㄅ」《合》（6616）、「ㄅㄅ」《合》（28656），像二人相從之形，正反無別，許書以爲「二人爲从，反从爲比」，實難從甲骨文的字形辨析。兩周文字多承襲「ㄅㄅ」、「ㄅㄅ」的形體發展，如：「ㄅㄅ」〈班簋〉，戰國文字或見「ㄅㄅ」〈郭店・老子甲本33〉，左側的「ㄅ」實爲「ㄅ」的省減；或見「ㄇㄇ」〈橈比當所・平襠方足平首布〉，與「ㄅㄅ」相較，前者上半部的斜畫「／」，或爲增添的飾筆。《說文》篆文爲「ㄇㄇ」，與〈睡虎地・秦律十八種21〉的「比」近同；古文作「㐜」，段玉裁〈注〉云：「葢从二大也。二大者，二人也。」像二人正面並列之形，其言可從。

字　例	重　文	時　期	字　形
比 ㄇㄇ	㐜	殷　商	ㄅㄅ《合》（5450）ㄅㄅ《合》（6460）ㄅㄅ《合》（6616）ㄅㄅ《合》（28656）
		西　周	ㄅㄅ〈班簋〉
		春　秋	
		楚　系	ㄅㄅ〈包山253〉ㄅㄅ〈郭店・老子甲本33〉

[註27]《說文解字注》，頁390。

		晉　系	〈橈比當忻・平襠方足平首布〉
		齊　系	
		燕　系	
		秦　系	〈放馬灘・地圖〉〈睡虎地・秦律十八種 21〉
		秦　朝	
		漢　朝	《馬王堆・春秋事語 94》

623、《說文》「丘」字云：「，土之高也，非人所爲也。从北从一。一，地也。人凥在南故从北，中邦之凥在昆侖東南。一曰：『四方高中央下爲丘，象形。』凡之屬皆从。，古文从土。」〔註 28〕

甲骨文作「」《合》（8385），爲象形字，「丘爲高阜，似山而低，故甲骨文作兩峰以象意」〔註 29〕，兩周時期逐漸以線條化取代原有的象形成分，如：「」〈商丘叔簠〉，或省寫爲「」《古陶文彙編》（3.621），或於「」收筆橫畫下增添飾筆性質的短橫畫「-」作「」〈包山 90〉；或增添偏旁「土」，作「」〈包山 241〉，表示爲土所形成，非爲其他物質所致；或增添聲符「丌」，作「」〈三十四年頓丘戈〉，「丘」字上古音屬「溪」紐「之」部，「丌」字上古音屬「見」紐「之」部，二者發聲部位相同，見溪旁紐，疊韻，「丘」字增添聲符「丌」的現象，亦見於〈九年丘令癰戈〉，此二器皆屬晉系的魏國器，由象形改爲形聲字，爲了便於時人閱讀使用之需，故以讀音相近的字作爲聲符，以爲標音之用。又或見作「」〈鄦君啓舟節〉、「」〈兆域圖銅版〉，將之與「」、「」相較，「」的上半部所从似「羊」，係誤將兩個形體相合，再增添一筆橫畫所致，即「」+「—」→「」，下半部所从爲「土」，左右兩側的短畫「丶丶」屬飾筆，由於誤將形體相合，產生文字的訛誤，使「丘」的形體與「羊」近似；「」的構形與「」相近，「」之第二筆「—」兩端接連的「丶丶」亦屬飾筆，其後於「」的下方增添偏旁「土」，即形成「」，若將「土」的部件與「丘」相連貫，則寫作「」。《說文》篆文作「」，蓋源於「」，其言字形爲「从北从一」，

〔註 28〕《說文解字注》，頁 390。

〔註 29〕商承祚：《殷契佚存》，頁 86 上，北京，北京圖書館出版社，2000 年。

係受到「丘」字線條化後的形體影響；古文從土作「坓」，與「坴」相近，其差異主要爲上半部「丘」的筆畫不同。又《馬王堆・陰陽五行甲篇 167》有一字作「坴」，辭例爲「口之坴其身有咎安」，字形與「坴」相同，從字形言，亦應爲增土之「丘」字。

字 例	重 文	時 期	字 形
丘	坓	殷 商	⩗ 《合》（8385）
	川	西 周	
		春 秋	𡊹 〈商丘叔簠〉
		楚 系	坓 〈�君啓舟節〉 坴〈包山 90〉 坴〈包山 241〉
		晉 系	坓 〈兆域圖銅版〉 𠀈〈三十四年頓丘戈〉
		齊 系	丘 〈子禾子釜〉 坴《古陶文彙編》（3.621）
		燕 系	
		秦 系	丘〈稟丘戈〉
		秦 朝	
		漢 朝	丘《馬王堆・戰國縱橫家書 228》

624、《說文》「㝵」字云：「㝵，衆與詞也。從㣇自聲。〈虞書〉曰：『㝵咎繇』。𣞵，古文㝵。」 〔註30〕

　　篆文作「㝵」，從㣇自聲；古文作「𣞵」，從未從𣞵，段玉裁〈注〉云：「此篆轉寫既久，今不可得其會意、形聲，姑從宋本作。」《古文四聲韻》「槐」字下收錄「橞」、「橞」《義雲章》〔註31〕，「橞」右側上半部的「𣞵」近於「𣞵」，「橞」、「橞」爲異體字，所從之「㝵」、「㝵」應有其關係，「𣞵」或爲「㓟」的訛寫，「田」爲「由」之形，「𣞵」蓋由「田」而來，以彼律此，《說文》之「𣞵」形體近於「自」，或爲「自」之訛，「未」或爲「川」之誤。

字 例	重 文	時 期	字 形
㝵	𣞵	殷 商	

〔註30〕《說文解字注》，頁 391。

〔註31〕（宋）夏竦著：《古文四聲韻》，頁 57，臺北，學海出版社，1978 年。

	西　周	
𩔰	春　秋	
	楚　系	
	晉　系	
	齊　系	
	燕　系	
	秦　系	
	秦　朝	
	漢　朝	

625、《說文》「徵」字云：「𢕋，召也。从壬从微省。壬微爲徵，行於微而聞達者即徵也。𢾷，古文。」〔註32〕

甲骨文作「𠂤」《合》（4242），或增添「止」作「𠂤」《合》（6057 正），金文从辵爲「𨖭」〈逑父乙簋〉，戰國楚系文字作「𡴂」〈曾侯乙鐘〉，裘錫圭指出曾侯乙墓鐘磬銘文中所見「徵」字作「𡴂」、「𡴂」，與《說文》小篆所從的「𡴂」，係由「𡴂」字之「𠂤」、「𠂤」、「𠂤」一類寫法演變而來，「𠂤」可隸定爲「𡴂」，甲骨文「𠂤」則可隸定爲「𡴂」，金文所見从辵字形則可隸定作「𡴂」，又曾侯乙墓鐘磬銘文亦見作「𡴂」，古文「𢾷」左側的形體即由此訛變，「𡴂」可能是「𡴂」的繁體，亦可能是从口𡴂聲之字〔註33〕，其說可從。楚竹書中或作「𡴂」〈上博・采風曲目 3〉，或从攵作「𡴂」〈上博・周易 54〉，辭例依序爲「徵和」、「徵（拯）馬壯」，對照「𡴂」的形體，竹書之字應由此演變而來，惟形體訛誤愈甚，《說文》古文「𢾷」與「𡴂」相近，僅左側上半部形體不同。秦系文字作「徵」〈睡虎地・爲吏之道 20〉、「徵」〈睡虎地・秦律十八種115〉，較之於「𡴂」，「𡴂」或「𡴂」蓋訛於此，其後的文字承襲爲「徵」《馬王堆・五十二病方55》、「徵」《馬王堆・出行占30》、「徵」《馬王堆・相馬經 4》，篆文「𢕋」即源於此，許書言「从壬从微省」係就訛字釋形。

〔註32〕　《說文解字注》，頁 391。

〔註33〕　裘錫圭：《古文字論集・古文字釋讀三則》，頁 398～402，北京，中華書局，1992年。

字 例	重 文	時 期	字 形
徵 徽	𢽬	殷 商	𢼸《合》（4242） 𢼸《合》（6057 正）
		西 周	𢽬〈逨父乙簋〉
		春 秋	
		楚 系	𢽬〈曾侯乙鐘〉 𢽬〈上博・周易 54〉 𢽬〈上博・采風曲目 3〉
		晉 系	
		齊 系	
		燕 系	
		秦 系	徵〈睡虎地・爲吏之道 20〉 徵〈睡虎地・秦律十八種 115〉
		秦 朝	徵《馬王堆・五十二病方 55》
		漢 朝	徵《馬王堆・出行占 30》 徵《馬王堆・相馬經 4》

626、《說文》「朢」字云：「朢，月滿也。與日相望，佀朝君。從月從臣從壬。壬，朝廷也。𢒉，古文朢省。」 [註34]

甲骨文作「𦣻」《合》（547）、「𦣻」《合》（6185），像「一人挺立地上或土上眺望形，從目非從臣」[註35]，或像「人登丘陵而朢也」[註36]，或像「人舉目之形」[註37]，金文多承襲之，如：「𦣻」〈作冊折尊〉、「𦣻」〈保卣〉；或增添「月」作「𦣻」〈士上卣〉，像人遙望月亮之形；或省減「目」，改從「亡」，並以「亡」爲聲符，將「月」易爲「夕」，作「𦣻」〈無叀鼎〉，據「𦣻」字考證，夕、月作爲形符時，可因義近、形近而替代。〈郭店・語叢一 104〉之「𦣻」，左側下半部係於「𦣻」添加小圓點「・」；〈上博・季庚子問於孔子 4〉有一辭例爲「民朢其道而服焉」，「𦣻」從見不從月，形體與原本的形義無法相符，左側的「見」，與「目」的作用相同，表示張眼遠眺的意思，右下半部的形體似「壬」，即由「𦣻」→「𦣻」→「𦣻」→「𦣻」，係於「人」的下方增添「土」後，再增添一道短橫畫飾筆「－」所致；〈上博・用曰 20〉作「𦣻」，辭例爲「民亦弗能朢」，對照「𦣻」的形體，因將「𦣻」、「𦣻」的形體緊密結合遂作「𦣻」。

〔註34〕《說文解字注》，頁 391。

〔註35〕葉玉森：《殷虛書契前編集釋》卷一，頁 74，臺北，藝文印書館，1966 年。

〔註36〕商承祚：《福氏所藏甲骨文字》，頁 6，香港，香港書店，1973 年。

〔註37〕徐中舒：《甲骨文字典》，頁 928，成都，四川辭書出版社，1995 年。

《說文》篆文之「」，與〈睡虎地・日書乙種 118〉的「」相近，又將〈睡虎地・日書甲種 68 背〉的「」與「」相較，前者雖省略「月」，並將「臣」與人的形體分割，卻尚保有「」字像人張目立於土上眺望的形象，古文「」與之相近，亦屬訛「目」爲「臣」，並將「臣」與「人」形體割裂的字形。許書言「月滿也。與日相望，佀朝君。从月从臣从壬。」其言形、義皆非。馬王堆漢墓出土文獻亦見「朢」字，如：「」《馬王堆・戰國縱橫家書 98》、「」《馬王堆・老子甲本 133》、「」《馬王堆・相馬經 57》，以〈老子甲本 133〉的辭例爲例，其言「朢（恍）呵忽呵」，「」字右側上半部从「夂」，應爲「月」之訛，〈戰國縱橫家書 98〉之「」右側上半部从「又」，亦爲「月」的訛寫。

字　例	重　文	時　期	字　形
朢		殷　商	《合》（547）《合》（6185）
		西　周	〈作冊折尊〉〈保卣〉〈士上卣〉〈無叀鼎〉
		春　秋	
		楚　系	〈郭店・語叢一 104〉〈上博・季庚子問於孔子 4〉〈上博・用曰 20〉
		晉　系	
		齊　系	
		燕　系	
		秦　系	〈睡虎地・日書乙種 118〉〈睡虎地・日書甲種 68 背〉
		秦　朝	
		漢　朝	《馬王堆・戰國縱橫家書 98》《馬王堆・相馬經 57》《馬王堆・老子甲本 133》

627、《說文》「量」字云：「，稱輕重也。从重省曏省聲。，古文。」〔註 38〕

甲骨文作「」《合》（18504）、「」《合》（19822）、「」《合》（22093）、「」《合》（22097），下半部的形體从東，東爲「囊橐」〔註 39〕，上半部或爲口，或爲，或爲，應爲物品，可知許書言「从重省曏省聲」爲非；西周金

〔註 38〕《說文解字注》，頁 392。

〔註 39〕《甲骨文字典》，頁 662。

文或承襲爲「𡉀」〈大師虘簋〉，或於「東」的下方增添「土」，寫作「𡉀」〈量侯簋〉；戰國楚系文字襲自「𡉀」，訛寫爲「𡉀」〈包山149〉，或作「𡉀」〈上博・競公瘧1〉，辭例爲「吾幣帛甚媺於吾先君之量矣」，對照「𡉀」的形體，「𡉀」應爲「𡉀」的訛省；晉系文字作「𡉀」〈廿七年大梁司寇鼎〉，較之於「𡉀」，「𡉀」係將豎畫以收縮筆畫的方式書寫，《說文》古文「重」與之相近；秦系文字作「量」〈睡虎地・爲吏之道5〉，因筆畫的收縮致使形體割裂，秦金文襲爲「量」〈兩詔橢量二〉，篆文「量」源於此；馬王堆漢墓出土文獻省略「東」下半部的「八」作「量」《馬王堆・稱156》，漢簡中或見从「童」者，寫作「量」《武威・泰射2》，「重」、「童」二字上古音皆屬「定」紐「東」部，爲雙聲疊韻關係，从「童」者疑因聲韻相同而以「童」爲「重」。

字　例	重　文	時　期	字　　形
量 量	重	殷　商	量《合》（18504）量《合》（19822）量《合》（22093） 量《合》（22097）
		西　周	量〈量侯簋〉　　量〈大師虘簋〉
		春　秋	
		楚　系	量〈包山149〉　量〈上博・競公瘧1〉
		晉　系	量〈廿七年大梁司寇鼎〉
		齊　系	
		燕　系	
		秦　系	量〈睡虎地・爲吏之道5〉
		秦　朝	量〈兩詔橢量二〉
		漢　朝	量《馬王堆・稱156》量《武威・泰射2》

628、《說文》「監」字云：「監，臨下也。从臥䧹省聲。䇂，古文監从言。」〔註40〕

甲骨文作「監」《合》（27742），「本象一人立於盆側，有自監其容之意，……其實非從臥從血也。」〔註41〕金文或从皿作「監」〈吳王光鑑〉，或从血作「監」

〔註40〕　《說文解字注》，頁392。

〔註41〕　唐蘭：《殷虛文字記》，頁100，臺北，學海出版社，1986年。

〈頌鼎〉、「」〈頌壺〉，從字形觀察，〈頌壺〉之「」，人與眼睛的形體遭到割裂，《說文》篆文「」與此近同，僅筆畫略異，許書言「从臥省聲」爲非；戰國楚系文字从皿作「」〈包山 164〉，秦系文字从血作「」〈睡虎地·法律答問 151〉，「目」寫作「臣」，原本完整的形體，改爲左臣右人的結構。古文从言作「」，《說文》「言」字云：「直言曰言，論難曰語。」〔註 42〕從皿之「監」有「自監其容之意」，从言者葢表示以言語監其行，故段玉裁〈注〉云：「會意」。

字　例	重　文	時　期	字　　形
監 		殷　商	《合》（27742）
		西　周	〈頌鼎〉　〈頌壺〉
		春　秋	〈吳王光鑑〉
		楚　系	〈包山 164〉
		晉　系	
		齊　系	
		燕　系	
		秦　系	〈睡虎地·法律答問 151〉
		秦　朝	
		漢　朝	《馬王堆·老子乙本 225》

629、《說文》「衫」字云：「，襌衣也。一曰：『盛服』。从衣參聲。，衫或从辰。」〔註 43〕

篆文作「」，〈詛楚文〉作「」，形體與之相近。「衫」字从衣參聲，或體「裖」从衣辰聲。「參」字上古音屬「章」紐「文」部，「辰」字上古音屬「禪」紐「文」部，二者發聲部位相同，章禪旁紐，疊韻，參、辰作爲聲符使用時可替代。

字　例	重　文	時　期	字　　形
衫		殷　商	

〔註 42〕　《說文解字注》，頁 90。

〔註 43〕　《說文解字注》，頁 393。

倄	

時期	字形
西 周	
春 秋	
楚 系	
晉 系	
齊 系	
燕 系	
秦 系	倄 〈詛楚文〉
秦 朝	
漢 朝	

630、《說文》「表」字云：「褾，上衣也。从衣毛。古者衣裘，故吕毛爲表。𧝑，古文表从麃。」〔註44〕

篆文作「褾」，从衣毛，屬會意字，段玉裁〈注〉云：「會意，毛亦聲。」與〈睡虎地・爲吏之道 3〉的「𧘇」相近；古文作「𧝑」，从衣麃聲，爲形聲字。將「𧘇」與〈包山 262〉的「𧘇」相較，後者所从之「毛」係重複一道「〵」；又馬王堆漢墓出土文獻亦見作「𧘇」《馬王堆・稱 144》、「𧘇」《馬王堆・老子甲本 122》，後者係將「毛」置於「衣」的上方，故形成「𧘇」的形體。「表」字上古音屬「幫」紐「宵」部，「毛」字上古音屬「明」紐「宵」部，「麃」字上古音屬「並」紐「宵」部。無論是會意字，或是會意之亦聲字，改易爲形聲字時，爲了便於時人閱讀使用之需，故以讀音相近的字作爲聲符。

字 例	重 文	時 期	字 形
表 褾	𧝑	殷 商	
		西 周	
		春 秋	
		楚 系	𧘇 〈包山 262〉
		晉 系	
		齊 系	
		燕 系	

〔註44〕《說文解字注》，頁 393～394。

		秦　系	〈睡虎地‧爲吏之道 3〉
		秦　朝	
		漢　朝	《馬王堆‧老子甲本 122》《馬王堆‧稱 144》

631、《說文》「襲」字云：「，左袵袍。从衣龖省聲。，籀文襲不省。」〔註45〕

篆文从龍作「」，與〈琅琊刻石〉的「」相近；籀文从龖作「」，與〈戜方鼎〉的「」相近。「龍」字上古音屬「來」紐「東」部，「龖」字上古音屬「定」紐，發聲部位相同，定來旁紐，龍、龖作爲聲符使用時可替代。許慎認爲「襲」字篆文「」爲「从衣龖省聲」，係以「」省去上半部重複的一「龍」，即寫作「」。又將《馬王堆‧春秋事語 90》的「」與〈睡虎地‧法律答問 105〉的「」相較，前者因「龍」之「」右側的筆畫與「衣（）」上半部的左側筆畫相近，故以借用筆畫的方式書寫，省略一道筆畫作「」。

字　例	重　文	時　期	字　形
襲 		殷　商	
		西　周	〈戜方鼎〉
		春　秋	
		楚　系	
		晉　系	
		齊　系	
		燕　系	
		秦　系	〈睡虎地‧法律答問 105〉
		秦　朝	〈琅琊刻石〉
		漢　朝	《馬王堆‧春秋事語 90》

632、《說文》「袤」字云：「，衣帶呂上。从衣矛聲。一曰：『南北曰袤，東西曰廣。』，籀文袤从楙。」〔註46〕

〔註45〕　《說文解字注》，頁 395。
〔註46〕　《說文解字注》，頁 395。

‧575‧

篆文作「裒」，从衣矛聲，與〈青川·木牘〉的「裒」相近，籀文从衣楙聲。「矛」、「楙」二字上古音屬皆「明」紐「幽」部，雙聲疊韻，矛、楙作為聲符使用時可替代。

字 例	重 文	時 期		字 形
裒 裒	楙	殷 商		
		西 周		
		春 秋		
		楚 系		
		晉 系		
		齊 系		
		燕 系		
		秦 系	裒 〈青川·木牘〉	
		秦 朝	裒 《馬王堆·五十二病方 254》	
		漢 朝		

633、《說文》「褎」字云：「褎，袂也。从衣釆聲。袖，俗褎从由。」 [註47]

篆文作「褎」，从衣釆聲，與〈睡虎地·封診式 22〉的「褎」相近，其間的差異，在於所从之「釆」的位置經營不同，前者為左爪右禾，後者為上爪下禾；俗字作「袖」，从衣由聲。「釆」字上古音屬「邪」紐「質」部，「由」字上古音屬「余」紐「幽」部，二者聲韻俱遠，又「褎」字上古音屬「邪」紐「幽」部，褎、釆為雙聲關係，褎、由為疊韻關係，故可改易聲符。

字 例	重 文	時 期		字 形
褎 褎	袖	殷 商		
		西 周		
		春 秋		
		楚 系		
		晉 系		
		齊 系		

[註47] 《說文解字注》，頁 396。

燕　系	
秦　系	𢏱〈睡虎地‧封診式 22〉
秦　朝	
漢　朝	

634、《說文》「襱」字云：「襱，絝踦也。从衣龍聲。䙔，襱或从賣。」
〔註48〕

「襱」字从衣龍聲，或體「䙔」从衣賣聲。「龍」字上古音屬「來」紐「東」部，「賣」字上古音屬「余」紐「覺」部，二者發聲部位相同，來余旁紐，龍、賣作爲聲符使用時可替代。

字　例	重　文	時　期	字　形
襱	䙔	殷　商	
		西　周	
		春　秋	
		楚　系	
		晉　系	
		齊　系	
		燕　系	
		秦　系	
		秦　朝	
		漢　朝	

635、《說文》「裔」字云：「裔，衣裾也。从衣冏聲。𧘑，古文裔。」
〔註49〕

篆文作「裔」，从衣冏聲，與〈陳逆簠〉的「𩪏」相近，〈陳逆簠〉的辭例爲「陳氏裔孫逆」，形體雖異，釋爲「裔」字應無疑義，古文字習見於豎畫上增添短橫畫「-」，如：「內」字作「內」〈毛公鼎〉，或作「內」〈子禾子釜〉，「夜」字作「𡖀」〈師酉簋〉，或作「夸」〈包山 194〉，於「冏」的豎畫上增

〔註48〕《說文解字注》，頁 397。
〔註49〕《說文解字注》，頁 398。

添一道短橫畫即作「𡕨」；古文作「𡕥」，从衣几聲。「𠕁」字上古音屬「泥」紐「物」部，「几」字上古音屬「見」紐「脂」部，據「瞋」字考證，「脂」、「質」、「眞」，「微」、「物」、「文」分屬二組陰、陽、入聲韻部的文字，其間的關係在戰國楚系文字中並非絕對分立，故𠕁、几作爲聲符使用時亦可替代。

字　例	重　文	時　期		字　　形
裔　　裔	𡕥	殷　商		
		西　周		
		春　秋		
		楚　系		
		晉　系		
		齊　系	𡕥	〈陳逆簋〉
		燕　系		
		秦　系		
		秦　朝		
		漢　朝		

636、《說文》「襄」字云：「襄，漢令解衣而耕謂之襄。从衣㠯聲。㠯，古文襄。」〔註50〕

甲骨文作「𡕤」《合》（1133）、「𡕤」《合》（7041）、「𡕤」《合》（39434），或側立，或跪坐，形體無別。西周金文从衣作「𡕤」〈觚甫人盤〉，晉系貨幣文字作「𡕤」、「𡕤」〈襄城・尖足平首布〉，「𡕤」字於《中國錢幣大辭典・先秦編》僅據形摹寫作「𡕤」，石永士指出「或釋爲襄城、商城」〔註51〕，北文釋作「襄城」〔註52〕，何琳儀釋爲「成襄」〔註53〕，「⌣」爲「衣」，上半部的「▽」本爲「○」，中間的「𡕤」爲「𡕤」的省改，又从「衣」之形，下半部的形體

〔註50〕 《說文解字注》，頁 398。

〔註51〕 《中國錢幣大辭典》編纂委員會：《中國錢幣大辭典・先秦編》，頁 363，北京，中華書局，1995 年。

〔註52〕 北文：〈秦始皇「書同文字」的歷史作用〉，《文物》1973：11，頁 3。

〔註53〕 何琳儀：〈尖足布幣考〉，《古幣叢考》，頁 119～120，臺北，文史哲出版社，1996年。

本作「ᗰ」，寫作「ᗪ」，係誤將「ᗰ」視為「口」，或作「\{圖\}」、「舍」，因在「ᗪ」的形體，增添一道短橫畫「-」，遂寫作「日」。秦系文字從衣作「\{圖\}」〈睡虎地・秦律十八種 35〉，較之於「\{圖\}」，「∧」下方的「吅」與「\{圖\}」，係「\{圖\}」割裂形體後的訛寫，《說文》篆文「\{圖\}」葢源於此，惟形體訛誤愈甚，故許書言「從衣\{圖\}聲」。古文作「\{圖\}」，對照「\{圖\}」的形體，「\{圖\}」應為「\{圖\}」兩側所見的「土」與「又」，「\{圖\}」即「\{圖\}」割裂形體後的訛寫，因分作「○」、「ᗰ」、「\{圖\}」，遂將「\{圖\}」誤為「民」，上半部亦訛寫作「\{圖\}」。

字 例	重 文	時 期	字 形
襄 \{圖\}	\{圖\}	殷 商	\{圖\}《合》（1133）　\{圖\}《合》（7041）　\{圖\}《合》（39434）
		西 周	\{圖\}〈穌甫人盤〉
		春 秋	
		楚 系	
		晉 系	\{圖\}，\{圖\}〈襄城・尖足平首布〉 \{圖\}，\{圖\}〈襄平・尖足平首布〉
		齊 系	
		燕 系	
		秦 系	\{圖\}〈睡虎地・秦律十八種 35〉
		秦 朝	\{圖\}《馬王堆・五十二病方 195》
		漢 朝	\{圖\}《馬王堆・戰國縱橫家書 39》

637、《說文》「\{圖\}」字云：「\{圖\}，但也。從衣\{圖\}聲。\{圖\}，\{圖\}或從果。」
〔註 54〕

「\{圖\}」字從衣\{圖\}聲，或體「裸」從衣果聲。「\{圖\}」字上古音屬「來」紐「歌」部，「果」字上古音屬「見」紐「歌」部，疊韻，\{圖\}、果作為聲符使用時可替代。

字 例	重 文	時 期	字 形
\{圖\}	\{圖\}	殷 商	
		西 周	

〔註 54〕《說文解字注》，頁 400。

	字形
春　秋	
楚　系	
晉　系	
齊　系	
燕　系	
秦　系	
秦　朝	
漢　朝	

638、《說文》「襭」字云：「襭，呂衣衽扱物謂之襭。从衣頡聲。擷，襭或从手。」〔註55〕

篆文作「襭」，从衣頡聲；或體作「擷」，从手頡聲。《說文》「衣」字云：「依也。上曰衣，下曰常。」「手」字云：「拳也」〔註56〕，「襭」字之義爲「呂衣衽扱物」，「衣」、「手」的字義無涉，替代的現象，係造字時對於偏旁意義的選擇不同所致。

字　例	重　文	時　期	字　　　形
襭	擷	殷　商	
	襭	西　周	
		春　秋	
		楚　系	
		晉　系	
		齊　系	
		燕　系	
		秦　系	
		秦　朝	
		漢　朝	

〔註55〕　《說文解字注》，頁400。

〔註56〕　《說文解字注》，頁392，頁599。

639、《說文》「衰」字云：「㠱，艸雨衣。秦謂之萆。从衣，象形。
　　　㙱，古文衰。」〔註57〕

戰國秦系文字作「㠱」〈睡虎地・為吏之道 49〉，與《說文》篆文「㠱」
近同，馬王堆漢墓出土文獻作「㡌」《馬王堆・戰國縱橫家書 190》、「㡌」《馬
王堆・天下至道談 27》，所見「井」、「土」應為「杰」的訛省；楚系文字作
「㙱」〈郭店・成之聞之 8〉、「㙱」〈郭店・六德 27〉，辭例依序為「君衰絰而
處位」、「疏衰齊牡麻絰」，或从心作「㙱」〈郭店・窮達以時 10〉，辭例為「非
其智衰也」，較之於「㙱」，「㙱」省略右下方的一筆「乀」，「㙱」之「杰」
係因筆畫收縮所致，又從辭例言，「非其智衰也」之「智」屬心理的層面，增添
偏旁「心」，應有標義的性質。古文作「㙱」，對照「㙱」的形體，二者的差
異，係「㙱」將「入」與「杰」緊密結合，未若「㙱」將之分離，並於中間
加上部件「○」。

字　例	重　文	時　期	字　　　　形
衰　㠱	㙱	殷　商	
		西　周	
		春　秋	
		楚　系	㙱〈郭店・成之聞之 8〉　㙱〈郭店・六德 27〉 㙱〈郭店・窮達以時 10〉
		晉　系	
		齊　系	
		燕　系	
		秦　系	㠱〈睡虎地・為吏之道 49〉
		秦　朝	
		漢　朝	㡌《馬王堆・戰國縱橫家書 190》 㡌《馬王堆・天下至道談 27》　㡌《銀雀山 619》

640、《說文》「裘」字云：「㠱，皮衣也。从衣，象形。與衰同意。
　　　凡裘之屬皆从裘。㐬，古文裘。」〔註58〕

〔註57〕　《說文解字注》，頁 401。
〔註58〕　《說文解字注》，頁 402。

甲骨文作「」《合》（7921），「象已製成裘，獸毛在外之形」〔註59〕，發展至西周時期，或省減「皮毛外露」之形，改以「衣」取代，並於其間增添聲符「求」，作「」〈大師盧簋〉；或於「皮毛外露」之形，从求省聲，作「」〈次卣〉；或从衣从求省聲，作「」〈羌伯簋〉；或僅保留聲符「求」，作「」〈曶鼎〉。其後的形體，多為从衣求聲，或僅从求聲之字，如：「」〈曾侯乙167〉、「」〈睡虎地・秦律雜抄38〉。又〈睡虎地・封診式25〉的「」，僅从求聲，將之與「」相較，作「〴〵」者，係「〵」的訛寫。《說文》古文之「」，篆文之「」，「」下半部的「」，係因筆畫的分割，將「〳」割裂為「」所致。「裘」字上古音屬「群」紐「之」部，「求」字上古音屬「群」紐「幽」部，雙聲。增添聲符「求」，係因「」省改為「衣」的形體，原本的特徵消失，再加上無法確知該字的讀音，為了便於時人閱讀使用之需，故以讀音相近的字作為聲符。

字 例	重 文	時 期	字　　　形
裘 		殷　商	《合》（7921）
		西　周	〈曶鼎〉　〈大師盧簋〉　〈次卣〉　〈羌伯簋〉
		春　秋	〈黐鎛〉　〈庚壺〉
		楚　系	〈曾侯乙167〉　〈包山63〉
		晉　系	
		齊　系	
		燕　系	
		秦　系	〈睡虎地・秦律雜抄38〉　〈睡虎地・日書乙種189〉 〈睡虎地・封診式25〉
		秦　朝	《馬王堆・五十二病方443》
		漢　朝	《馬王堆・老子甲本83》　《銀雀山393》

641、《說文》「居」字云：「，蹲也。从尸古聲。，俗居从足。」〔註60〕

〔註59〕 《甲骨文字集釋》第八，頁2736。

〔註60〕 《說文解字注》，頁404。

金文作「⻊」〈居簋〉，又「尸」字作「?」〈史牆盤〉、「?」與「?」〈師袁簋〉，可知「?」即「尸」字，其後文字承襲爲「居」〈包山 32〉、「居」《古陶文彙編》（4.56）、「居」〈睡虎地・秦律十八種 83〉，《說文》篆文「居」形體與「居」近同。俗字作「踞」，从尸从足，會意字，段玉裁〈注〉云：「若蹲，則足底著地而下其髀聳其厀曰蹲。」蓋以所从尸足會其意。

字 例	重 文	時 期	字 形
居 居	居	殷 商	
		西 周	居 〈居簋〉
		春 秋	
		楚 系	居 〈包山 32〉 居 〈包山 90〉
		晉 系	居 〈上官豆〉
		齊 系	
		燕 系	居 《古陶文彙編》（4.56）
		秦 系	居 〈睡虎地・秦律十八種 83〉
		秦 朝	
		漢 朝	居 《馬王堆・易之義 24》

642、《說文》「屍」字云：「屍，髀也。从尸下丌尻几。膗，屍或从肉隼；䯏，屍或从骨殿聲。」 〔註61〕

甲骨文作「飞」《合》（21803），李孝定指出爲指事字，「丶」訛寫爲「几」〔註62〕，林義光以爲「丌」即「丮」，爲古「牀」字，「人體著牀几之處即屍臀也」〔註63〕，戰國楚系文字从尸从爪从丌作「屍」〈曾侯乙 124〉，辭例爲「大屍」，從字形觀察，「爪」蓋爲「丶」的訛寫，下半部的「尺」或爲「丌」，《說文》篆文作「屍」，對照「屍」的形體及李孝定、林義光之言，「尻」應爲「屍」的訛誤。或體从肉隼聲作「膗」，形體近同於「屍」〈上博・昭王毀室 昭王與龔之膗7〉、「膗」〈十七年丞相啓狀戈〉，另一或體从骨殿聲作「䯏」，據「膀」

〔註61〕 《說文解字注》，頁 404。

〔註62〕 《甲骨文字集釋》第八，頁 2747。

〔註63〕 林義光：《文源》卷六，頁 16，臺北，新文豐出版社，2006 年。（收入《石刻史料新編》第四輯，冊 8）

字考證，肉、骨作爲形符使用時，可因義近而替代，又「殿」字上古音屬「端」紐「文」部，「隼」字上古音屬「心」紐「文」部，疊韻，殿、隼作爲聲符使用時可替代。

字 例	重 文	時 期	字 形
屍	雕，屍	殷 商	《合》（21803）
		西 周	
		春 秋	
		楚 系	〈曾侯乙124〉 〈上博・昭王毀室 昭王與龔之脾7〉
		晉 系	
		齊 系	
		燕 系	
		秦 系	〈十七年丞相啓狀戈〉
		秦 朝	
		漢 朝	

643、《說文》「屋」字云：「屋，尻也。从尸。尸，所主也。一曰：『尸象屋形』。从至。至，所止也。屋室皆从至。屋，籒文屋从厂。臺，古文屋。」〔註64〕

戰國楚系文字作「臺」〈望山2.15〉，辭例爲「丹組之屋」，上半部爲「屮」，下半部爲「室」，燕系文字作「茻」《古璽彙編》（0015），辭例爲「夏屋都司徒」，上半部爲「茻」，下半部亦爲「室」，何琳儀指出「茻」疑爲虍聲〔註65〕，又〈龏匜〉有一「毀」字作「臺」，左側上半部的「屋」寫作「产」，「屮」、「茻」或源於「产」，「屋」字上古音屬「影」紐「屋」部，「虍」字上古音屬「曉」紐「魚」部，二者發聲部位相同，爲曉影旁紐的關係，何琳儀之言可備一說。《說文》古文作「臺」，王筠指出古文「臺」之「产」，上半部爲「屋之華飾」，下半部爲「廾」，表示「搤持之意」〔註66〕，對照「产」與「臺」之「屮」的形體，「产」的「屮」應爲「产」之「屮」，「冂」爲「屮」之「八」，王筠所

〔註64〕《說文解字注》，頁404～405。
〔註65〕何琳儀：《戰國古文字典──戰國文字聲系》，頁331，北京，中華書局，1998年。
〔註66〕（清）王筠：《說文釋例》卷六，頁30，臺北，世界書局，1969年。

謂从「廾」之說爲非。秦系文字作「屋」〈睡虎地·日書乙種 112〉，與篆文「屋」相近，惟書體不同，籀文从厂作「庢」，《說文》「厂」字云：「山石之厓巖人可尻」〔註67〕，其義與住所有關，與「屋」在字義上有關，增添偏旁「厂」，應有標義的性質。

字 例	重 文	時 期	字 形
屋 屋	庢，屋	殷 商	
		西 周	
		春 秋	
		楚 系	屋〈望山 2.15〉
		晉 系	
		齊 系	
		燕 系	屋《古璽彙編》（0015）
		秦 系	屋〈睡虎地·日書乙種 112〉 屋〈睡虎地·日書乙種 191〉
		秦 朝	屋《馬王堆·五十二病方 51》
		漢 朝	屋《馬王堆·陰陽五行甲篇 150》 屋《馬王堆·戰國縱橫家書 55》

644、《說文》「履」字云：「履，足所依也。从尸，服履者也；从彳攵，从舟，象履形。一曰：『尸聲』。凡履之屬皆从履。履，古文履从頁从足。」〔註68〕

金文作「履」、「履」〈大簋蓋〉，从頁从舟，「履」字據《殷周金文集成釋文》所示應有缺筆〔註69〕，或於所从之「頁」與「舟」中間增添「止」，標示足趾之形，並於「頁」的上半部增添「眉」，作「履」〈五祀衛鼎〉，故張世超等人指出「象一人而特寫其足趾，足下作舟形。」〈五祀衛鼎〉上半部的「眉」爲「眉」，即增添的聲符〔註70〕，或將「止」省爲「止」，寫作「履」〈永盂〉，或省略「舟」而作「履」〈散氏盤〉，或增添「辵」作「履」〈格伯簋〉，從字形

〔註67〕 《說文解字注》，頁 450。

〔註68〕 《說文解字注》，頁 407。

〔註69〕 中國社會科學院考古研究所，《殷周金文集成釋文》第三卷，頁 424～425，香港，香港中文大學中國文化研究所，2001 年。

〔註70〕 《金文形義通解》，頁 2134～2135。

觀察，自增添聲符「眉」之後無論形體如何改易，多未省略「眉」聲。戰國楚系文字作「䏚」〈包山6〉、「䏚」〈包山163〉，从頁从舟从止，首例之「夕」形體似「肉」，係「舟」的訛寫，楚系文字中「舟」、「肉」的形體相近，作為偏旁使用時或見混用的現象，如：「祭」字从肉作「祭」〈史喜鼎〉、「祭」〈包山237〉，或从舟作「祭」〈包山225〉，古文「�230」或源於「䏚」，《說文》「止」字云：「下基也」，「足」字云：「人之足也」〔註71〕，「止」本為「足趾」，與「足」的字義相關，作為偏旁使用時理可兩相替代。秦系文字作「履」〈睡虎地·法律答問163〉，馬王堆漢墓出土文獻為「履」《馬王堆·一號墓遣策260》，基本構形皆从尸，二者所見「自」、「田」，應為「頁」之省，「多」、「彐」蓋為許書所言之「彳」，將「𣲾」與「弋」對照，前者為「夂」的訛寫，篆文「履」形體近於「履」，其間的差異，係前者从「頁」省作「自」，後者从「舟」，許書言「从尸，服履者也；从彳夂，从舟，象履形。」應襲自秦系文字的形體。

字　例	重　文	時　期	字　　　形
履	�230	殷　商	𦐇《合》（33283）
		西　周	𦐇，𦐇〈大𥨐蓋〉𦐇〈五祀衛鼎〉𦐇〈永盂〉𦐇〈格伯𥨐〉𦐇〈散氏盤〉
		春　秋	
		楚　系	䏚〈包山6〉䏚〈包山163〉
		晉　系	
		齊　系	
		燕　系	
		秦　系	履〈睡虎地·法律答問163〉
		秦　朝	
		漢　朝	履《馬王堆·一號墓遣策260》

645、《說文》「般」字云：「𦨶，辟也。象舟之旋，从舟从殳，殳令舟旋者也。𣂪，古文般从攴。」〔註72〕

甲骨文作「𦨶」《合》（8173）、「𦨶」《合》（22307），从舟从攴，戰國楚

〔註71〕《說文解字注》，頁68，頁81。

〔註72〕《說文解字注》，頁408。

系文字作「肟」〈仰天湖 39〉，與《說文》古文「肟」相近。篆文作「般」，從舟從殳，與《馬王堆‧一號墓遣策 191》的「殳」相近。從殳、從攵替代的現象，據「敗」字考證，屬一般形符的替換。又〈齊陸曼簠〉的「般」，右側上半部爲「┐」，其形體與「般」右側上半部的「入」相近同，「從舟從攵」之形，已承襲殷周以來的形體，右側的「┐」，疑爲偏旁位置經營時，採取左上爲「舟」，右下爲「攵」的構形，形體過於狹長，造成視覺的突兀，故增添「┐」以爲協調或對稱之用。

字　例	重　文	時　期	字　形
般 肟	般	殷　商	般《合》（8173）　　般《合》（22307）
		西　周	般〈般觥〉　　般〈夻甲盤〉
		春　秋	般〈齊侯盤〉
		楚　系	肟〈仰天湖 39〉
		晉　系	
		齊　系	般〈齊陸曼簠〉
		燕　系	
		秦　系	
		秦　朝	般《馬王堆‧五十二病方 14》
		漢　朝	般《馬王堆‧一號墓遣策 191》

646、《說文》「服」字云：「服，用也。一曰：『車右騑所吕舟旋』。從舟𠬝聲。𠬝，古文服从人。」 [註73]

甲骨文作「服」《合》（36924），兩周以來的文字或承襲爲「服」〈大克鼎〉、「服」〈秦公一號墓磬〉，其間的差異，係將「又」改置於「卩」的右下方，或作「服」〈大盂鼎〉，較之於〈睡虎地‧秦律十八種 62〉的「服」，後者右側形體係訛省所致，《說文》篆文「服」源於此，形體近於「服」，惟書體不同；又戰國秦系文字或見作「服」〈睡虎地‧爲吏之道 35〉，漢簡亦見「服」《武威‧服傳甲本 56》，與「服」對照，從「肉」爲「舟」之訛。古文从人

從舟作「舟凡」，尚未見於出土文獻，從「人」者疑為「」之省，故將「」易為「人」。

字 例	重 文	時 期	字 形
服 服	舟凡	殷 商	《合》（36924）
		西 周	〈大盂鼎〉 〈大克鼎〉
		春 秋	〈秦公一號墓磬〉
		楚 系	
		晉 系	
		齊 系	
		燕 系	
		秦 系	服〈睡虎地・秦律十八種62〉 服〈睡虎地・為吏之道35〉
		秦 朝	服〈五十二病方236〉
		漢 朝	服《武威・服傳甲本56》

647、《說文》「方」字云：「方，併船也。象兩舟省總頭形。凡方之屬皆從方。，方或從水。」〔註74〕

甲骨文作「」《合》（6728）、「」《合》（20436）、「」《合》（20608），明義士指出「象耒耜之形」〔註75〕，徐中舒云：「象耒之形，上短橫象柄首橫木，下長橫即足所蹈履處，旁兩短劃或即飾文。」〔註76〕《說文》篆文作「方」，形體與之相近，其言「象兩舟省總頭形」，應為誤釋字形；或體作「」，形體與〈豸盉壺〉的「」相近，〈豸盉壺〉的辭例為「四牡汸汸」，於《詩經・小雅・北山》作「四牡彭彭」。〔註77〕又將〈師類簋〉的「」與「」相較，二者的差異僅是偏旁的左右互置。

〔註74〕《說文解字注》，頁408～409。

〔註75〕嚴一萍：《柏根氏舊藏甲骨文字考釋》，頁28，臺北，藝文印書館，1991年。

〔註76〕《甲骨文字典》，頁953～954。

〔註77〕（漢）毛公傳、（漢）鄭玄箋、（唐）孔穎達等正義：《毛詩正義》，頁444，臺北，藝文印書館，1993年。

字　例	重　文	時　期	字　形
方　方	渺	殷　商	冘《合》（6728）　于《合》（20436）　才《合》（20608）
		西　周	方〈史牆盤〉　扎〈師穎簋〉
		春　秋	方〈石鼓文〉
		楚　系	万〈郭店‧老子甲本 24〉
		晉　系	方〈兆域圖銅版〉　扎〈奵盉壺〉
		齊　系	
		燕　系	手《古陶文彙編》（4.48）
		秦　系	才〈睡虎地‧爲吏之道 15〉
		秦　朝	方〈繹山碑〉
		漢　朝	才《馬王堆‧一號墓遣策 102》

648、《說文》「先」字云：「先，首笄也。从儿匸，象形。凡先之屬皆从先。簪，俗先从竹从朁。」〔註78〕

「先」字从儿匸，不成文的「匸」像笄之形，加之於人首，即現首笄之形義，屬合體象形字；俗字「簪」从竹朁聲，爲形聲字。「先」字上古音屬「精」紐「侵」部，「朁」字上古音屬「清」紐「侵」部，二者發聲部位相同，精清旁紐，疊韻，由象形改爲形聲字，爲了便於時人閱讀使用之需，故以讀音相近的字作爲聲符。

字　例	重　文	時　期	字　形
先　先	簪	殷　商	
		西　周	
		春　秋	
		楚　系	
		晉　系	
		齊　系	
		燕　系	
		秦　系	

〔註78〕《說文解字注》，頁 410。

| | 秦　朝 | |
| | 漢　朝 | |

649、《說文》「皃」字云：「皃，頌儀也。从儿，囟，象面形。凡皃
之屬皆从皃。貌，皃或从頁豹省聲。貌，籒文皃从豸。」〔註79〕

篆文作「皃」，从儿囟，合體象形；或體作「貌」，从頁豹省聲；籒文作
「貌」，从豸皃聲。「皃」字上古音屬「明」紐「藥」部，「豹」字上古音屬「幫」
紐「藥」部，二者發聲部位相同，幫明旁紐，疊韻，皃、豹作爲聲符使用時可
替代。戰國楚系文字作「伀」，辭例爲「容貌」，右側的形體又見於「教」字，
如：「教」〈郭店・尊德義 4〉、「教」〈郭店・唐虞之道 4〉、「教」〈上博・性
情論 4〉，「教」字所見爲「爻」，「伀」應爲从人爻聲，「爻」字上古音屬「匣」
紐「宵」部，與「豹」、「皃」爲宵藥陰入對轉，作爲聲符使用時可替代。《說文》
「人」字云：「天地之性取貴者也」，「頁」字云：「頭也」〔註80〕，从人、从頁
替代的現象，亦見於《說文》的「頪」字，如：篆文从頁作「頪」，或體从人
作「頪」〔註81〕，二者在意義上有相當的關係，作爲形符時可因義近而替代。

字　例	重　文	時　期	字　形
皃　皃	貌，貌	殷　商	
		西　周	
		春　秋	
		楚　系	伀〈郭店・五行 32〉
		晉　系	
		齊　系	
		燕　系	
		秦　系	
		秦　朝	
		漢　朝	

〔註79〕《說文解字注》，頁 410。

〔註80〕《說文解字注》，頁 369，頁 420。

〔註81〕《說文解字注》，頁 424。

650、《說文》「冕」字云：「冕，冕也。周曰冕，殷曰吁，夏曰收。從兒，象形。冃，或冕字。㝳，籒文冕從冃上象形。」［註82］

「弁」字於春秋時期作「冔」〈侯馬盟書‧宗盟類 85.10〉、「冔」〈侯馬盟書‧宗盟類 156.4〉，從「又」者或易為「寸」，寫作「冔」〈侯馬盟書‧宗盟類 1.39〉，或省略「又」作「冔」〈侯馬盟書‧宗盟類 77.4〉，據李家浩於〈釋弁〉中引朱德熙之言，可知「屮」像「冠冕之形」［註83］；戰國楚系文字承襲為「冕」〈郭店‧性自命出 33〉、「冕」〈上博‧孔子詩論 8〉，惟將上半部的「屮」寫作「屮」，或作「冔」〈郭店‧性自命出 43〉，以郭店竹書的辭例言，依序為「其心弁（變）則其聲亦然」、「用身之弁者」，可知形體雖異，皆「弁」字異體，「冔」即李家浩引朱德熙之言「象人戴冠冕之形」，《說文》篆文「冕」葢源於此，「𠘃」應為「屮」、「屮」、「屮」的訛寫；馬王堆漢墓出土文獻為「冕」《馬王堆‧五十二病方 21》、「冕」《馬王堆‧養生方 79》，從廾從●，或體作「冃」，籒文為「㝳」，下半部皆從廾，上半部的「人」、「⊗」，應與「●」近同，徐中舒以為「⊗」像皮冠「鍼縷縫綻之迹」［註84］，其言可從，「人」應為「冠冕」之省。

字　　例	重　文	時　　期	字　　形
冕　冕	冃，㝳	殷　　商	
		西　　周	
		春　　秋	冔〈侯馬盟書‧宗盟類 1.39〉 冔〈侯馬盟書‧宗盟類 77.4〉 冔〈侯馬盟書‧宗盟類 85.10〉 冔〈侯馬盟書‧宗盟類 156.4〉
		楚　　系	冕〈郭店‧性自命出 33〉 冔〈郭店‧性自命出 43〉 冕〈上博‧孔子詩論 8〉
		晉　　系	
		齊　　系	
		燕　　系	
		秦　　系	

［註82］　《說文解字注》，頁 410～411。

［註83］　李家浩：〈釋弁〉，《古文字研究》第一輯，頁 391～395，北京，中華書局，1979年。

［註84］　徐中舒：〈四川彭縣濛陽鎮出土的殷代二觶〉，《文物》1962：6，頁 17。

秦　　朝	元	《馬王堆‧五十二病方 21》
漢　　朝	天	《馬王堆‧養生方 79》

651、《說文》「視」字云：「視，瞻也。从見示聲。，古文視；，亦古文視。」〔註85〕

　　篆文作「視」，从見示聲，與〈睡虎地‧語書12〉的「視」相近；古文作「　」，从目示聲，或作「　」，从目氏聲。又〈侯馬盟書‧宗盟類3.12〉作「　」，从見氏聲，〈上博‧緇衣1〉作「　」，从目氏聲，與「　」相近，其差異爲侯馬盟書之字从見，上博簡之字爲上目下氏的偏旁結構。據「睹」字考證，「目」、「見」替換，屬義近偏旁的替代。「示」字上古音屬「船」紐「脂」部，「氏」字上古音屬「端」紐「脂」部，疊韻，端、船皆爲舌音，錢大昕言「舌音類隔不可信」，黃季剛言「照系三等諸紐古讀舌頭音」，可知「船」於上古聲母可歸於「定」，示、氏作爲聲符使用時可替代。又甲骨文「見」字作「　」《合》（6789），爲側立狀，或作「　」《合》（12984），爲跪坐狀，其義爲「視也」〔註86〕，兩周金文分別承襲其形體作「　」〈見尊〉，或作「　」〈訣鐘〉、「　」〈羌伯簋〉、「　」〈中山王　方壺〉，後三者的辭例依序爲「南夷、東夷俱見廿又六邦」、「二月，眉敖至見，獻帛」，「則臣不忍見施」；此外，甲骨文中亦見或側立或跪坐的「次」字，寫作「　」《合》（8317）、「　」《合》（21181），可知無論跪坐、側立與否，皆無礙於原本承載的字形、字音與字義。然戰國時期的楚系文字或側立作「　」〈郭店‧老子甲本 2〉，辭例爲「視素保樸」，相同字形者亦見於〈郭店‧五行29〉，辭例爲「文王之視也如此」，或是〈郭店‧語叢三13〉，辭例爲「自視（示）其所能，損。」或跪坐作「　」〈郭店‧五行 10〉，辭例爲「既見君子」，或作「　」〈郭店‧五行23〉，辭例爲「未嘗見賢人」，或作「　」〈郭店‧五行24〉，辭例爲「見賢人而不知其有德也」，或作「　」〈郭店‧五行25〉，辭例爲「見而知之」，或作「　」〈郭店‧五行27〉，辭例爲「見賢人」，或作「　」〈郭店‧五行27〉，辭例爲「見而知之」，可知郭店竹書裡側立之形的「　」爲「視」字，跪坐之形的「　」爲「見」字，少數未作跪坐之形者，或將「　」改易作「　」，或將「　」易寫爲「　」、「　」，或在「　」的下

〔註85〕　《說文解字注》，頁 412。

〔註86〕　《說文解字注》，頁 407。

方再添加一道短橫畫「一」作「㇟」，藉以區別二字。

字 例	重 文	時　期	字　形
視 （視）	（眡）, （眡）	殷　商	
		西　周	
		春　秋	（字形）〈侯馬盟書・宗盟類 3.12〉
		楚　系	（字形）〈郭店・老子甲本 2〉（字形）〈上博・緇衣 1〉
		晉　系	
		齊　系	
		燕　系	
		秦　系	（字形）〈睡虎地・語書 12〉
		秦　朝	
		漢　朝	（字形）《馬王堆・老子乙本 195》

652、《說文》「觀」字云：「（觀），諦視也。从見雚聲。（觀），古文觀从囧。」〔註87〕

　　金文作「（字形）」〈觀肇鼎〉，从見雚聲，兩周以來的文字多承襲爲「（字形）」〈包山 185〉、「（字形）」〈中山王（字形）方壺〉、「（字形）」〈睡虎地・爲吏之道 34〉，《說文》篆文「觀」源於此，形體與「（字形）」相近。戰國楚系文字或作「（字形）」〈包山 249〉，較之於「（字形）」，係在「（字形）」下方增添二道短橫畫「-」；或作「（字形）」〈包山 231〉，將「（字形）」易爲「（字形）」並增添一道短橫畫「-」寫作「（字形）」；或作「（字形）」〈上博・孔子詩論 3〉，辭例爲「溥觀人俗爲」，較之於「（字形）」，係將「見」所从之目與儿的形體割裂，遂將「目」改置於「雚」的下方；或作「（字形）」〈上博・性情論 15〉，辭例爲「觀來武」，對照「（字形）」的形體，下半部的「目」爲「見」之省，「（字形）」爲「（字形）」的訛省，即將「（字形）」易爲「（字形）」，並省略二「口」爲一「口」，並以此與「隹」借用近似的「（字形）」；或作「（字形）」〈上博・武王踐阼 2〉，辭例爲「王如欲觀之」，「（字形）」亦寫作「（字形）」，因將「見」置於「（字形）」的下方，遂作「（字形）」，「（字形）」之「（字形）」下方爲二「口」，受到「見」的影響，類化爲「（字形）」。古文从雚从囧作「（字形）」，較之於「（字形）」、「（字形）」，下半部的「囧」，應爲「目」之訛，

即「[圖]」省略「儿」後的形體。

字例	重文	時期	字形
觀 [圖] [圖]	[圖]	殷商	
		西周	[圖]〈觀肇鼎〉
		春秋	
		楚系	[圖]〈包山185〉[圖]〈包山231〉[圖]〈包山249〉 [圖]〈上博・孔子詩論3〉[圖]〈上博・性情論15〉 [圖]〈上博・武王踐阼2〉[圖]〈上博・君人者何必安哉甲本5〉
		晉系	[圖]〈中山王[圖]方壺〉
		齊系	
		燕系	
		秦系	[圖]〈睡虎地・爲吏之道34〉
		秦朝	
		漢朝	[圖]《馬王堆・老子甲本94》[圖]《馬王堆・十問9》

653、《說文》「款」字云：「[圖]，意有所欲也。从欠鋉省。[圖]，款或从柰。」 [註88]

篆文作「[圖]」，从欠鋉省；或體作「[圖]」，从欠从柰。馬王堆漢墓出土文獻作「[圖]」《馬王堆・十問68》、「[圖]」《馬王堆・十問98》，左側上半部皆爲「[圖]」，後者所从之「示」作「[圖]」，較之於「[圖]」，係以貫穿筆畫的方式書寫，即中間的豎畫直貫「一」，遂造成文字的異化。又與此現象相同者，亦見於「隸」字，據「隸」字考證，「[圖]」係以收縮筆畫的方式將「木」寫作「[圖]」，从「出」則是受到「[圖]」的影響，將「木」易爲「[圖]」。以彼律此，「款」字左側所見「[圖]」之「[圖]」，應爲「[圖]」之訛，「[圖]」則是收縮「[圖]」中間的豎畫所致。

字例	重文	時期	字形
款 [圖] [圖]	[圖]	殷商	
		西周	
		春秋	

[註88] 《說文解字注》，頁415。

		楚 系	
		晉 系	
		齊 系	
		燕 系	
		秦 系	
		秦 朝	
		漢 朝	《馬王堆・十問 68》《馬王堆・十問 98》

654、《說文》「歌」字云：「⿰哥欠，詠也。从欠哥聲。⿰哥言，歌或从言。」
〔註89〕

兩周文字或从言可聲作「⿰可言」〈蔡侯紐鐘〉、「⿰可言」〈朝歌右庫戈〉、「⿰言可」〈上博・孔子詩論 2〉，辭例依序爲「自作歌鐘」、「朝歌」、「其歌紳而易」，又《說文》有「訶」字，云：「大言而怒也。从言可聲。」〔註90〕字形與金文、楚簡文字近同，此種現象亦見於戰國文字，如：「廚」字於楚系文字作「⿰肉豆」〈集脰大子鼎〉，从肉豆聲，《說文》亦收錄一从肉豆聲的篆文，字義爲「項」〔註91〕，此異字同形的現象，蓋因方言的不同所致，《說文》「訶」字應反映秦人對該字的認知。或从言哥聲作「⿰哥言」〈⿰兮龜鐘〉，將之與「⿰可言」、「⿰可言」相較，「可」的起筆橫畫上之短橫畫「-」，爲飾筆的增添，《說文》或體「⿰哥言」與之相近。又見从欠哥聲者，如：「⿰哥欠」〈睡虎地・日書甲種 32〉、「⿰哥欠」〈睡虎地・日書乙種 132〉，前者左側形體爲「⿰哥」，與「哥」對照，應是以借筆省減的方式，將上半部「可」的「丿」與下半部「可」的起筆橫畫借用，遂作「⿰哥」，篆文「⿰哥欠」與「⿰哥欠」相近，其間的差異，係因書體的不同所致。《說文》「言」字云：「直言曰言，論難曰語」，「欠」字云：「張口气悟也」〔註92〕，言、欠的字義雖無關係，但在《說文》中或見从口、从言，或从口、从欠替代的現象，如：「嘯」字或从口作「嘯」，或从欠作「歗」，「呦」字或从口作「呦」，或从欠作「欼」，「噴」字或从口作「噴」，或从言作「讚」，「謨」字或从言作「謨」，或从口

〔註89〕 《說文解字注》，頁 416。

〔註90〕 《說文解字注》，頁 100。

〔註91〕 《說文解字注》，頁 170。

〔註92〕 《說文解字注》，頁 90，頁 414。

作「㱃」，从欠、从言作為形符使用時替換的情形，應是受到从口、从言，或从口、从欠替代的影響。

字　例	重　文	時　期	字　形
歌	謌	殷　商	
		西　周	
		春　秋	𧩌 〈蔡侯紐鐘〉 𧩌 〈䣄鐘〉
		楚　系	訶 〈上博‧孔子詩論 2〉
		晉　系	訶 〈朝歌右庫戈〉
		齊　系	
		燕　系	
		秦　系	歌 〈睡虎地‧日書甲種 32〉 歌 〈睡虎地‧日書乙種 132〉
		秦　朝	
		漢　朝	歌 《馬王堆‧周易 88》

655、《說文》「歜」字云：「歜，歠歜也。从欠竈聲。嗽，俗歜从口从就。」 〔註93〕

篆文作「歜」，从欠竈聲，俗字作「嗽」，从口就聲，《說文》「口」字云：「人所吕言食也」，「欠」字云：「張口气悟也」〔註94〕，氣由口出，可知二者在字義上有一定的關係，作為形符使用時遂兩相替代；「竈」字上古音屬「清」紐「覺」部，「就」字上古音屬「從」紐「幽」部，二者發聲部位相同，清從旁紐，幽覺陰入對轉，竈、就作為聲符使用時可替代。

字　例	重　文	時　期	字　形
歜	嗽	殷　商	
		西　周	
		春　秋	
		楚　系	
		晉　系	

〔註93〕 《說文解字注》，頁 416。

〔註94〕 《說文解字注》，頁 54，頁 414。

齊　系	
燕　系	
秦　系	
秦　朝	
漢　朝	

656、《說文》「歊」字云：「𣢜，吟也。謂情有所悅，吟歊而歌詠。
　　从欠𪁾省聲。𣢜，籀文歊不省。」[註95]

籀文作「𣢜」，从欠難聲，篆文爲「𣢜」，从欠難省聲，「難」字篆文作
「𪁾」，較之於「𣢜」，後者係省略形符「鳥」而保留聲符「堇」，故許慎言
「𪁾省聲」。

字　　例	重　文	時　　期	字　　　　形
歊 𣢜	𣢜	殷　商	
		西　周	
		春　秋	
		楚　系	
		晉　系	
		齊　系	
		燕　系	
		秦　系	
		秦　朝	
		漢　朝	

657、《說文》「次」字云：「𣢤，不前不精也。从欠二聲。𥄬，古文
　　次。」[註96]

兩周以來的文字作「𣢤」〈次卣〉、「𣢤」〈其次句鑃〉、「𣢤」〈睡虎地・封
診式49〉、「𣢤」《馬王堆・春秋事語67》，从欠二聲，與《說文》篆文「𣢤」
相近，其間的差異，係書體不同；古文作「𥄬」，商承祚言「不知何義何从，

[註95]　《說文解字注》，頁416。

[註96]　《說文解字注》，頁418。

段氏謂象相次之形，則望文生訓矣。」﹝註97﹞馬叙倫亦云：「疑苑即 🔲 之誤，或此本從艸夗聲」﹝註98﹞，戰國時期的〈十七年邢令戈〉有一字作「🔲」，辭例爲「十七年邢令吳次」，形體近於「🔲」，若將「🔲」的筆畫加以引曳、彎曲，則同於「🔲」，因該字作爲人名使用，字義是否如許書所載，或如段玉裁〈注〉中言「蓋象相次形」，實難釐清，故暫從商承祚之言。

字　例	重文	時　期	字　形
次 🔲	🔲	殷　商	
		西　周	🔲〈次卣〉
		春　秋	🔲〈其次句鑃〉
		楚　系	
		晉　系	🔲〈十七年邢令戈〉
		齊　系	
		燕　系	
		秦　系	🔲〈睡虎地・封診式49〉
		秦　朝	
		漢　朝	🔲《馬王堆・春秋事語67》

658、《說文》「歙」字云：「🔲，歠也。从欠酓聲。凡歙之屬皆从歙。🔲，古文歙从今水；🔲，古文歙从今食。」﹝註99﹞

甲骨文作「🔲」《合》（10406反），「象人俯首吐舌，捧尊就飲之形。」﹝註100﹞金文作「🔲」〈善夫山鼎〉、「🔲」〈余贎𨜶兒鐘〉、「🔲」〈中山王🔲方壺〉，因形體的割裂，使得「俯首吐舌」狀訛寫爲「🔲」、「🔲」、「🔲」，「人」的形體訛爲「🔲」、「🔲」、「🔲」，原本屬會意的「歙」字，易爲從「今」得聲之字，戰國以來的簡牘文字或承襲爲「🔲」〈天星觀・卜筮〉、「🔲」〈睡虎地・封診式93〉，《說文》篆文从欠酓聲作「🔲」，形體近於「🔲」，惟書

﹝註97﹞《說文中之古文考》，頁82。

﹝註98﹞《說文解字六書疏證》三，卷十六，頁2239。

﹝註99﹞《說文解字注》，頁418。

﹝註100﹞董作賓：《董作賓先生全集乙編・殷曆譜》，頁986，臺北，藝文印書館，1977年。

體不同，或作「圂」〈上博·用日 8〉，辭例爲「可飮食」，字形從酉從欠，較之於「飲」，應爲從欠畬省聲之字。古文從水今聲作「淾」，或從食今聲作「圂」，「歙」有「歡飮」之義，從水盍表示飮水之意，從食則有「飮食」的意涵，應爲造字時對於偏旁意義的選擇不同所致。

字　例	重　文	時　期	字　形
歙 歙	淾, 圂	殷　商	圂《合》（10406 反）
		西　周	飲〈善夫山鼎〉
		春　秋	飲〈余購遱兒鐘〉
		楚　系	飲〈天星觀·卜筮〉 圂〈上博·用日 8〉
		晉　系	飲〈中山王䥑方壺〉
		齊　系	
		燕　系	
		秦　系	飲〈睡虎地·封診式 93〉
		秦　朝	飲〈五十二病方 234〉
		漢　朝	飲《馬王堆·繆和 59》

659、《說文》「歠」字云：「歠，歙也。從歙省叕聲。咮，歠或從口從夬。」〔註101〕

「歠」字從歙省叕聲，或體「咮」從口從夬聲。「叕」字上古音屬「端」紐「月」部，「夬」字上古音屬「見」紐「月」部，疊韻，叕、夬作爲聲符使用時可替代。《說文》「口」字云：「人所吕言食也」，「歙」字云：「歠也」〔註102〕，二者的字義無涉，係造字時對於偏旁意義的選擇不同所致，「歠飮」以「口」爲之，從口者應爲表示「歠飮」之意。

字　例	重　文	時　期	字　形
歠 歠	咮	殷　商	
		西　周	
		春　秋	

〔註101〕《說文解字注》，頁 418。
〔註102〕《說文解字注》，頁 54，頁 418。

	楚　系	
	晉　系	
	齊　系	
	燕　系	
	秦　系	
	秦　朝	
	漢　朝	

660、《說文》「㳄」字云：「㳄，慕欲口液也。从欠水。凡㳄之屬皆從㳄。㳄，㳄或从侃。㳄，籀文㳄。」〔註103〕

甲骨文作「𤷌」《合》（8317）、「𤷌」《合》（19945）、「𤷌」《合》（21181），「象人口液外流形」〔註104〕，或跪坐，或側立，或左右相反，皆未影響其辨識；戰國楚竹書或見「𤷌」〈清華・保訓 10〉，辭例為「命未有所㳄（延）」，从欠水，「欠」作「𤷌」，與「𤷌」的形體不同；秦文字作「㳄」《秦代陶文》（399），《說文》篆文為「㳄」，其間的差異，係書體的不同。籀文从欠从二水作「㳄」，較之於「㳄」，係重複「水」旁，或體从水侃聲作「㳄」。「㳄」字上古音屬「邪」紐「元」部，「侃」字上古音屬「溪」紐「元」部，疊韻，由會意字改為形聲字，為了便於時人閱讀使用之需，故以讀音相近的字作為聲符。

字　例	重　文	時　期	字　　　　形
㳄　㳄	㳄，㳄	殷　商	𤷌《合》（8317）　𤷌《合》（19945）　𤷌《合》（21181）
		西　周	
		春　秋	
		楚　系	𤷌〈清華・保訓 10〉
		晉　系	
		齊　系	
		燕　系	
		秦　系	

〔註103〕《說文解字注》，頁 418。

〔註104〕《甲骨文字典》，頁 987。

| | 秦　朝 | 《秦代陶文》（399） |
| | 漢　朝 | |

661、《說文》「旡」字云：「，歓食屰气不得息曰旡。从反欠。凡旡之屬皆从旡。，古文旡。」〔註105〕

甲骨文作「」《合》（13587），「象人跽而口向後張之形，爲旡之初文。……人食既每致屰气，故以此象屰气之形。」〔註106〕古文作「」，形體與之相近；篆文作「」，段玉裁〈注〉云：「觀此則知小徐『欠』作『』，與此爲一正一反，正是古文『欠』也。蓋今本『欠』有小篆而失古文矣。」然小徐本「欠」字作「」〔註107〕，與段玉裁所言形體略異，又甲骨文「欠」字作「」《合》（7235），形體與「」相反，應可補入「欠」字下，列爲重文。

字　例	重　文	時　期	字　形
旡 		殷　商	《合》（13587）
		西　周	
		春　秋	
		楚　系	
		晉　系	
		齊　系	
		燕　系	
		秦　系	
		秦　朝	
		漢　朝	

〔註105〕　《説文解字注》，頁 419。

〔註106〕　《甲骨文字典》，頁 989。

〔註107〕　（漢）許愼撰、（南唐）徐鍇撰：《説文解字繫傳》，頁 176，北京，中華書局，1998年。

第十章　《說文》卷九重文字形分析

662、**《說文》「顏」字云：「顏，眉之閒也。从頁彥聲。䫇，籀文。」**
〔註1〕

　　兩周以來的文字或从百彥省聲作「🀄」〈九年衛鼎〉，或从頁彥省聲作「🀄」〈上博・鬼神之明　融師有成氏 8〉，或从頁彥聲作「🀄」〈新蔡・甲三 203〉、「🀄」〈睡虎地・法律答問 74〉，較之於「顏」，「🀄」係將「頁」置於「彥」的下方，並將「彥」所从之「彡」置於「頁」的右側；篆文从頁作「顏」，籀文从首作「䫇」。《說文》「頁」字云：「頭也」，「首」字云：「古文百也」，「百」字云：「頭也」〔註2〕，二者的字義相同，作為形符時替代的現象亦見於兩周文字，如：「顯」字从首作「🀄」〈康鼎〉，或从頁作「🀄」〈靜簋〉，「頭」字从首作「🀄」〈公臣簋〉，或从頁作「🀄」〈大克鼎〉，「道」字从首作「道」〈睡虎地・語書 1〉，或从頁作「🀄」〈詛楚文〉。

字　例	重　文	時　期	字　　　形
顏	䫇	殷商	

〔註 1〕　（漢）許慎撰、（清）段玉裁注：《說文解字注》，頁 420，臺北，黎明文化事業股份有限公司，1991 年。

〔註 2〕　《說文解字注》，頁 420，頁 426，頁 427。

		西　周	〈九年衛鼎〉
		春　秋	
		楚　系	〈新蔡・甲三 203〉　〈上博・鬼神之明　融師有成氏 8〉
		晉　系	
		齊　系	
		燕　系	
		秦　系	〈睡虎地・法律答問 74〉
		秦　朝	
		漢　朝	《馬王堆・要 10》　《馬王堆・繆和 10》

663、《說文》「頌」字云：「頌，皃也。从頁公聲。𩕢，籀文。」

〔註3〕

　　「頌」字从頁公聲，籀文「額」从頁容聲。「公」字上古音屬「見」紐「東」部，「容」字上古音屬「余」紐「東」部，疊韻，公、容作爲聲符使用時可替代。又篆文作「頌」，形體與殷周以來的字形略有差異，〈頌鼎〉作「𩒻」，所從之「頁」爲跪坐形，「公」下半部亦不从「厶」作「己」，寫作「己」，應是由「〇」訛寫所致。

字　例	重　文	時　期	字　　形
頌　頌	𩕢	殷　商	
		西　周	〈頌鼎〉
		春　秋	〈蔡侯盤〉
		楚　系	〈郭店・緇衣 17〉
		晉　系	
		齊　系	
		燕　系	
		秦　系	
		秦　朝	
		漢　朝	《馬王堆・十問 54》

〔註 3〕《說文解字注》，頁 420。

664、《說文》「頂」字云：「𩕳，顚也。从頁丁聲。𩕻，或从𩠐作。
𩕾，籒文从鼎。」〔註4〕

篆文从頁作「𩕳」，或體从𩠐作「𩕻」，後者將所从之頁改爲𩠐，據「顏」
字考證，「頁」、「𩠐」替換，屬義近偏旁的替代。又〈魚鼎匕〉作「　」，从頁
鼎聲，與籒文「𩕾」相近，將之與篆文相較，其差異處爲聲符的不同。「丁」、
「鼎」二字上古音皆屬「端」紐「耕」部，雙聲疊韻，丁、鼎作爲聲符使用時
可替代。

字　例	重　文	時　期	字　形
頂 𩕳	𩕻， 𩕾	殷　商	
		西　周	
		春　秋	
		楚　系	
		晉　系	〈魚鼎匕〉
		齊　系	
		燕　系	
		秦　系	
		秦　朝	
		漢　朝	

665、《說文》「頞」字云：「𩑋，鼻莖也。从頁安聲。𪔀，或从鼻曷。」

〔註5〕

篆文从頁安聲作「𩑋」，或體从鼻曷聲作「𪔀」，《說文》「鼻」字云：「所
呂引气自畁也」，「頁」字云：「頭也」〔註6〕，頭與鼻皆爲人類身上的器官，二
者在字義上有相當的關係，作爲形符使用時可替代。從字義言，「頞」爲「鼻莖
也」，所指爲鼻子的一部分，或體从鼻曷聲，將形符由「頁」改爲「鼻」，應該
是爲了明確表示其字義與「鼻子」有關。「安」字上古音屬「影」紐「元」部，
「曷」字上古音屬「匣」紐「月」部，二者發聲部位相同，影匣旁紐，元月陽

〔註4〕　《說文解字注》，頁420～421。

〔註5〕　《說文解字注》，頁421。

〔註6〕　《說文解字注》，頁139，頁420。

入對轉，安、曷作爲聲符使用時可替代。

字 例	重 文	時 期	字　　　形
頞 顔	𩠐	殷　商	
		西　周	
		春　秋	
		楚　系	
		晉　系	
		齊　系	
		燕　系	
		秦　系	
		秦　朝	
		漢　朝	

666、《說文》「頰」字云：「頰，面旁也。从頁夾聲。𩠐，籀文頰。」〔註7〕

篆文从頁夾聲作「頰」，與〈睡虎地・日書甲種 97 背〉的「頰」、《馬王堆・相馬經 2》的「頰」相近，與籀文「𩠐」相較，後者將所从之頁改爲首，據「顔」字考證，「頁」、「首」替換，屬義近偏旁的替代。

字 例	重 文	時 期	字　　　形
頰 頰	𩠐	殷　商	
		西　周	
		春　秋	
		楚　系	
		晉　系	
		齊　系	
		燕　系	
		秦　系	頰〈睡虎地・日書甲種97背〉
		秦　朝	
		漢　朝	頰《馬王堆・相馬經2》

667、《說文》「頮」字云：「頮，低頭也。从頁逃省。大史卜書頮仰字如此。楊雄曰：『人面頮』。𠑘，頮或从免。」 〔註8〕

篆文从頁逃省作「頮」，或體从人免作「𠑘」，大小徐本或體皆作「𠑘」〔註9〕，可知段注本的字形有誤。《說文》「人」字云：「天地之性最貴者也」，「頁」字云：「頭也」〔註10〕，頭顯是人類身體的一部分，以「人」替代「頁」，係以整體取代部分，據「償」字考證，人、身、肉、骨替代的現象，為義近形符的代換，以彼律此，人、頁在意義上有相當的關係，作為形符時亦可因義近而替代。又「頮」字从頁逃省，段玉裁〈注〉云：「逃者多媿而俯，故取以會意。从逃猶从兔也。」並指出：「李善引《聲類》『頮』為古文『俯』字。」「俯」字从人府聲，或體「俛」應从人免聲。「府」字上古音屬「幫」紐「侯」部，「免」字上古音屬「明」紐「元」部，二者發聲部位相同，幫明旁紐，府、免作為聲符使用時可替代。

字　例	重　文	時　期	字　　　　形
頮 頮	𠑘	殷　商	
		西　周	
		春　秋	
		楚　系	
		晉　系	
		齊　系	
		燕　系	
		秦　系	
		秦　朝	
		漢　朝	

〔註8〕　《說文解字注》，頁424。

〔註9〕　（漢）許慎撰、（南唐）徐鍇撰：《說文解字繫傳》，頁179，北京，中華書局，1998年；（漢）許慎撰、（宋）徐鉉校定：《說文解字》，頁183，香港，中華書局，1996年。

〔註10〕　《說文解字注》，頁369，頁420。

668、《說文》「頹」字云：「頹，顛也。从頁尤聲。痏，頹或从疒。」

〔註 11〕

篆文作「頹」，从頁尤聲；或體作「痏」，从疒尤聲。《說文》「疒」字云：「倚也，人有疾痛也」，「頁」字云：「頭也」〔註 12〕，二者無形近、義近、音近的關係，「頹」的字義爲「顛也」，「顛」爲「頭不定也」〔註 13〕，即頭部搖動不定，从「頁」係表示「頭部」搖動不定，从「疒」則言此爲「疾病」，替代的現象，係造字時對於偏旁意義的選擇不同所致。

字　例	重　文	時　期	字　　形
頹 頹	痏	殷　商	
		西　周	
		春　秋	
		楚　系	
		晉　系	
		齊　系	
		燕　系	
		秦　系	
		秦　朝	
		漢　朝	

669、《說文》「百」字云：「百，頭也。象形。凡百之屬皆从百。」

〔註 14〕

《說文》「首」字云：「首，古文百也。巛象髮，髮謂之鬈，鬈即巛也。凡首之屬皆从首。」 〔註 15〕

甲骨文「首」字作「」《合》（6032 正），或作「」《合》（13617），「象人首之形，其上部存髮形或省髮形均同。」〔註 16〕金文作「」〈頌簋〉，或

〔註 11〕　《說文解字注》，頁 425～426。

〔註 12〕　《說文解字注》，頁 351，頁 420。

〔註 13〕　《說文解字注》，頁 426。

〔註 14〕　《說文解字注》，頁 426。

〔註 15〕　《說文解字注》，頁 427。

〔註 16〕　徐中舒：《甲骨文字典》，頁 993，成都，四川辭書出版社，1995 年。

作「」〈大克鼎〉，爲進一步的形體省減，已不見甲骨文「人首之形」，侯馬盟書作「」〈侯馬盟書・宗盟類 92.39〉，戰國楚系文字作「」〈曾侯乙173〉，或作「」〈包山 270〉，秦系文字作「」〈放馬灘・日書甲種 13〉，或作「」〈放馬灘・日書甲種 16〉，或作「」〈睡虎地・秦律十八種 156〉，馬王堆簡帛作「」《馬王堆・陰陽五行甲篇 117》，或作「」《馬王堆・三號墓遣策》，或作「」《馬王堆・十六經 136》，皆承襲西周文字而來，並進一步的省改，除了部分省略「頭髮」的字形外，無論上半部的形體作「」、「」、「」、「工」等，皆由頭髮之形「」變化而來。又楚系「首」字或見「」〈包山・牘 1〉，下半部形體與「頁」相同，李孝定指出「頁」字形體像頭與身，徐中舒亦指出像人的頭與身，頭上有髮之形〔註17〕，《說文》「頁」字云：「頭也」〔註18〕，與首（百）的字義相同，寫作「」除了因二者的字義相同而改易形體外，亦可能因「首（百）」爲頭顱，「頁」包含頭顱與人身之形，故以全體取代部分。

字　例	重　文	時　期	字　形
百 百	首	殷　商	《合》（6032 正）《合》（13617）
		西　周	〈頌簋〉 〈大克鼎〉
		春　秋	〈侯馬盟書・宗盟類 92.39〉
		楚　系	〈曾侯乙 173〉 〈包山 270〉 〈包山 276〉 〈包山・牘 1〉
		晉　系	
		齊　系	
		燕　系	
		秦　系	〈放馬灘・日書甲種 13〉 〈放馬灘・日書甲種 16〉 〈睡虎地・秦律十八種 156〉
		秦　朝	〈兩詔橢量（三）〉 〈始皇詔權（四）〉
		漢　朝	《馬王堆・陰陽五行甲篇 117》 《馬王堆・三號墓遣策》 《馬王堆・十六經 136》

〔註17〕 李孝定：《甲骨文字集釋》第九，頁 2837，臺北，中央研究院歷史語言研究所，1991年：《甲骨文字典》，頁 991。

〔註18〕 《說文解字注》，頁 420。

670、《說文》「覿」字云：「覿，面見人也。从面見，見亦聲。《詩》曰：『有覿面目』。覿，或从旦。」[註19]

「覿」字从面見聲，或體「覿」从面旦聲。「見」字上古音屬「見」紐「元」部，「旦」字上古音屬「端」紐「元」部，疊韻，見、旦作爲聲符使用時可替代。

字 例	重 文	時 期	字 形
覿 覿	覿	殷 商	
		西 周	
		春 秋	
		楚 系	
		晉 系	
		齊 系	
		燕 系	
		秦 系	
		秦 朝	
		漢 朝	

671、《說文》「劗」字云：「劗，截耑也。从斷耑。劓，或从刀專聲。」[註20]

戰國文字作「劓」〈上博・昭王毀室　昭王與龔之脽2〉、「劓」〈二十五年戈〉，辭例依序爲「將劗（斷）於今日」、「冶劗」，左側形體「劓」、「劓」，即「叀」字，字形从刀叀聲；馬王堆漢墓出土文獻或从刀專聲作「劓」《馬王堆・戰國縱橫家書 209》，與《說文》或體「劓」相近，其間的差異，係書體不同所致，或从刀叀聲作「劓」《馬王堆・九主 383》，「叀」、「專」二字上古音皆屬「章」紐「元」部，雙聲疊韻，叀、專作爲聲符使用時可替代。篆文从斷首作「劗」，段玉裁以爲「斷」字亦具聲符作用，爲「會意包形聲」之字，「劗」的字義爲「截耑」，从斷首以會其意，或體从刀專聲亦有「斷」的意涵，造字時對於偏旁意義的選擇不同，故有从斷首與从刀專聲的不同。

[註19]　《說文解字注》，頁 427。

[註20]　《說文解字注》，頁 428。

字 例	重 文	時 期	字 形
䭰 髲	勪	殷 商	
		西 周	
		春 秋	
		楚 系	〈上博‧昭王毀室 昭王與龔之脾2〉
		晉 系	〈二十五年戈〉
		齊 系	
		燕 系	
		秦 系	
		秦 朝	
		漢 朝	《馬王堆‧戰國縱橫家書209》 《馬王堆‧九主383》

672、《說文》「参」字云：「彰，稠髮也。从彡人聲。《詩》曰：『参髮如雲』。鬒，参或从髟眞聲。」〔註21〕

篆文作「彰」，从彡人聲，與〈参卣蓋〉的「弎」相近，林義光指出「象人有稠髮形」〔註22〕，何琳儀認爲「會人有長髮之意」〔註23〕，字形應爲「从彡从人」的會意字；或體作「鬒」，从髟眞聲，「髟」的字義爲「長髮猋猋也」〔註24〕，从「髟」者與「参」的字義「稠髮」有關，又「参」字上古音屬「章」紐「文」部，「眞」字上古音屬「章」紐「眞」部，雙聲，由會意字改爲形聲字，爲了便於時人閱讀使用之需，故以讀音相近的字作爲聲符。

字 例	重 文	時 期	字 形
参 彰	鬒	殷 商	
		西 周	弎〈参卣蓋〉
		春 秋	
		楚 系	

〔註21〕 《說文解字注》，頁429。

〔註22〕 林義光：《文源》卷四，頁2，臺北，新文豐出版社，2006年。（收入《石刻史料新編》第四輯，冊8）

〔註23〕 何琳儀：《戰國古文字典——戰國文字聲系》，頁1144，北京，中華書局，1998年。

〔註24〕 《說文解字注》，頁430。

晉 系	
齊 系	
燕 系	
秦 系	
秦 朝	
漢 朝	

673、《說文》「髮」字云：「𩠐，頭上毛也。从髟犮聲。𩠐，髮或从 首。𩠐，古文。」〔註25〕

金文作「𩠐」〈召卣〉、「𩠐」〈史牆盤〉，从首从犬，蓋以所从之犬、首會「頭上毛」之意，《說文》或體「𩠐」與之相近，惟从首犮聲，从「犮」者係「犬」之訛，「犮」字上古音屬「並」紐「月」部，「髮」字上古音屬「幫」紐「月」部，二者發聲部位相同，幫並旁紐，疊韻，因形體訛誤，遂由會意字改為形聲字；戰國秦系文字作「𩠐」〈睡虎地‧日書甲種 13 背〉，从長犮聲，馬王堆漢墓出土文獻承襲為「𩠐」《馬王堆‧五十二病方 8》、「長」《馬王堆‧十問 6》，或採取左長右犮的結構，或為上長下犮的結構，偏旁位置雖不固定，卻無礙文字的識讀，《說文》篆文「𩠐」，从髟犮聲，所从之「髟」尚未見於出土文獻，杜忠誥指出「髟」所見之「彡」為「長」字「離析謬變」而來〔註26〕，睡虎地秦簡「長」字作「長」〈睡虎地‧日書甲種 100〉，从「長」者多為「长」，誠如其言，若將「長」上半部的「𠃜」割裂，則形成「𠃜三」，即寫作「彡」，可知「从髟犮聲」實為「从長犮聲」之誤；另一古文為「𩠐」，从頁从爻，段玉裁〈注〉云：「蓋象角羈之形」，《說文》「頁」字云：「頭也」〔註27〕，「爻」或指編髮之兒，又「首」字云：「古文百也」〔註28〕，其義為「頭也」，與「頁」同義，據「顏」字考證，二者作為形符使用，可因字義相同而兩相替代。

〔註25〕《說文解字注》，頁 430。

〔註26〕杜忠誥：《說文篆文訛形釋例》，頁 149，臺北，文史哲出版社，2009 年。

〔註27〕《說文解字注》，頁 420。

〔註28〕《說文解字注》，頁 427。

字　例	重　文	時　期	字　形
髮 鬌	鬌， 頌	殷　商	
		西　周	〈召卣〉 〈史牆盤〉
		春　秋	
		楚　系	
		晉　系	
		齊　系	
		燕　系	
		秦　系	〈睡虎地・日書甲種 13 背〉
		秦　朝	《馬王堆・五十二病方 8》
		漢　朝	《馬王堆・十問 6》

674、《說文》「鬏」字云：「鬏，髮至眉也。从髟敄聲。《詩》曰：
『紞彼兩鬏』。鬏，鬏或省，漢令有鬏長。」〔註29〕

「鬏」字从髟敄聲，或體「鬏」从髟矛聲。「敄」字上古音屬「明」紐
「侯」部，「矛」字上古音屬「明」紐「幽」部，雙聲，敄、矛作爲聲符使
用時可替代。

字　例	重　文	時　期	字　形
鬏 鬏	鬏	殷　商	
		西　周	
		春　秋	
		楚　系	
		晉　系	
		齊　系	
		燕　系	
		秦　系	
		秦　朝	
		漢　朝	

〔註29〕《說文解字注》，頁 431。

675、《說文》「鬄」字云：「[字形]，髲也。从髟易聲。[字形]，鬄或从也
聲。」〔註30〕

「鬄」字从髟易聲，或體「髢」从髟也聲。「易」字上古音屬「余」紐「錫」
部，「也」字上古音屬「余」紐「歌」部，雙聲，易、也作為聲符使用時可替代。

字 例	重 文	時 期	字 形
鬄 [字形]	[字形]	殷 商	
		西 周	
		春 秋	
		楚 系	
		晉 系	
		齊 系	
		燕 系	
		秦 系	
		秦 朝	
		漢 朝	

676、《說文》「鬣」字云：「[字形]，髮鬣鬣也。从髟巤聲。[字形]，鬣或从
毛；[字形]，或从豕。」〔註31〕

篆文作「[字形]」，从髟巤聲；或體作「[字形]」，从毛巤聲；另一或體作「[字形]」，
从豕巤聲。《說文》「毛」字云：「眉髮之屬及獸毛也」，「髟」字云：「長髮猋猋
也」，「豕」字云：「彘也」〔註32〕，三者的字義無涉，又段玉裁於「鬣」字〈注〉
云：「囟部『巤』下曰：『毛巤也。象髮在囟上，及毫髮巤巤之形。』巤巤，動
而直上皃。所謂頭髮上，指髮上衝冠也。……許說毛者，通乎獸毛而言，故馬
豕之鬣亦曰鬣。……豕鬣如筆管者曰豪，是或从豕之意也。」可知从髟、从毛、
从豕者，係為了明確表示其意涵，故選擇不同的偏旁為之。

字 例	重 文	時 期	字 形
鬣	[字形]，	殷 商	

〔註30〕 《說文解字注》，頁431。

〔註31〕 《說文解字注》，頁432。

〔註32〕 《說文解字注》，頁402，頁430，頁459。

	西　周	
	春　秋	
	楚　系	
	晉　系	
	齊　系	
	燕　系	
	秦　系	
	秦　朝	
	漢　朝	

677、《說文》「髡」字云：「𩮜，𩮜髮也。从髟兀聲。𩮷，或从元。」

〔註33〕

　　「髡」字从髟兀聲，或體「𩮷」从髟元聲。「兀」字上古音屬「疑」紐「物」部，「元」字上古音屬「疑」紐「元」部，雙聲，兀、元作為聲符使用時可替代。〈睡虎地・法律答問103〉「長」左側形體與篆文「𨱗」不同，「長」字作「𠱧」〈十二年上郡守壽戈〉、「長」〈睡虎地・法律答問95〉，可知「長」所從為「長」，據「髮」字考證，从「髟」者為从「長」之誤。

字　例	重　文	時　期	字　形
髡	𩮷	殷　商	
𩮜		西　周	
		春　秋	
		楚　系	
		晉　系	
		齊　系	
		燕　系	
		秦　系	長〈睡虎地・法律答問103〉
		秦　朝	
		漢　朝	

〔註33〕《說文解字注》，頁433。

678、《說文》「归」字云：「㽅，按也。从反印。抑，俗从手。」
〔註34〕

甲骨文「印」字作「🝆」《合》（20717），或「🝆」《合》（20769），正反無別，羅振玉以爲「从爪从人跽形，象以手抑人而使之跽，其誼如許書之抑，其字形則如許書之印。」〔註35〕篆文作「㽅」，从反印，與「🝆」相近；金文作「🝆」〈毛公鼎〉、「🝆」〈曾伯棐簠〉，辭例依序爲「用印邵皇天」、「印燮」，馬承源指出「印、归同字，孳乳爲仰」，故將「印邵」釋爲「仰昭」，即「昭仰」之意，而將「印燮」釋爲「抑燮」，作「遏制並安和」解〔註36〕，可知羅振玉之言應可從。俗字作「抑」，从手从归，从「爪」已能表達「按」之意，然《說文》「爪」字云：「丮也，覆手曰爪。」「手」字云：「拳也」〔註37〕，手與爪的字義有關，在已充分表現其字義的形體上，添加偏旁「手」作爲義符，使得形體重複，故段玉裁〈注〉云：「既从反爪矣，又从手，蓋非是。」

字 例	重 文	時 期	字 形
归 㽅	抑	殷 商	
		西 周	
		春 秋	
		楚 系	
		晉 系	
		齊 系	
		燕 系	
		秦 系	
		秦 朝	
		漢 朝	

〔註34〕《說文解字注》，頁436。

〔註35〕羅振玉：《增訂殷虛書契考釋》卷中，頁54，臺北，藝文印書館，1982年。

〔註36〕馬承源：《商周青銅器銘文選（三）》，頁318，北京，文物出版社，1988年；馬承源：《商周青銅器銘文選（四）》，頁450，北京，文物出版社，1990年。

〔註37〕《說文解字注》，頁114，頁599。

679、《說文》「色」字云：「⊡，顏气也。从人卪。凡色之屬皆从色。
　　　⊡，古文。」〔註38〕

　　戰國秦系文字从刀从卪作「⊡」〈睡虎地・日書乙種 170〉，採取上刀下
卪的結構；馬王堆漢墓出土文獻承襲爲「⊡」《馬王堆・老子甲本 111》，辭
例爲「五色使人目盲」，因「刀」與「卪」的筆畫借用，遂作「⊡」，或採取
左卪右刀的結構作「⊡」《馬王堆・戰國縱橫家書 191》、「⊡」《馬王堆・五
星占 30》，辭例依序爲「太后之色少解」、「其色如客星」，或受到自體類化的
影響，將「卪」誤爲「刀」，寫作「⊡」《馬王堆・五星占 6》，辭例爲「歲視
其色以致其口口」。《說文》篆文从人卪作「⊡」，唐蘭指出「色」字从刀从卪，
从人者係卪之誤〔註39〕，然較之於「⊡」，「刀」訛寫爲「人」。楚系文字从⊡
从卪作「⊡」〈信陽 1.1〉，辭例爲「周公散然作色」，又从「色」之字，如：「儲」
字作「⊡」〈包山 15〉、「鎚」字作「⊡」〈包山 58〉、「鯢」字作「⊡」〈包山
88〉、「㠱」字作「⊡」〈包山 99〉、「鈴」字作「⊡」〈包山 171〉、「鈷」字作
「⊡」〈包山 182〉等，可知「⊡」較長筆畫上的短橫畫「-」應屬飾筆的性質，
又「利」字从刀作「⊡」〈包山 135〉，「則」字从刀作「⊡」〈上博・緇衣 2〉、
「⊡」〈上博・緇衣 17〉，「刀」的形體與「⊡」相近，疑楚簡「色」字亦與秦
文字的構形相同，皆爲从刀从卪，作「⊡」者或爲「刀」增添飾筆後的形體；
或將「刀」與「卪」緊密結合而省寫爲「⊡」〈郭店・五行 13〉、「⊡」〈郭店・
成之聞之 24〉，辭例依序爲「愛則玉色」、「發於色」，其間的小圓點「・」與短
橫畫「-」皆爲飾筆；或从頁从色省作「⊡」〈郭店・語叢一 47〉，辭例爲「其
體有容有色」，《說文》「頁」字云：「頭也」〔註40〕，「色」字可指人面容的神情
與氣色，增添「頁」蓋表示此意涵；或从⊡从色省作「⊡」〈郭店・語叢一 50〉，
辭例爲「容色」，〈郭店・語叢二 36〉有一字作「⊡」，辭例爲「⊡（疑）生於
溺」，〈上博・緇衣 2〉作「⊡」，辭例爲「則君不⊡（疑）其臣，臣不惑於君。」
〈上博・緇衣 3〉作「⊡」，辭例爲「上人⊡（疑）則百姓惑」，〈上博・從政
乙篇 3〉作「⊡」，辭例爲「小人樂則⊡（疑）」，「⊡」即「⊡」，爲「⊡」的

〔註38〕　《說文解字注》，頁 436。

〔註39〕　唐蘭：《殷虛文字記・釋⊡》，頁 103～104，臺北，學海出版社，1986 年。

〔註40〕　《說文解字注》，頁 420。

訛省,「㣎」應與「㿇」同字,惟上半部形體略異,「𧵩」所見之「𥫗」或爲「㣎」之省,「色」字上古音屬「山」紐「職」部,「矣」字上古音屬「匣」紐「之」部,爲之職陰入對轉關係,於此可視爲疊加聲符的現象;或從頁從𣎶作「𧵩」〈郭店・語叢一 20〉,辭例爲「食與色與疾」,較之於「㿇」、「𧵩」,「𣎶」係「𥫗」的省寫,「𧵩」係以「矣」取代「色」。古文作「㿇」,馬叙倫指出從顏省從疑省聲或是妣聲〔註 41〕,對照「㿇」、「𧵩」的形體,可知古文蓋源於此,惟形體訛誤愈甚。

字　例	重　文	時　期	字　　形
色	㿇	殷　商	
		西　周	
		春　秋	
		楚　系	𧶥〈信陽 1.1〉　㿇〈郭店・五行 13〉　㿆〈郭店・成之聞之 24〉　㿇〈郭店・語叢一 47〉　𧵩〈郭店・語叢一 20〉　𧵩〈郭店・語叢一 50〉
		晉　系	
		齊　系	
		燕　系	
		秦　系	色〈睡虎地・日書乙種 170〉
		秦　朝	
		漢　朝	色《馬王堆・老子甲本 111》　色《馬王堆・戰國縱橫家書 191》　色《馬王堆・五星占 6》　色《馬王堆・五星占 30》

680、《說文》「旬」字云:「旬,徧也,十日爲旬。从勹日。旬,古文。」〔註 42〕

甲骨文作「𠣛」《合》（20964）,金文或增添「日」作「𠣛」〈新邑鼎〉,或從日勻爲「旬」〈王孫遺者鐘〉,故于省吾指出「勹」即古「旬」字,旬、勻同文,勹爲勹之誤〔註 43〕,戰國文字仍承襲之,如:「旬」〈包山 183〉、「旬」

〔註 41〕馬叙倫:《說文解字六書疏證》三,卷十七,頁 2309,臺北,鼎文書局,1975 年。

〔註 42〕《說文解字注》,頁 437～438。

〔註 43〕于省吾:《殷契駢枝三編・雙劍誃古文雜釋・釋旬》,頁 92,臺北,藝文印書館,1971 年。

〈上博・容成氏 14〉，《說文》篆文作「⬚」，許書言「从勹日」，應是受到「⬚」〈睡虎地・日書甲種 138 背〉等形體的影響，使得「勹」訛為「勹」，又古文作「⬚」，段玉裁〈注〉云：「从日勹，會意。」「勹」字作「⬚」〈內史龏鼎〉、「⬚」〈土匀瓶〉，「勹」為「勹」的省寫，篆文與古文从「⬚」皆為「勹」之訛，「⬚」將「日」置於「勹」之「二」的中間。

字　例	重　文	時　期	字　　　形
旬 ⬚	⬚	殷　商	⬚《合》（20964）
		西　周	⬚〈新邑鼎〉
		春　秋	⬚〈王孫遺者鐘〉
		楚　系	⬚〈包山 183〉 ⬚〈上博・容成氏 14〉
		晉　系	
		齊　系	
		燕　系	
		秦　系	⬚〈睡虎地・日書甲種 138 背〉
		秦　朝	
		漢　朝	⬚《馬王堆・戰國縱橫家書 239》

681、《說文》「匈」字云：「⬚，膺也。从勹凶聲。⬚，匈或从肉。」

〔註44〕

「匈」字作「⬚」，从勹凶聲，與〈新蔡・零 291〉的「⬚」相近；或體作「⬚」，从肉凶聲，與〈望山 1.37〉的「⬚」相近，二者的差異在於偏旁位置經營的不同，前者為上下式結構，後者為左右式結構。又望山竹簡尚見从肉匈聲之字，作「⬚」；《馬王堆・養生方 144》作「⬚」，从勹兇聲。「匈」、「凶」、「兇」三字上古音皆屬「曉」紐「東」部，雙聲疊韻，匈、凶、兇作為聲符使用時可替代。望山竹簡的辭例依序為「胸口疾」、「□其胸」，《馬王堆・養生方 144》的辭例為「敬除□心胸中惡氣」，〈新蔡・零 291〉的辭例為「□匈所赴□」。望山與馬王堆之字為「胸膛」或「心胸」之義，可知「匈」同「胸」。又《說文》篆文从勹，或體从肉，「肉」字云：「胾肉」，「勹」字

〔註44〕《說文解字注》，頁 438。

云：「裹也」〔註45〕，二者的字義無涉，从肉者蓋表示「胸膛」或「心胸」之義。

字　例	重　文	時　期	字　形
匈	躗	殷　商	
	囟	西　周	
		春　秋	
		楚　系	〈望山 1.37〉　〈望山 1.52〉　〈新蔡·零 291〉
		晉　系	
		齊　系	
		燕　系	
		秦　系	
		秦　朝	
		漢　朝	《馬王堆·養生方 144》

682、《說文》「匐」字云：「匐，重也。从勹復聲。匐，或省彳。」〔註46〕

篆文作「匐」，从勹復聲；或體作「匐」，从勹复聲，形體與金文「匐」〈史牆盤〉相近。「复」字於甲骨文作「复」《合》（43），李孝定云：「契文作复。從亞，疑象器形；下從攵，無義，當以亞爲聲符。」〔註47〕徐中舒云：「從攵從亞，亞象穴居之兩側有台階上出之形，攵象足趾，台階所以供出入，攵在其上，則會往返出入之意。」〔註48〕李孝定指出「亞」爲器形，應無疑義，若爲聲符所在，實不知所據爲何，故宜從徐中舒之言。早期金文仍承襲甲骨文的字形發展，惟於「亞」上增添短橫畫，如：「復」字作「復」〈散氏盤〉，《說文》篆文、或體之「复」皆作「复」，上半部的形體應是割裂形體所致。從字形言，許慎認爲「匐」字或體「匐」爲「省彳」之字，係以「匐」省去左側的「彳」，即寫作「匐」。若從字音言，「復」、「复」二字上古音皆屬「並」紐「覺」部，

〔註45〕《說文解字注》，頁 169，頁 437。

〔註46〕《說文解字注》，頁 438。

〔註47〕《甲骨文字集釋》第五，頁 1899。

〔註48〕《甲骨文字典》，頁 621。

雙聲疊韻，復、复作爲聲符使用時可替代。

字例	重文	時　期	字　形
匐　復	畫	殷　商	
		西　周	〈史牆盤〉
		春　秋	
		楚　系	
		晉　系	
		齊　系	
		燕　系	
		秦　系	
		秦　朝	
		漢　朝	

683、《說文》「苟」字云：「苟，自急敕也。从芊省，从勹口。勹口
　　猶愼言也，从羊與義善美同意。凡苟之屬皆从苟。羑，古文不
　　省。」〔註49〕

甲骨文作「羑」《合》（5590 正），金文承襲爲「勹」〈大盂鼎〉，或增添口
作「呷」〈班簋〉，發展至春秋時期易爲「苟」〈楚季呷盤〉，《殷周金文集成》
釋爲「呷」字，《金文編》釋爲「苟」字〔註50〕，「羊」字作「羊」〈師袁簋〉、
「羊」〈鄗君啓舟節〉，觀察金文从「羊」偏旁者，如：「羔」字作「羔」〈索
諆爵〉，「羝」字作「羝」〈九年衛鼎〉，「群」字作「羣」〈子璋鐘〉，「美」字
作「美」〈美爵〉，皆未見形體如〈楚季呷盤〉者，故從容庚之言。《說文》篆
文作「苟」，蓋源於「呷」，因形體的訛寫，遂由从勹口，釋爲「从芊省，从
勹口。」又古文之「羑」，對照於「苟」，二者形體相近，其差異主要爲偏旁
結構的經營不同，古文將「口」置於「苟」的形體內，遂將「苟」寫作「羑」，
因將「＝」往上置放，而與「羊」的形體相同，故許書以爲「从芊从勹口」。

〔註49〕　《說文解字注》，頁 439。

〔註50〕　中國社會科學院考古研究所：《殷周金文集成》第 16 冊，頁 134，北京，中華書
　　　　　局，1994 年；容庚：《金文編》，頁 652，北京，中華書局，1992 年。

字　例	重　文	時　期	字　　　　形
苟	箵	殷　商	〓《合》（5590 正）
苟	苛	西　周	〓〈大盂鼎〉　〓〈班簋〉
		春　秋	〓〈楚季咩盤〉
		楚　系	
		晉　系	
		齊　系	
		燕　系	
		秦　系	
		秦　朝	
		漢　朝	

684、《說文》「鬼」字云：「〓，人所歸爲鬼。从儿；由，象鬼頭；从厶，鬼陰气賊害故从厶。凡鬼之屬皆从鬼。〓，古文从示。」
〔註51〕

甲骨文作「〓」《合》（137 正）、「〓」《合》（22012），或跪坐，或側立，形體尚未定型，徐中舒以爲「象人身而巨首之異物，以表示與生人有異之鬼。」〔註52〕或从示从鬼作「〓」《合》（3210），《說文》古文「〓」源於此。兩周以來的文字或承襲「〓」，寫作「〓」〈鬼作父丙壺〉，或襲自「〓」作「〓」〈墜貯簋蓋〉、「〓」〈郭店・老子乙本 5〉、「〓」〈上博・民之父母 8〉、「〓」〈君人者何必安哉乙本 7〉，「〓」係省略「鬼」下半部的形體；或从戈从鬼省作「〓」〈小盂鼎〉，或从攵从鬼作「〓」〈梁伯戈〉，商承祚云：「作禔者，神禔也，生有功于民，死而享之，與神同例，故从示。鬼爲死者之通稱，魖〓則屬鬼，而人持攵戈以驅擊之也。」〔註53〕从攵、从戈替代的現象，據「敗」字考證，爲一般形符的替換；或作「〓」〈廿五年上郡守厝戈〉、「〓」〈睡虎地・日書甲種 30 背〉、「〓」〈睡虎地・日書乙種 176〉，其上爲首，其下爲身體，「〓」即「〓」，篆文「〓」源於此，惟將「〓」或「〓」寫作「〓」，故張世超等

〔註51〕《說文解字注》，頁 439。

〔註52〕《甲骨文字典》，頁 1021。

〔註53〕商承祚：《說文中之古文考》，頁 85，臺北，學海出版社，1979 年。

人以爲小篆所見之「厶」爲「鬼身雙臂交錯形漸變之產物」〔註54〕，從秦系文字的形體觀察，其言可從，可知許書言「从厶，鬼陰气賊害故从厶。」爲非。

字　例	重　文	時　期	字　　形
鬼 鬼		殷　商	《合》（137正）《合》（22012）《合》（3210）
		西　周	〈鬼作父丙壺〉〈小盂鼎〉
		春　秋	〈梁伯戈〉
		楚　系	〈郭店・老子乙本5〉〈上博・民之父母8〉 〈鄭子家喪甲本2〉〈君人者何必安哉乙本7〉，
		晉　系	
		齊　系	〈塦肪簋蓋〉
		燕　系	
		秦　系	〈廿五年上郡守厝戈〉〈睡虎地・日書甲種30背〉 〈睡虎地・日書乙種176〉
		秦　朝	
		漢　朝	《馬王堆・繆和64》

685、《說文》「魅」字云：「，老物精也。从鬼乡。乡，鬼毛。，或从未。，籀文从象首从尾省聲。」〔註55〕

甲骨文作「」《合》（14287）、「」《合》（14288），徐中舒以爲「從鬼旁有數小點」〔註56〕，篆文从鬼乡作「」，或體从鬼未聲作「」，籀文从象首从尾省聲作「」，又據大小徐本所載「魅」字古文作「」、「」，籀文寫作「」、「」〔註57〕，對照「」、「」的形體，「」或「」下半部所見「」應爲「」的誤寫，可知段注本作「」爲是，然《說文》「象」字云：「豕走也」〔註58〕，「从象首」之形疑爲「由」的訛寫，又段玉裁

〔註54〕張世超、孫凌安、金國泰、馬如森：《金文形義通解》，頁2295，日本京都，中文出版社，1995年。

〔註55〕《說文解字注》，頁440。

〔註56〕《甲骨文字典》，頁1022。

〔註57〕《說文解字繫傳》，頁184；《說文解字》，頁188。

〔註58〕《說文解字注》，頁461。

於籀文下〈注〉云：「此篆今訛爲二，𥝊古文也，𥝫籀文也，……今刪正。」古文字側立與跪坐之形無別，如：「祝」字作「𥘰」〈大祝禽方鼎〉，或作「祝」〈申簋蓋〉，「見」字作「𦣻」〈匽侯旨鼎〉，或作「見」〈史牆盤〉，較之於「𥝊」、「𥝫」，可知段注本宜保留「𥝫」。「𩮰」、「未」二字上古音皆屬「明」紐「物」部，雙聲疊韻，由會意字改爲形聲字，爲了便於時人閱讀使用之需，故以讀音相同的字作爲聲符。

字　例	重　文	時　期	字　　　形
𩮰 𩮰	𩮰，𩮰	殷　商	𥝊《合》（14287）𥝫《合》（14288）
		西　周	
		春　秋	
		楚　系	
		晉　系	
		齊　系	
		燕　系	
		秦　系	
		秦　朝	
		漢　朝	

686、《說文》「畏」字云：「𤰈，惡也。从甶虎省。鬼頭而虎爪可畏也。㞻，古文省。」〔註59〕

甲骨文作「𤰈」《合》（2832 反甲）、「𤰈」《合》（14173 正），或跪作，或側立，形體無別，「象鬼持卜，卜即杖。」〔註60〕西周金文承襲爲「𤰈」、「𤰈」〈大盂鼎〉或「𤰈」〈毛公鼎〉；春秋金文多增添「攵」作「𤰈」〈王孫遺者鐘〉，辭例爲「畏忌趩趩」，字形从攵从畏，與其相同者，又見於「𤰈」〈王孫誥鐘〉、「𤰈」〈沈兒鎛〉、「𤰈」〈王子午鼎〉，从「攵」者，疑受到「𤰈」之「甲」的影響；戰國楚系文字作「𤰈」〈郭店・五行 34〉、「𤰈」〈郭店・成之聞之 5〉、「𤰈」〈清華・金縢 12〉、「𤰈」〈清華・皇門 8〉，所持之「卜」訛寫爲「𠂤」、「𠀉」，對照前期的文字，蓋受到「𤰈」之「𠃌」的影響，而誤作「𠂤」、「𠀉」，

〔註59〕　《說文解字注》，頁 441。

〔註60〕　于省吾：《甲骨文字詁林》第一冊，頁 361，北京，中華書局，1996 年。

「象」上半部的形體，不作「鬼頭」形象，改以「台」取代，形近於「目」，文字訛誤更甚，「象」之「象」所見短橫畫「-」應爲飾筆的增添，「象」下半部作「彳」，而誤爲「壬」；秦系文字作「畏」〈詛楚文〉、「畏」〈睡虎地‧日書甲種 24 背〉，較之於「象」、「象」，以「畏」爲例，因形體的割裂，而形成「甲」、「乙」，《說文》篆文「畏」源於此，許書言「从甶虎省」，係將右側的形體割裂，訛寫爲「由」，再加上「卜」形誤作「虎爪」，遂有「虎省」之說。古文作「畏」，對照「畏」，係將「卜」省寫並接連於「畏」所致。

字　例	重　文	時　期	字　　形
畏 畏	畏	殷　商	畏《合》（2832 反甲） 畏《合》（14173 正）
		西　周	畏，畏〈大盂鼎〉 畏〈毛公鼎〉
		春　秋	畏〈王孫遺者鐘〉
		楚　系	畏〈郭店‧五行 34〉 畏〈郭店‧成之聞之 5〉 畏〈清華‧金縢 12〉 畏〈清華‧皇門 8〉
		晉　系	
		齊　系	
		燕　系	
		秦　系	畏〈詛楚文〉 畏〈睡虎地‧日書甲種 24 背〉
		秦　朝	
		漢　朝	畏《馬王堆‧經法 15》

687、《說文》「羡」字云：「羡，相謣呼也。从厶羑。誘，或从言秀；譮，或如此。羡，古文。」〔註61〕

篆文作「羡」，从厶羑；或體作「誘」，从言秀聲，形體近於「誘」〈睡虎地‧秦律十八種 1〉，其間的差異，爲書體的不同，又「秀」之「又」，係以收縮筆畫的方式將「禾」的豎畫省寫；另一或體作「譮」，从言从盾；古文作「羡」，从羊久聲，又見於「羊」部，字義爲「進善也」〔註62〕，置於「羡」字下應誤將通假字列爲重文。「羡」字上古音屬「余」紐「之」部，「秀」字上

〔註61〕 《說文解字注》，頁 441。

〔註62〕 《說文解字注》，頁 148。

古音屬「心」紐「幽」部，二者爲之幽旁轉的關係，由會意字改爲形聲字，爲了便於時人閱讀使用之需，故以讀音相近的字作爲聲符。

字　例	重　文	時　期	字　形
	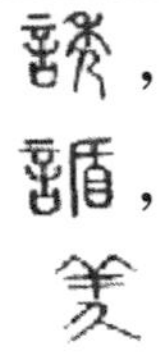	殷　商	
		西　周	
		春　秋	
		楚　系	
		晉　系	
		齊　系	
		燕　系	
		秦　系	〈睡虎地・秦律十八種 1〉
		秦　朝	
		漢　朝	

688、《說文》「嶽」字云：「，東岱南靃，王者之所吕巡狩所至。从山獄聲。，古文象高形。」〔註 63〕

篆文作「」，从山獄聲，屬形聲字；古文作「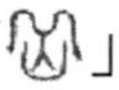」。戰國文字或見「」《古陶文彙編》、「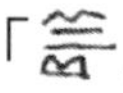」〈十四年右使壺〉，下半部形體皆爲「山」，又「丘」字作「」〈包山 90〉，或从丌聲作「」〈三十四年頓丘戈〉，將之與「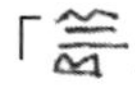」、「」相較，上半部的形體亦應爲「丘」；若省略「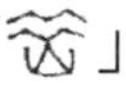」上半部的一筆「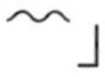」，則與「」近同，疑古文字形从山从丘省，故段玉裁〈注〉云：「今字作岳，古文之變。」又楚系文字作「」〈郭店・六德 43〉，辭例爲「然後可以斷嶽（獄）」，陳偉以爲從犬從山者或爲「岳」字別體，借作「獄」〔註 64〕，楚簡帛文字習見以剪裁省減的方式書寫，如：「皇」字作「」〈番生簋蓋〉，或作「」〈望山 2.45〉，「嘉」字作「」〈伯嘉父簋〉，或作「」〈包山 164〉，「嶽」字省略「言」與一「犬」，並將上半部的「山」移至「犬」的下方，遂寫作「」。

〔註 63〕《說文解字注》，頁 442。

〔註 64〕陳偉：〈郭店楚簡別釋〉，《江漢考古》1998：4，頁 71。

字　例	重　文	時　期	字　　　　形
嶽　嶽	（字形）	殷　商	
		西　周	
		春　秋	
		楚　系	（字形）〈郭店・六德 43〉
		晉　系	（字形）〈十四年右使壺〉
		齊　系	（字形）《古陶文彙編》（3.497）
		燕　系	
		秦　系	
		秦　朝	
		漢　朝	

689、《說文》「岫」字云：「岫，山有穴也。从山由聲。（字形），籀文从穴。」〔註65〕

篆文作「岫」，从山由聲；籀文作「（字形）」，从穴由聲，晉系貨幣文字有一字爲「（字形）」〈窑・平肩空首布〉，何琳儀釋爲从穴由聲〔註66〕，「由」字作「（字形）」〈由伯尊〉，今從其言。《說文》「穴」字云：「土室也」，段玉裁〈注〉云：「引申之凡空竅皆爲穴」，「山」字云：「宣也，謂能宣散气生萬物也。」〔註67〕從山者表明「山」有穴的意涵，從穴者則點出山有「穴」的意義。

字　例	重　文	時　期	字　　　　形
岫　岫	（字形）	殷　商	
		西　周	
		春　秋	（字形）〈窑・平肩空首布〉
		楚　系	
		晉　系	
		齊　系	
		燕　系	

〔註65〕　《說文解字注》，頁 444。

〔註66〕　何琳儀：〈空首布選釋〉，《古幣叢考》，頁 55，臺北，文史哲出版社，1996 年。

〔註67〕　《說文解字注》，頁 347，頁 442。

秦 系	
秦 朝	
漢 朝	

690、《說文》「陵」字云：「䧹，高也。从山陵聲。嵏，陵或省。」

〔註68〕

篆文作「䧹」，从山陵聲；或體作「嵏」，从山陵省聲。從字形言，或體「嵏」係省略偏旁「𨸏」，為求形體結構的完整，遂將形符「山」置於「夋」的左側；又據「嵏」的形體，或可視為从山夋聲，「陵」字上古音屬「心」紐「文」部，「夋」字上古音屬「清」紐「文」部，二者發聲部位相同，清心旁紐，疊韻，陵、夋作為聲符使用時可替代。

字　例	重　文	時　期	字　　形
陵 䧹	嵏	殷　商	
		西　周	
		春　秋	
		楚　系	
		晉　系	
		齊　系	
		燕　系	
		秦　系	
		秦　朝	
		漢　朝	

691、《說文》「崩」字云：「䳒，山壞也。从山朋聲。𨹐，古文从𨸏。」

〔註69〕

篆文作「䳒」，从山朋聲；古文作「𨹐」，从𨸏朋聲。《說文》「山」字云：「宣也，謂能宣散气生萬物也。」「𨸏」字云：「大陸也，山無石者。」〔註70〕

〔註68〕　《說文解字注》，頁 444。

〔註69〕　《說文解字注》，頁 445。

〔註70〕　《說文解字注》，頁 442，頁 738。

「山」字作「」〈山父丁觚〉、「」〈善夫山鼎〉，像山陵之形，與「」的字義相涉，作爲形符使用時理可替代。又馬王堆漢墓文獻亦見「崩」字，或左土右朋作「」《馬王堆・戰國縱橫家書 199》，或上土下朋作「」《馬王堆・易之義 21》，偏旁位置的經營並未固定。

字　例	重　文	時　期	字　　形
崩	 	殷　商	
		西　周	
		春　秋	
		楚　系	
		晉　系	
		齊　系	
		燕　系	
		秦　系	
		秦　朝	
		漢　朝	《馬王堆・戰國縱橫家書 199》《馬王堆・易之義 21》

692、《說文》「廡」字云：「，堂周屋也。从广無聲。，籀文从舞。」〔註71〕

戰國楚系文字从厂作「」〈包山 53〉，秦系文字从广作「」〈睡虎地・日書甲種 21 背〉，所从之「無」爲「」，又「無」字作「」〈秦公簋〉，「」係省略「」的筆畫所致，漢簡或見「」《武威・少牢 7》，因隸變之故，所从之「無」下半部改易爲「」。篆文从广無聲作「」，籀文从广舞聲作「」，「無」、「舞」二字上古音皆屬「明」紐「魚」部，雙聲疊韻，無、舞作爲聲符使用時可替代。又《說文》「广」字云：「因厂爲屋也。」「厂」字云：「山石之厓巖人可尻。」〔註72〕广、厂作爲形符時替代的現象亦見於兩周文字，如：「廣」字从厂作「」〈番生簋蓋〉，或从广作「」〈癲鐘〉，「庭」字从厂作「」〈農卣〉，或从广作「」〈元年師旋簋〉，广、厂的字義皆與住所有關，可因義近而發生替代。

〔註71〕　《說文解字注》，頁 448。
〔註72〕　《說文解字注》，頁 447，頁 450。

字　例	重　文	時　期	字　　形
廡 廳 廳	廳	殷　商	
		西　周	
		春　秋	
		楚　系	廳〈包山 53〉
		晉　系	
		齊　系	
		燕　系	
		秦　系	廡〈睡虎地・日書甲種 21 背〉
		秦　朝	廡《馬王堆・五十二病方 210》
		漢　朝	庶《武威・少牢 7》

693、《說文》「廄」字云：「廄，馬舍也。从广敤聲。《周禮》曰：
『馬有二百十四匹為廄，廄有僕夫。』廄，古文从九。」〔註73〕

甲骨文作「廄」《合》（29415），金祥恒指出「从宀馬」，像馬在馬廄中之形，《說文》从「九」者因篆文與「宀」相近，遂訛「宀」為「九」，下半部的形體為「馬」的訛寫〔註74〕，古文作「廄」，段玉裁〈注〉云：「此從古文叀而九聲也」，《說文》「叀」字云：「小謹也。……叀，亦古文叀。」〔註75〕「叀」即「叀」，然從「广」與從「叀」實無任何關連，故從金祥恒之言。兩周文字或从宀敤聲作「廄」〈伯郢簋〉，或从广敤聲作「廄」〈睡虎地・秦律十八種 17〉，篆文「廄」近同於「廄」，又所从之「敤」的「皀」或易為「食」，寫作「廄」〈邵王之諻簋〉、「廄」〈包山 61〉。從宀、從广替換的現象，據「宅」字考證，為義近形符的替代；又從食、從皀替換的現象，據「簋」字考證，在意義上有相當的關係，作為形符使用時亦可兩相替代。

字　例	重　文	時　期	字　　形
廄	廄	殷　商	廄《合》（29415）

〔註73〕《說文解字注》，頁 448。

〔註74〕金祥恒：〈釋廄〉，《金祥恒先生全集》第三冊，頁 1083～1088，臺北，藝文印書館，1990 年。

〔註75〕《說文解字注》，頁 161。

廄	西　周	〈伯鄭簋〉	
	春　秋		
	楚　系	〈邵王之諻簋〉 〈包山 61〉	
	晉　系		
	齊　系		
	燕　系		
	秦　系	〈睡虎地·秦律十八種 17〉	
	秦　朝	《秦代陶文》（1461）	
	漢　朝	《馬王堆·稱 154》	

694、《說文》「廟」字云：「廟，尊先祖皃也。从广朝聲。庿，古文。」
〔註 76〕

　　金文或从广作「廟」〈大克鼎〉、「廟」〈無叀鼎〉、「廟」〈盠方彝〉，或从宀作「廟」〈盠方彝〉，「朝」皆从水，又从宀、从广替換的現象，據「宅」字考證，爲義近形符的替代，又漢代所見之「廟」《馬王堆·經法 11》、《說文》篆文「廟」，所从之「朝」右側的形體應爲「水」之訛，可知許慎言「朝」字「从倝舟聲」亦非。《說文》古文从广苗聲作「庿」，形體與〈中山王𧓥方壺〉的「庿」相同。戰國楚系文字或承襲西周金文作「廟」〈郭店·唐虞之道 5〉、「廟」〈郭店·語叢一 88〉，或从宀苗聲作「宷」〈郭店·性自命出 20〉、「𦬒」〈上博·孔子詩論 5〉，或从厂苗聲作「庿」〈郭店·語叢四 27〉，古文字習見省減同形者，如：「鄭」字或作「𢾅」〈曾侯乙鐘〉，或作「多」〈十四年雙翼神獸〉，「楚」字或作「𣕕」〈季楚簋〉，或作「𣞤」〈楚王酓肯鉈鼎〉，「茅」字或作「茅」〈郭店·唐虞之道 16〉，或作「𣏾」〈曾侯乙墓衣箱〉，「庿」係省略「艸」之「屮」，又「𦬒」所从之「苗」下半部寫作「日」，因省略「田」中間的豎畫，遂作「日」。「苗」字上古音屬「明」紐「宵」部，「朝」字上古音屬「端」紐「宵」部，或屬「定」紐「宵」部，疊韻，朝、苗作爲聲符使用時可替代。

字　例	重　文	時　期	字　形
廟	庿	殷　商	

〔註 76〕　《說文解字注》，頁 450。

廟		西　周	〈大克鼎〉 〈無㠱鼎〉 ，〈盠方彝〉
		春　秋	
		楚　系	〈郭店・唐虞之道 5〉 〈郭店・語叢一 88〉 〈郭店・性自命出 20〉 〈郭店・語叢四 27〉 〈上博・孔子詩論 5〉
		晉　系	〈中山王■方壺〉
		齊　系	
		燕　系	
		秦　系	
		秦　朝	
		漢　朝	《馬王堆・經法 11》

695、《說文》「厂」字云：「厂，山石之厓巖人可尻。象形。凡厂之屬皆从厂。厈，籀文从干。」〔註77〕

金文作「厂」〈散氏盤〉，與篆文「厂」相同，或从广干聲作「宇」〈作冊折尊〉、「宇」〈遣尊〉，籀文从厂干聲作「厈」，據「廦」字考證，广、厂作為形符使用時，可因義近而替代。

字　例	重　文	時　期	字　形
厂 厂	厈	殷　商	
		西　周	〈散氏盤〉 〈遣尊〉 〈作冊折尊〉
		春　秋	
		楚　系	
		晉　系	
		齊　系	
		燕　系	
		秦　系	
		秦　朝	
		漢　朝	

〔註77〕《說文解字注》，頁 450～451。

696、《說文》「厎」字云：「厎，柔石也。从厂氏聲。𥓓，厎或从石。」
〔註78〕

篆文作「厎」，从厂氏聲；或體作「𥓓」，从石氏聲。《說文》「厂」字云：「山石之厓巖人可尻」，「石」字云：「山石也」〔註79〕，「厎」字之義爲「柔石」，將形符易爲「石」，其作用應爲反映其質材。

字 例	重 文	時 期	字 形
厎 厂氐	𥓓	殷 商	
		西 周	
		春 秋	
		楚 系	
		晉 系	
		齊 系	
		燕 系	
		秦 系	
		秦 朝	
		漢 朝	

697、《說文》「厲」字云：「厲，旱石也。从厂蠆省聲。𧟂，或不省。」
〔註80〕

篆文作「厲」，从厂蠆省聲；或體作「𧟂」，从厂蠆聲，與〈五祀衛鼎〉的「𧟂」相近，惟「蠆」下半部形體不同。從字形言，許慎認爲「厲」字篆文「厲」爲「蠆省聲」之字，係以「𧟂」省去下側的「虫」，即寫作「厲」。又「厲」字於金文或增添偏旁「石」作「礪」〈魯大嗣徒子仲伯匜〉，高田忠周認爲「礪即厲之異文」〔註81〕，郭沫若亦指出「礪」即「厲」的繁文，从石與从厂之意相同，其聲符亦同〔註82〕，李孝定亦言：「省石作厂則爲厲，石、厂偏

〔註78〕 《說文解字注》，頁451。

〔註79〕 《說文解字注》，頁450，頁453。

〔註80〕 《說文解字注》，頁451。

〔註81〕 高田忠周：《古籀篇》卷十四，頁608，臺北，宏業書局，1975年。

〔註82〕 郭沫若：《兩周金文辭大系圖錄考釋・魯大司徒匜》下，頁196，上海，上海書店出版社，1999年。

旁得通。」〔註 83〕又或見从广董聲作「麈」《馬王堆・周易 26》，據「廄」字考證，厂、广作為形符使用時，可因義近而替代。

字 例	重 文	時 期	字 形
扈 扈	扈	殷 商	
		西 周	扈〈五祀衛鼎〉
		春 秋	扈〈魯大嗣徒子仲伯匜〉
		楚 系	
		晉 系	
		齊 系	
		燕 系	
		秦 系	
		秦 朝	
		漢 朝	麈《馬王堆・周易 26》

698、《說文》「仄」字云：「仄，側傾也。从人在厂下。厌，籀文从矢，矢亦聲。」〔註 84〕

〈郭店・唐虞之道 18〉的字形作「仄」，辭例為「不以仄（匹）夫為輕」，與篆文「仄」相近，籀文从厂矢聲作「厌」，將之與篆文相較，係由會意字轉變為形聲字。

字 例	重 文	時 期	字 形
仄 仄	厌	殷 商	
		西 周	
		春 秋	
		楚 系	仄〈郭店・唐虞之道 18〉
		晉 系	
		齊 系	

〔註 83〕 李孝定：《金文詁林讀後記》，頁 352～353，臺北，中央研究院歷史語言研究所，1992 年。

〔註 84〕 《說文解字注》，頁 452。

		燕　系	
		秦　系	
		秦　朝	
		漢　朝	

699、《説文》「碣」字云：「𥐦，特立之石也。東海有碣石山。从石曷聲。𥓐，古文。」〔註85〕

篆文作「𥐦」，从石曷聲；古文作「𥓐」，从𥐙从𦰧，商承祚指出「𥐙」為「石」之「𥐙」的訛寫〔註86〕，又从水的「渴」字作「𣴎」〈中山王𱍸方壺〉，右側形體「𥐙」近於「𦰧」，古文字或見於「口」或「○」中增添短橫畫「-」，如：「楚」字作「𣥼」〈季楚簋〉，或作「𣥼」〈曾侯乙鐘〉，「公」字作「𠫔」〈大盂鼎〉，或作「𠫔」《古陶文彙編》（3.685），「𠱠」、「𠮷」應無別，可知「碣」字古文所从之「𦰧」蓋源於「𣴎」之「𥐙」，而形體略異。

字　例	重　文	時　期	字　　　形
碣 𥐦	𥓐	殷　商	
		西　周	
		春　秋	
		楚　系	
		晉　系	
		齊　系	
		燕　系	
		秦　系	
		秦　朝	
		漢　朝	

700、《説文》「确」字云：「𥐦，礊也。从石角聲。𥔲，确或从㱿。」

〔註87〕

〔註85〕　《説文解字注》，頁454。

〔註86〕　《説文中之古文考》，頁87。

〔註87〕　《説文解字注》，頁456。

　　「确」字从石角聲，或體「硞」从石𣪊聲。「角」字上古音屬「見」紐「屋」部，「𣪊」字上古音屬「溪」紐「屋」部，二者發聲部位相同，見溪旁紐，疊韻，角、𣪊作為聲符使用時可替代。又聲符替換後，因「𣪊」為左右式的結構，若仍從「确」字的形體安排，將會形成三個偏旁置於一列，使得形體過於寬，故在偏旁位置的安排上，改作上下式結構，將「𣪊」置於「石」之上。

字　例	重　文	時　期	字　　形
确 硞	䃨	殷　商	
		西　周	
		春　秋	
		楚　系	
		晉　系	
		齊　系	
		燕　系	
		秦　系	
		秦　朝	
		漢　朝	

701、《說文》「磬」字云：「磬，石樂也。从石；𣪊，象縣虡之形；殳，所吕擊之也。古者毋句氏作磬。𣪊，籀文省。𥑤，古文从巠。」〔註88〕

　　甲骨文作「𣪊」《合》（8032），「𦥑象虡飾，𠂹象磬，�持𣪊所以擊之，⋯⋯其从石者，乃後人所加，重複甚矣。」〔註89〕籀文作「𣪊」，左側上半部的「𦥑」即「𠂹」，下半部之「𠂆」即「𠂆」，篆文「磬」所從之石，即羅振玉所言「後人所加」，其形體與《武威・泰射4》的「磬」相近，惟書體不同；古文从石巠聲作「𥑤」，「石」字作「𠂆」〈鄭子石鼎〉，將之與「𠂆」相較，後者之「口」上半部的「＝」為飾筆，「巠」字作「巠」〈大克鼎〉，與「𡈙」相較，下半部的「壬」係「工」的訛寫。「𣪊」字上古音屬「溪」紐「耕」部，「巠」字上古音屬「見」紐「耕」部，二者發聲部位相同，見溪旁紐，疊韻，𣪊、巠作為聲

〔註88〕　《說文解字注》，頁456。

〔註89〕　《增訂殷虛書契考釋》卷中，頁40。

符使用時可替代。又聲符替換後，因「巠」爲上下式的結構，若仍從「殸」字的形體安排，會使得形體過於狹長，故在偏旁位置的安排，改作左右式結構，將「巠」置於「石」的右側。

字　例	重　文	時　期	字　　形
磬	殸， 磬	殷　商	𣪊《合》（8032） 𣪊《合》（13507）
		西　周	
		春　秋	
		楚　系	
		晉　系	
		齊　系	
		燕　系	
		秦　系	
		秦　朝	
		漢　朝	磬《武威・泰射 4》

702、《說文》「長」字云：「𨱗，久遠也。从兀从匕亾聲。兀者，高遠意也；久則變匕；𠤖者，到亾也。凡長之屬皆从長。𠃉，古文長；𦓐，亦古文長。」〔註90〕

　　甲骨文作「𦓐」《合》（29641），余永梁以爲像「人髮長皃」〔註91〕，或增添「｜」以爲杖，寫作「𦓐」《合》（28195），兩周以來的文字承襲爲「𦓐」〈寡長方鼎〉、「𦓐」〈包山 59〉、「𦓐」《上博七・武王踐阼 4》、「𦓐」《上博七・君人者何必安哉甲本 8》，《說文》古文「𠃉」、「𦓐」應源於此，惟其間的筆畫略異，以「𦓐」爲例，其上半部作「𠂆」，古文作「⺊」、「𠃉」，下半部作「八」，古文作「八」；或將長髮之形「𠃉」拉長爲「𠕋」，寫作「長」〈睡虎地・法律答問 95〉、「長」《馬王堆・春秋事語 67》；或在「𦓐」的構形上，增添一道飾筆性質的短斜畫「㇏」於較長筆畫，作「𦓐」《古璽彙編》（0022）；或將手杖「｜」易爲「⺊」，寫作「𦓐」〈史牆盤〉，或進一步訛爲「𠃉」、「𠃊」，作「𦓐」〈長子沬臣簠〉、「𦓐」〈車大夫長畫戈〉，篆文「𨱗」下半部的「匕」，亦爲手

杖「｜」的訛寫，可知許書所謂「从兀从匕凶聲。兀者，高遠意也；久則變匕；卪者，到匕也。」係就訛形言。戰國文字或見增添「立」作「𣉔」〈屬羌鐘〉，或作「𠀐」、「𧗟」〈長安‧平襠方足平首布〉，或作「𡔰」、「𡉩」、「𡉩」〈齊返邦長大刀‧齊刀〉，「𧗟」左側的「立」作「𠆢」，省減「𡋽」的收筆橫畫「一」，「長」作「𫮃」係省減「𫮃」的上半部左側的豎畫「｜」，「𡉩」左側之「立」中間的短橫畫「-」爲飾筆的增添，在齊系文字中習見，如：「立」字作「𡔰」〈番生簋蓋〉，或作「𡉩」〈齊大刀‧齊刀〉，「竘」字作「𢊋」《古璽彙編》（0037）；或增添「邑」旁作「𨙻」、「𨚖」、「𨜒」、「𨜒」、「𨜒」、「米」〈長子‧平襠方足平首布〉，同貨幣之字亦見作「𫮃」，形體雖異，皆「長」字異體〔註92〕，「𨜒」除了省減「𫮃」與「邑」下半部的形體，又在「邑」下半部的形體增添一道短橫畫「-」，作「𨚖」或「𨜒」者，僅保留「𫮃」的部分筆畫，若將「長」的形體書寫作「米」，再將之插置在「邑」的中間則作「𨜒」，若省略邑旁，並將下半部形體的筆畫相連，形成「𫮃」的形體，進一步將之翻轉則爲「米」。

字 例	重 文	時　期	字　形
長 ⿰長(小字)	𠒜， 𫮃	殷　商	𫮃《合》（28195）　𫮃《合》（29641）
		西　周	𫮃〈𡙇長方鼎〉　𫮃〈史牆盤〉
		春　秋	𫮃〈長子沬臣簠〉
		楚　系	𫮃〈包山59〉　𫮃〈包山230〉　𫮃《上博七‧武王踐阼4》 𫮃《上博七‧君人者何必安哉甲本8》
		晉　系	𣉔〈屬羌鐘〉　𫮃〈四年鄭令戈〉 𨙻，𨚖，𨜒，𨜒，𨜒，𫮃，米〈長子‧平襠方足平首布〉 𠀐，𧗟〈長安‧平襠方足平首布〉
		齊　系	𫮃《古璽彙編》（0224） 𡔰，𡉩，𡉩〈齊返邦長大刀‧齊刀〉
		燕　系	𫮃〈車大夫長畫戈〉　𫮃《古璽彙編》（0022）

〔註92〕「木𫮃」二字平襠方足平首布，於《中國錢幣大辭典‧先秦編》中並未釋出，僅據形摹寫作「木𫮃」，吳良寶將之釋爲「長子」，觀察二字的形體，其言可從。《中國錢幣大辭典》編纂委員會編：《中國錢幣大辭典‧先秦編》，頁297，北京，中華書局，1995年；吳良寶：《先秦貨幣文字編》，頁154，頁231，福州，福建人民出版社，2006年。

	秦　系	長〈十二年上郡守壽戈〉 長〈睡虎地・法律答問 95〉
	秦　朝	長〈繹山碑〉
	漢　朝	長《馬王堆・春秋事語 67》

703、《說文》「肆」字云：「肆，極陳也。从長隶聲。鬆，或从髟。」〔註93〕

　　金文从金作「鐽」〈洹子孟姜壺〉，辭例為「鼓鐘一肆」，「肆」於此作為古代編懸樂器的單位，即《周禮・春官・小胥》云：「凡縣鍾磬，半為堵，全為肆。」鄭玄〈注〉云：「鍾一堵，磬一堵，謂之肆。」〔註94〕又《左傳・襄公十一年》云：「歌鐘二肆，及其鎛磬。」杜預〈注〉云：「肆，列也。縣鐘十六為一肆，二肆三十二枚。」〔註95〕從金者，蓋指製作的材質。銀雀山出土文獻作「肆」《銀雀山 875》，形體與《說文》篆文「肆」相近，據「肆」字考證，作「隶」者係將「丯」豎畫上的「〈〈」分割所致，又或體从髟隶聲作「鬆」，據「髮」字考證，从「髟」者為从「長」之誤。

字　例	重　文	時　期	字　形
肆 肆	鬆	殷　商	
		西　周	
		春　秋	鐽〈洹子孟姜壺〉
		楚　系	
		晉　系	
		齊　系	
		燕　系	
		秦　系	
		秦　朝	
		漢　朝	肆《銀雀山 875》

〔註93〕　《說文解字注》，頁 457～458。

〔註94〕　（漢）鄭玄注、（唐）賈公彥疏：《周禮注疏》，頁 354，臺北，藝文印書館，1993
　　　　年。

〔註95〕　（周）左丘明傳、（晉）杜預注、（唐）孔穎達等正義：《春秋左傳正義》，頁 547，
　　　　臺北，藝文印書館，1993 年。

704、《說文》「勿」字云：「彡，州里所建旗。象其柄，有三游。襍帛，幅半異，所吕趣民，故遽偁勿勿。凡勿之屬皆从勿。㫃，勿或从㫃。」〔註96〕

甲骨文「勿」字作「彡」《合》（5111），或「彡」《合》（5170），高鴻縉以為「象旗之三游，從風之形，未著其柄。」〔註97〕兩周文字雖承襲其形體，但筆畫略異，寫作「彡」〈大盂鼎〉或「彡」〈石鼓文〉，《說文》篆文作「彡」，與〈石鼓文〉相近；或體作「㫃」，从㫃，「㫃」字云：「旌旗之游，㫃蹇之兒。」〔註98〕故高鴻縉又於「勿」字下指出所增添的「㫃」為「意符」，究其言應是指於「勿」字上再增添一個能明確表現「旌旗之游」的「㫃」作為義符之用。再者，因增添「㫃」，故形成从㫃勿聲的形聲字。

字 例	重 文	時 期	字 形
勿 彡	㫃	殷 商	彡《合》（5111） 彡《合》（5170）
		西 周	彡〈大盂鼎〉
		春 秋	彡〈石鼓文〉
		楚 系	彡〈包山 80〉
		晉 系	彡〈哀成叔鼎〉
		齊 系	
		燕 系	
		秦 系	彡〈睡虎地・法律答問 69〉
		秦 朝	
		漢 朝	彡《馬王堆・戰國縱橫家書 120》

705、《說文》「祊」字云：「祊，罪不至髡也。从彡而，而亦聲。𢒈，或从寸，諸法度字从寸。」〔註99〕

篆文作「祊」，从彡而，而亦聲，或體作「𢒈」，从寸而。段玉裁〈注〉

〔註96〕《說文解字注》，頁 458。

〔註97〕 高鴻縉：《中國字例》，頁 201，臺北，三民書局股份有限公司，1981 年。

〔註98〕《說文解字注》，頁 311。

〔註99〕《說文解字注》，頁 458～459。

云：「从彡，髮膚之意也。……此爲罪名法度之類故或从寸也。」又〈睡虎地‧法律答問 8〉的「耏」與或體近同；《馬王堆‧五行篇 251》作「耏」，从又。據「禱」字考證，又、寸替代的現象，爲一般形符的代換。

字　例	重　文	時　期	字　　形
耏　耏	耏	殷　商	
		西　周	
		春　秋	
		楚　系	
		晉　系	
		齊　系	
		燕　系	
		秦　系	耏〈睡虎地‧法律答問 8〉
		秦　朝	
		漢　朝	耏《馬王堆‧五行篇 251》

706、《說文》「豕」字云：「豕，彘也。竭其尾故謂之豕。象毛足而後有尾。讀與豨同。按今世字誤呂豕爲豕，以彖爲象，何呂曶之，爲啄琢从豕，蠡从彖，皆取其聲，呂是曶之。凡豕之屬皆从豕。豕，古文。」〔註100〕

甲骨文作「豕」《合》（160 反）、「豕」《合》（995），金文作「豕」〈函皇父簋〉，戰國楚系文字作「豕」〈包山 211〉、「豕」〈包山 146〉，或在「豕」的構形，於較長筆畫上增添一道短橫畫「-」，寫作「豕」〈包山 277〉，對照「豕」的形體，可知「豕」、「豕」係源於「豕」，或作「豕」〈上博‧周易 23〉，辭例爲「貕豕之牙」，較之於「豕」，「豕」或爲「豕」的訛省。秦文字作「豕」〈石鼓文〉，《說文》古文「豕」或源於此，惟筆畫略異，或作「豕」〈睡虎地‧日書乙種 158〉，篆文「豕」與之相同。

字　例	重　文	時　期	字　　形
豕	豕	殷　商	豕《合》（160 反）豕《合》（995）

〔註100〕《說文解字注》，頁 459。

彖	西　周	〈函皇父簋〉
	春　秋	〈石鼓文〉
	楚　系	〈包山 146〉〈包山 211〉〈包山 277〉〈上博・周易 23〉
	晉　系	
	齊　系	
	燕　系	
	秦　系	〈睡虎地・日書乙種 158〉
	秦　朝	
	漢　朝	《馬王堆・雜療方 66》

707、《說文》「希」字云：「希，脩豪獸。一曰：『河內名豕也』。从
　　彑，下象毛足。凡希之屬皆从希。讀若弟。希，籀文。希，古
　　文。」〔註101〕

甲骨文作「希」《合》（13521 正）、「希」《合》（20256），正反無別；戰國
楚系文字爲「希」〈郭店・語叢二 24〉，辭例爲「容生於希（肆）」，與《說文》
古文「希」相近，又「肆」字作「希希」〈鄦簋〉，所从之「希」爲「希」，對
照其形體，从「又」的「希」、「希」與从「彑」的「希」或爲「希」的訛寫。
籀文作「希」，〈石鼓文〉的「豕」字爲「希」，與「希」之「希」相近，疑
「希」由「希」變易而來，又上半部的「八」見於「彖」字之「希」，《說文》
「彖」字云：「豕也」〔註102〕，與「希」字之「河內名豕也」的「豕」義相同，
由此推測，「希」或爲从「彖」省从「希」的構形，又王筠指出「彑」像頭
部，「八」像其毛，即所謂的「脩豪」，「希」爲其足與尾部〔註103〕，其言可備
一說。

字　例	重　文	時　期	字　形
希	希，	殷　商	《合》（13521 正）《合》（20256）

〔註101〕《說文解字注》，頁 460。

〔註102〕《說文解字注》，頁 461。

〔註103〕（清）王筠：《說文釋例》卷二，頁 14，臺北，世界書局，1969 年。

		西　周	
希	希	春　秋	
		楚　系	〈郭店・語叢二 24〉
		晉　系	
		齊　系	
		燕　系	
		秦　系	
		秦　朝	
		漢　朝	

708、《說文》「豪」字云：「豪，豪豕，鬣如筆管者，出南郡。从希高聲。豪，篆文从豕。」〔註104〕

甲骨文作「」《合》（39460），又「豕」字作「」《合》（160 反）、「」《合》（995），對照「」下半部的形體，應非从「豕」，據《汗簡》所載，字形爲「豪」〔註105〕，與「豪」或「豪」的形體不同，疑其形源於此。戰國以來的文字多从豕高聲，如：楚系文字之「」〈包山 273〉、秦系文字之「豪」〈睡虎地・爲吏之道 27〉，《說文》篆文「豪」源於此，惟書體不同；古文从希高聲作「豪」，《說文》「豕」字云：「彘也。竭其尾故謂之豕。」「希」字云：「脩豪獸。一曰：『河內名豕也』。」〔註106〕「希」或爲「豕」在河內的別稱，二者的字義相關，作爲形符使用時理可替換。

字　例	重　文	時　期	字　形
豪	豪	殷　商	《合》（39460）
	豪	西　周	
		春　秋	
		楚　系	〈包山 273〉
		晉　系	

〔註104〕《說文解字注》，頁 460～461。

〔註105〕（宋）郭忠恕編、（宋）夏竦編、（民國）李零、劉新光整理：《汗簡・古文四聲韻》，頁 27，北京，中華書局，1983 年。

〔註106〕《說文解字注》，頁 459，頁 460。

		齊　系	
		燕　系	
		秦　系	豪〈睡虎地・爲吏之道 27〉
		秦　朝	
		漢　朝	豪〈律量篇〉 鼠《馬王堆・經法 22》

709、《說文》「彙」字云：「豪，彙蟲也。似豪豬而小。从希胃省聲。
蝟，或从虫作。」〔註 107〕

篆文作「豪」，从希胃省聲；或體作「蝟」，从虫胃聲。《說文》「希」字
云：「脩豪獸」，「虫」字云：「一名蝮」〔註 108〕；又書中言「×蟲」者，如：「鼠」
字之「穴蟲」、「魚」字之「水蟲」、「龍」字之「鱗蟲」等稱〔註 109〕；又「虵」
字云：「蟲之總名也」，「蟲」字云：「有足謂之蟲，無足謂之豸。」〔註 110〕可知
「希」亦爲「蟲」屬，「虫」與「希」在字義上有一定的關係，作爲形符使用
時理可兩相替代。

字　例	重　文	時　期	字　形
彙 豪	蝟	殷　商	
		西　周	
		春　秋	
		楚　系	
		晉　系	
		齊　系	
		燕　系	
		秦　系	
		秦　朝	
		漢　朝	

〔註 107〕 《說文解字注》，頁 461。

〔註 108〕 《說文解字注》，頁 460，頁 669。

〔註 109〕 《說文解字注》，頁 483，頁 580，頁 588。

〔註 110〕 《說文解字注》，頁 681，頁 682。

710、《說文》「鷈」字云：「鷈，鷈屬。从二希。鷈，古文鷈。〈虞書〉曰：『鷈類于上帝』。」〔註111〕

甲骨文作「♢♢」《合》（6653 正）、「♢♢」《合》（18323），正反無別，金文承襲爲「♢」〈天亡簋〉、「♢」〈召卣〉、「♢」〈萬簋〉；戰國楚系文字爲「♢」〈上博・弟子問 16〉、「♢♢」〈清華・皇門 1〉，辭例依序爲「寡見則鷈（肆）」、「鷈（肆）朕沖人非敢不用明刑」，形體雖不同，皆「鷈」字異體，較之於「♢」，「♢」下半部的「♢」，應爲「♢」的足、尾之形的訛寫。《說文》篆文作「鷈」、古文爲「鷈」，又據《汗簡》所載字形爲「鷈」〔註112〕，據「希」考證，从「又」的「鷈」與从「互」的「鷈」或爲「鷈」的訛寫，可知「鷈」、「鷈」、「鷈」亦爲訛誤之形。

字　例	重　文	時　期	字　　形
鷈 鷈	鷈	殷　商	♢♢《合》（6653 正）♢♢《合》（18323）
		西　周	♢〈天亡簋〉　♢〈召卣〉　♢〈萬簋〉
		春　秋	
		楚　系	♢〈上博・弟子問 16〉♢♢〈清華・皇門 1〉
		晉　系	
		齊　系	
		燕　系	
		秦　系	
		秦　朝	
		漢　朝	

711、說文》「豚」字云：「豚，小豕也。从古文豕，从又持肉，以給祠祀也。凡豚之屬皆从豚。豚，篆文从肉豕。」〔註113〕

甲骨文作「♢」《合》（11207）、「♢」《合》（15857）、「♢」《合》（29548），从豕从肉，「以示肉食之豚」〔註114〕，馬王堆漢墓出土文獻承襲作「♢」《馬

〔註111〕　《說文解字注》，頁 461。

〔註112〕　《汗簡・古文四聲韻》，頁 27。

〔註113〕　《說文解字注》，頁 461。

〔註114〕　《金文形義通解》，頁 2363。

王堆・五十二病方 89》、「<ruby>秀</ruby>」《馬王堆・周易 88》，或採取左肉右豕的結構，或爲上豕下肉的結構，《說文》篆文「<ruby>肠</ruby>」源於此，與「<ruby>豚</ruby>」近同；金文增添「又」，寫作「<ruby>豕</ruby>」〈士上卣〉，戰國秦系文字作「<ruby>豚</ruby>」〈睡虎地・日書甲種 80 背〉，或作「<ruby>豚</ruby>」〈睡虎地・日書甲種 157 背〉，古文「<ruby>豚</ruby>」與「<ruby>豚</ruby>」相近，段玉裁〈注〉云：「各本作『从<ruby>帚</ruby>省，象形』五字，非也。」然「豕」字古文爲「<ruby>帚</ruby>」，與「<ruby>豚</ruby>」所從不符，「<ruby>帚</ruby>」字爲「<ruby>帚</ruby>」，若省略上半部「<ruby>上</ruby>」的部分筆畫，即寫作「<ruby>帚</ruby>」，可知「从古文豕」爲非。據「豪」字考證，豕、<ruby>帚</ruby>作爲形符使用時，可因義近而替代。

字　例	重文	時　期	字　　　　形
朘 豚	肠	殷　商	<ruby>豕</ruby>《合》（11207）<ruby>豚</ruby>《合》（15857）<ruby>豚</ruby>《合》（29548）
		西　周	<ruby>豕</ruby>〈士上卣〉
		春　秋	
		楚　系	
		晉　系	
		齊　系	
		燕　系	
		秦　系	<ruby>豚</ruby>〈睡虎地・日書甲種 80 背〉<ruby>豚</ruby>〈睡虎地・日書甲種 157 背〉
		秦　朝	<ruby>豚</ruby>《馬王堆・五十二病方 89》
		漢　朝	<ruby>秀</ruby>《馬王堆・周易 88》

712、《說文》「貔」字云：「<ruby>貔</ruby>，豹屬，出貉國。從豸昆聲。《詩》曰：『獻其貔皮』。〈周書〉曰：『如虎如貔』。貔，猛獸。<ruby>豼</ruby>，或从比。」[註115]

「貔」字从豸<ruby>昆</ruby>聲，或體「<ruby>豼</ruby>」从豸比聲。「<ruby>昆</ruby>」、「比」二字上古音皆屬「並」紐「脂」部，雙聲疊韻，<ruby>昆</ruby>、比作爲聲符使用時可替代。

字　例	重文	時　期	字　　　　形
貔	豼	殷　商	
		西　周	

[註115] 《說文解字注》，頁 462。

	春　秋	
獿	楚　系	
	晉　系	
	齊　系	
	燕　系	
	秦　系	
	秦　朝	
	漢　朝	

713、《說文》「豣」字云：「豣，胡地野狗。从豸干聲。犴，豣或从
　　　犬。《詩》曰：『宜犴宜獄』。」〔註116〕

篆文从「豸」作「豣」，與〈睡虎地・日書甲種 71 背〉的「豣」相近，
或體从犬作「犴」，《說文》「豸」字云：「獸長脊，行豸豸然，欲有所司殺形。」
「犬」字云：「狗之有縣蹏者也。」〔註117〕犬、豸皆爲哺乳類動物，在意義上
有相當的關係，「豸」、「犬」作爲形符時，可因義近而替代。又「豣」字於戰國
楚系文字作「豣」〈曾侯乙 61〉或「豣」〈包山 271〉，《說文》「鼠」字云：「穴
蟲之總名也。」〔註118〕「豸」、「鼠」作爲形符使用時替代的現象亦見於戰國文
字，如：「貉」字从鼠作「貉」〈包山 87〉，从豸作「貉」〈睡虎地・日書甲種
77 背〉，「豹」字从鼠作「豹」〈包山 277〉，从豸作「豹」〈睡虎地・日書甲種
71 背〉，「貍」字从鼠作「貍」〈包山 165〉，从豸作「貍」〈睡虎地・日書甲種
38 背〉等，「豸」、「鼠」作爲形符時，可因義近而替代。

字　例	重　文	時　期	字　　形
豣 犴	犴	殷　商	
		西　周	
		春　秋	
		楚　系	豣〈曾侯乙 61〉 豣〈包山 271〉
		晉　系	

〔註116〕《說文解字注》，頁 462。

〔註117〕《說文解字注》，頁 461，頁 477。

〔註118〕《說文解字注》，頁 483。

齊　系	
燕　系	
秦　系	〈睡虎地・日書甲種 71 背〉
秦　朝	
漢　朝	

714、《說文》「兕」字云：「兕，如野牛，青色，其皮堅厚可制鎧。
象形。兕頭與禽离頭同。凡兕之屬皆从兕。古文从儿。」
〔註119〕

　　甲骨文作「」《合》（10417），或从一角作「」《合》（28411），雖屬
象形仍具圖畫性質，發展至戰國時期則以線條取代，秦系文字作「」〈睡虎
地・日書甲種 157 背〉，上半部的「凵」為此獸之首，下半部的「入」為其身，
《說文》古文為「」，何金松以為像有「兩隻盤角的野水牛」〔註120〕，較之
於「」，二者的形體相近，其言或可備為一說；馬王堆漢墓出土文獻作「」
《馬王堆・老子乙本 186》，辭例為「兕无□□□□」，上半部的「」應為「凵」
的變形，篆文「兕」蓋源於此，「」即「勿」，字形係取象於該獸側立之形。

字　例	重　文	時　期	字　形
兕		殷　商	《合》（10417）　　《合》（28411）
		西　周	
		春　秋	
		楚　系	
		晉　系	
		齊　系	
		燕　系	
		秦　系	〈睡虎地・日書甲種 157 背〉
		秦　朝	
		漢　朝	《馬王堆・老子乙本 186》

〔註119〕　《說文解字注》，頁 463。

〔註120〕　何金松：〈釋兕〉，《漢字形義考源》，頁 27，武漢，武漢出版社，1997 年。

715、《說文》「豫」字云：「🐘，象之大者。賈侍中說：『不害於物』。
　　　　從象予聲。🐘，古文。」[註121]

金文或從「土」作「🐘」〈蔡侯紐鐘〉，或作「🐘」〈陸🐘車戈〉、「🐘」〈十
三年戈〉，又「象」字作「🐘」〈師湯父鼎〉、「🐘」〈鄂君啓車節〉，「🐘」、「🐘」
皆爲「🐘」的省寫；楚系文字或作「🐘」〈包山 24〉，或重複「′ `」作「🐘」
〈包山 11〉，辭例依序爲「司馬豫」、「在陸豫之典」，較之於「🐘」，「🐘」上
半部的「′ `」爲飾筆的增添；秦漢間的文字作「🐘」〈咸陽瓦〉、「🐘」《馬
王堆・稱 144》，皆從象予聲，與《說文》篆文「🐘」相近，惟書體不同，又
古文爲「🐘」，右側的「🐘」亦爲「象」字，據此可知，許書於「象」字下失
收重文「🐘」。

字　例	重　文	時　期	字　形
豫 🐘	🐘	殷　商	
		西　周	
		春　秋	🐘〈蔡侯紐鐘〉
		楚　系	🐘〈包山 11〉🐘〈包山 24〉
		晉　系	
		齊　系	🐘〈陸🐘車戈〉
		燕　系	🐘〈十三年戈〉
		秦　系	
		秦　朝	🐘〈咸陽瓦〉
		漢　朝	🐘《馬王堆・稱 144》

[註121] 《說文解字注》，頁 464。

第十一章　《說文》卷十重文字形分析

716、《說文》「馬」字云：「⬚，怒也，武也。象馬頭髦尾四足之形。
凡馬之屬皆从馬。⬚，古文。⬚，籀文馬，與⬚同，有髦。」
〔註1〕

甲骨文「馬」字作「⬚」《合》（5715），「象馬頭髦尾四足之形」，或作「⬚」
《合》（27966），將「馬頭」的形體，略作變化，形似「目」，其後的字形多承
襲此一形體發展。至戰國時期，或省減「馬」下半部的若干筆畫，作「⬚」〈馬
雍・平襠方足平首布〉，或進一步省減上半部的形體，作「⬚」〈馬襠・平襠方
足平首布〉，或以剪裁省減的方式書寫，作「⬚」《古璽彙編》（0057）、「⬚」
〈包山 22〉、「⬚」〈匽侯載器〉，保留「馬」上半的形體，省減馬尾與四足之
形，並於省減的部位增添「＝」或「-」，表示該字爲省體之結果；或作「⬚」
《古璽彙編》（0023），省略馬的鬃髦，形體與習見的「⬚」〈九年衛鼎〉略有
差異，但仍保有「馬頭尾足之形」；或作「⬚」〈䎽盉壺〉，除了以美術化的方
式表現，將「目」由「⬚」寫作「⬚」外，更於「馬」的右側形體增添渦漩紋
「⬚」，以爲補白之用。《說文》篆文作「⬚」與〈石鼓文〉的「⬚」相同；

〔註 1〕　（漢）許慎撰、（清）段玉裁注：《說文解字注》，頁 465，臺北，黎明文化事業股
份有限公司，1991 年。

古文作「⿰」，籀文作「⿰」，仍「象馬頭髦尾四足之形」，惟將「⊘」改易爲「☉」。

字　例	重　文	時　期	字　　　　形
馬　⿰	⿰，⿰	殷　商	⿰《合》（5715）　⿰《合》（27966）
		西　周	⿰〈小臣宅簋〉　⿰〈九年衛鼎〉
		春　秋	⿰〈走馬薛仲赤簠〉　⿰〈石鼓文〉
		楚　系	⿰〈�君啓車節〉　⿰〈包山22〉
		晉　系	⿰〈舒龔壺〉　⿰《古璽彙編》（0057） ⿰，⿰，⿰〈馬雍・平襠方足平首布〉
		齊　系	⿰《古璽彙編》（0023）
		燕　系	⿰〈匽侯載器〉
		秦　系	⿰〈睡虎地・秦律十八種120〉
		秦　朝	⿰《馬王堆・五十二病方27》
		漢　朝	⿰《馬王堆・胎產書5》　⿰《馬王堆・戰國縱橫家書231》

717、《說文》「騧」字云：「⿰，黃馬黑喙。从馬咼聲。⿰，籀文騧。」
〔註2〕

「騧」字从馬**咼**聲，籀文「⿰」从馬**⿰**聲。段玉裁指出「**咼**」字反切爲「苦媧切」，上古韻部屬第十七部〔註3〕，上古聲紐屬「溪」紐，「**⿰**」字反切爲「古禾切」，上古韻部屬第十七部〔註4〕，上古聲紐屬「見」紐，二者發聲部位相同，見溪旁紐，**咼**、**⿰**作爲聲符使用時可替代。

字　例	重　文	時　期	字　　　　形
騧　⿰	⿰	殷　商	
		西　周	
		春　秋	

〔註2〕　《說文解字注》，頁466。

〔註3〕　《說文解字注》，頁61。

〔註4〕　《說文解字注》，頁112。

		楚　系	
		晉　系	
		齊　系	
		燕　系	
		秦　系	
		秦　朝	
		漢　朝	

718、《說文》「騅」字云：「騅，馬小皃。从馬垂聲。讀若筆。騅，籀文从㢱。」〔註5〕

「騅」字从馬垂聲，籀文「騅」从馬㢱聲。段玉裁指出「㢱」、「垂」二字反切皆爲「是爲切」，上古韻部屬第十七部〔註6〕，據此可知，二者的上古聲紐屬「禪」紐，韻部爲歌部，雙聲疊韻，垂、㢱作爲聲符使用時可替代。

字　例	重　文	時　期	字　形
騅 騅	騅	殷　商	
		西　周	
		春　秋	
		楚　系	
		晉　系	
		齊　系	
		燕　系	
		秦　系	
		秦　朝	
		漢　朝	

719、《說文》「駕」字云：「駕，馬在軛中也。从馬加聲。駕，籀文駕。」〔註7〕

〔註5〕　《說文解字注》，頁468。

〔註6〕　《說文解字注》，頁277，700。

〔註7〕　《說文解字注》，頁469。

篆文从馬作「**駕**」，與「**駕**」〈睡虎地・秦律十八種 47〉或「**駕**」《馬王堆・三號墓遣策》相近，又見「**駕**」〈石鼓文〉或「**駕**」〈包山 38〉，在偏旁位置的經營，採取左馬右加，與篆文的上加下馬不同；籀文从牛作「**牿**」，《說文》「牛」字云：「事也，理也。」「馬」字云：「怒也，武也。」〔註 8〕牛、馬皆爲哺乳類動物，在字義上有相當的關係，作爲形符使用時替代的現象，亦見於古文字，如：「牝」字从牛作「**牝**」《合》（21269），或从「馬」作「**騃**」〈曾侯乙 160〉，「牡」从牛作「**牡**」〈剌鼎〉，或从「馬」作「**騁**」〈曾侯乙 197〉等。「駕」字从馬加聲，籀文「牿」从牛各聲。「加」字上古音屬「見」紐「歌」部，「各」字上古音屬「見」紐「鐸」部，雙聲，加、各作爲聲符使用時可替代。

字　例	重　文	時　期	字　　形
駕　**駕**	**牿**	殷　商	
		西　周	
		春　秋	**駕**〈石鼓文〉
		楚　系	**駕**〈包山 38〉
		晉　系	
		齊　系	
		燕　系	
		秦　系	**駕**〈睡虎地・秦律十八種 47〉
		秦　朝	
		漢　朝	**駕**《馬王堆・三號墓遣策》

720、《說文》「驅」字云：「**驅**，驅馬也。从馬區聲。**馭**，古文驅从攴。」〔註 9〕

篆文从馬作「**驅**」，與〈上博・周易 10〉的「**驅**」或《馬王堆・二三子問 16》的「**驅**」相近；古文从攴作「**馭**」，與〈石鼓文〉的「**馭**」或〈睡虎地・日書甲種 157 背〉的「**馭**」相近。《說文》「攴」字云：「小擊也」〔註 10〕，又

〔註 8〕《說文解字注》，頁 51，頁 465。
〔註 9〕《說文解字注》，頁 471。
〔註 10〕《說文解字注》，頁 123。

段玉裁於「毆」字〈注〉云：「鞭箠策所以施於馬而驅之也。故古文从攴。」从「馬」表示「驅馬」之義，从「攵」表示該字義係以鞭子策馬。

字　例	重　文	時　期	字　形
驅	毆	殷　商	
		西　周	
		春　秋	毆〈石鼓文〉
		楚　系	驅〈上博・周易 10〉
		晉　系	
		齊　系	
		燕　系	
		秦　系	毆〈睡虎地・日書甲種 157 背〉
		秦　朝	
		漢　朝	驅《馬王堆・二三子問 16》

721、《說文》「罵」字云：「罵，絆馬足也。从馬○其足。《春秋傳》曰：『韓厥執罵前』。讀若輒。繫，罵或从糸執聲。」〔註11〕

「罵」字从馬○其足，屬指事字；或體「繫」从糸執聲，爲形聲字。「罵」字云：「絆馬足也」，「絆」者「馬罵也」〔註12〕，指駕御馬匹的繩索，故或體从糸。「罵」字上古音屬「端」紐「緝」部，「執」字上古音屬「章」紐「緝」部，疊韻，端、章皆爲舌音，錢大昕言「舌音類隔不可信」，黃季剛言「照系三等諸紐古讀舌頭音」，可知「章」於上古聲母可歸於「端」。由指事改爲形聲字，爲了便於時人閱讀使用之需，故以讀音相同的字作爲聲符。

字　例	重　文	時　期	字　形
罵	繫	殷　商	
		西　周	
		春　秋	
		楚　系	
		晉　系	

〔註11〕　《說文解字注》，頁 472。
〔註12〕　《說文解字注》，頁 665。

		齊　系	
		燕　系	
		秦　系	
		秦　朝	
		漢　朝	

722、《說文》「驘」字云：「驘，驢父馬母者也。从馬羸聲。羸，或从嬴。」〔註13〕

「驘」字从馬羸聲，或體「驘」从馬嬴聲，又「嬴」字从羊羸聲。「羸」、「嬴」二字上古音皆屬「來」紐「歌」部，雙聲疊韻，羸、嬴作爲聲符使用時可替代。

字　例	重　文	時　期	字　　形
驘	驘 羸	殷　商	
		西　周	
		春　秋	
		楚　系	
		晉　系	
		齊　系	
		燕　系	
		秦　系	
		秦　朝	
		漢　朝	

723、《說文》「灋」字云：「灋，荆也。平之如水，从水；廌所吕觸不直者去之，从廌去。佱，今文省。金，古文。」〔註14〕

金文从水从去从廌作「灋」〈大盂鼎〉、「灋」〈師酉簋〉、「灋」〈晉姜鼎〉、「灋」〈叔尸鐘〉，「去」字作「去」，寫作「大」蓋爲形訛，或增添「戶」作「灋」〈中山王𧊒方壺〉，「灋」字上古音屬「幫」紐「葉」部，「戶」字上古音屬「匣」紐「魚」部，從音韻的關係言，「葉」、「魚」二部俱遠，不當以「戶」爲聲符，

〔註13〕　《說文解字注》，頁 473。

〔註14〕　《說文解字注》，頁 474。

又「業」字在兩周金文即增添「去」爲聲符，如：「䇂」〈九年衛鼎〉、「䇂」〈瘭鐘〉、「䇂」〈秦公簋〉，「業」、「去」二字亦分屬於葉、魚二部，可知「瀍」增添「戶」爲聲符應非特例，「瀍」字增添聲符「戶」，僅見於晉系的中山國，疑「瀍」字的讀音，在中山國發生變化，爲了使該字得以繼續使用，惟有增添相近的聲符以爲標音之用；戰國楚系文字或作「䇂」〈郭店・老子甲本 23〉、「䇂」〈郭店・老子甲本 23〉、「䇂」〈郭店・緇衣 27〉、「䇂」〈上博・昔者君老 3〉、「䇂」〈上博七・吳命 9〉，辭例依序爲「地瀍天」、「人瀍地」、「惟作五虐之形曰瀍」、「舉美瀍（廢）惡」、「瀍（廢）其賓獻」，形體雖不同，實皆「瀍」字異體，又「廌」字於楚系文字作「䇂」〈包山 265〉、「䇂」〈上博・緇衣 5〉，可知作「主」、「各」、「杏」、「谷」者爲「吞」的訛省，作「丰」、「毕」、「犮」、「丰」、「屮」者爲「䇂」或「䇂」的訛省，或見「吞」〈上博・緇衣 14〉，辭例爲「惟作五虐之形曰瀍」，《說文》古文「金」或源於此，而形體由「吞」省易爲「金」；秦文字襲自「䇂」作「瀍」〈詛楚文〉、「瀍」〈睡虎地・秦律雜抄 4〉，「吞」省寫爲「吞」，篆文「瀍」源於此，形體近同於「瀍」〈始皇詔權三〉；馬王堆漢墓出土文獻或承襲「瀍」作「䇂」《馬王堆・二三子問 7》，或省略「廌」，寫作「法」《馬王堆・經法 20》，今文「瀍」與此相近，惟書體不同。

字　例	重　文	時　期	字　　　形
瀍	瀍，金	殷　商	
		西　周	䇂 〈大盂鼎〉　䇂 〈師酉簋〉
		春　秋	䇂 〈叔尸鐘〉　䇂 〈晉姜鼎〉
		楚　系	䇂 〈郭店・老子甲本 23〉　䇂 〈郭店・老子甲本 23〉 䇂 〈郭店・緇衣 27〉　吞 〈上博・緇衣 14〉 䇂 〈上博・昔者君老 3〉　䇂 〈上博七・吳命 9〉
		晉　系	䇂 〈中山王𧊚方壺〉
		齊　系	
		燕　系	
		秦　系	瀍 〈詛楚文〉　瀍 〈睡虎地・秦律雜抄 4〉
		秦　朝	瀍 〈兩詔橢量三〉　瀍 〈始皇詔權三〉
		漢　朝	瀍 《馬王堆・養生方 201》　䇂 《馬王堆・二三子問 7》 法 《馬王堆・經法 20》

724、《說文》「麀」字云：「麀，牝鹿也。从鹿牝省。麀，或从幽聲。」
〔註15〕

篆文作「麀」，从鹿牝省，屬會意字，與〈石鼓文〉的「麀」相近；或體作「麀」，从鹿幽聲，爲形聲字。「麀」、「幽」二字上古音皆屬「影」紐「幽」部，由會意字改爲形聲字，爲了便於時人閱讀使用之需，故以讀音相同的字作爲聲符。

字 例	重 文	時 期	字 形
麀 麀	麀	殷 商	
		西 周	
		春 秋	麀〈石鼓文〉
		楚 系	
		晉 系	
		齊 系	
		燕 系	
		秦 系	
		秦 朝	
		漢 朝	

725、《說文》「麎」字云：「麎，大麋也。狗足。从鹿旨聲。麎，或从几。」〔註16〕

「麎」字从鹿旨聲，或體「麎」从鹿几聲。「旨」字上古音屬「章」紐「脂」部，「几」字上古音屬「見」紐「脂」部，疊韻，旨、几作爲聲符使用時可替代。

字 例	重 文	時 期	字 形
麎 麎	麎	殷 商	
		西 周	
		春 秋	
		楚 系	

〔註15〕 《說文解字注》，頁 474。

〔註16〕 《說文解字注》，頁 475。

晉　系	
齊　系	
燕　系	
秦　系	
秦　朝	
漢　朝	

726、《說文》「麋」字云：「麋，麞也。从鹿囷省聲。麋，籒文不省。」

〔註17〕

篆文作「麋」，从鹿囷省聲，與《馬王堆・養生方201》的「麋」相近。甲骨文作「麋」《合》（4602），上半部爲「麋」，甲骨文「鹿」字作「麋」《合》（10913）或「麋」《合》（10950），金文作「麋」或「麋」〈貉子卣〉、「麋」〈命簋〉，形體與之不同，徐中舒云；「從呂從米（禾），此呂與象無角幼鹿之呂（麑）形同而所指非一，乃象無角之鹿屬即麞是也。……《說文》篆文誤爲從鹿從禾。」〔註18〕又金文作「麋」〈師害簋〉，从鹿从木，據「利」字考證，「木」、「禾」替換，屬義近偏旁的替代；戰國楚系文字作「麋」〈九店56.3〉，上半部作「米」，「鹿」字於楚系文字作「麋」〈包山179〉，將之與金文所見「麋」相較，可知前者將二個「鹿角」省略爲一，寫作「麋」，《說文》篆文、籒文从「鹿」的形體，應源於西周以來的字形，又篆文字形應爲从鹿从禾，非从囷省聲。《說文》「麋」字云：「麞也」，「麞」字云：「麋屬也」，「麋」字云：「鹿屬也」，可知麋、麞、麋同爲「鹿屬」，作爲偏旁使用時，可因意義相近或相同而替代。「麋」字上古音屬「見」紐「文」部，「囷」字上古音屬「溪」紐「文」部，二者發聲部位相同，見溪旁紐，疊韻，由會意字改爲形聲字，爲了便於時人閱讀使用之需，故以讀音相近的字作爲聲符。

字　例	重　文	時　期	字　　　形
麋 麋	麋	殷　商	麋《合》（4602）
		西　周	麋〈師害簋〉

〔註17〕《說文解字注》，頁475。

〔註18〕徐中舒：《甲骨文字典》，頁1083，成都，四川辭書出版社，1995年。

春　秋	
楚　系	〈九店 56.3〉
晉　系	
齊　系	
燕　系	
秦　系	
秦　朝	
漢　朝	《馬王堆・養生方 201》

727、《說文》「麠」字云：「麠，大麑也。牛尾一角。从鹿畺聲。麠，
　　　或从京。」〔註19〕

「麠」字从鹿畺聲，或體「麖」从鹿京聲。「畺」、「京」二字上古音皆屬「見」
紐「陽」部，雙聲疊韻，畺、京作爲聲符使用時可替代。

字　例	重　文	時　期	字　　　形
麠 麖	麖	殷　商	
		西　周	
		春　秋	
		楚　系	
		晉　系	
		齊　系	
		燕　系	
		秦　系	
		秦　朝	
		漢　朝	

728、《說文》「麗」字云：「麗，旅行也。鹿之性見食急則必旅行。
　　　从鹿丽。禮麗皮納聘蓋鹿皮也。丽，古文。丽，篆文麗字。」

〔註20〕

〔註19〕　《說文解字注》，頁 475。

〔註20〕　《說文解字注》，頁 476。

甲骨文作「🐾」《合》（14672），或作「🦌」《西周》（H11：123）、「🦌」《西周》（H11：128），徐中舒云：「疑爲🦌🦌（麗）之省形」〔註21〕，魯實先指出《說文》之「丽」、《汗簡》之「丽丽」應爲「🦌🦌」的省變，「吅」爲古文「鄰」，係聲符所在，「丽丽」爲「从」的或體，其本義「爲兩爲耦」，「旅行」爲引申義〔註22〕，黃錫全以爲「🦌🦌」應隸定爲「麤」，釋爲「麗」，表示二亥並列而行，从「吅（鄰）」聲，「丽」爲會意〔註23〕；金文作「🦌」〈邐簋〉，或省寫爲「🦌」〈取膚匜〉；戰國楚系文字作「🦌」〈曾侯乙163〉、「🦌」〈清華・尹誥2〉、「🦌」〈清華・楚居3〉，「🦌」之「鹿」形省易爲「🦌」，上半部亦訛寫爲「丽」，又「鹿」字作「🦌」〈清華・楚居7〉，較之於「🦌」，「🦌」爲「🦌」之省；齊系文字作「丽」〈墜丽子戈〉，對照「🦌」的形體，應爲「茻」的訛寫，又較之於「🦌」，與其上半部的「丽」近同，篆文「丽」與之相近，可知魯實先以「丽」、「丽丽」爲「🦌🦌」的省變，黃錫全以爲像二亥並列而行，其說有待商榷，古文「丽」亦應爲「茻」的訛寫；秦系文字作「🦌」〈睡虎地・日書甲種25背〉、「🦌」〈睡虎地・日書乙種200〉，又「鹿」字作「🦌」〈睡虎地・日書甲種75背〉，「🦌」之足作「🦶」，與「比」無別，上半部爲「丽」，形體近於古文「丽」，「丽」亦爲「茻」的訛寫；秦文字作「🦌」〈麗山圓鍾〉，與「🦌」近同，又段玉裁〈注〉云：「疑『丽』者古文，『麗』者籀文，『丽』者小篆也。」可知「🦌」爲籀文。

字 例	重 文	時 期	字 形
麗 🦌	丽， 丽	殷 商	🐾《合》（14672） 🦌《西周》（H11：123） 🦌《西周》（H11：128） 🦌〈邐簋〉
		西 周	🦌〈取膚匜〉 🦌〈元年師旋簋〉
		春 秋	
		楚 系	🦌〈曾侯乙163〉 🦌〈清華・尹誥2〉 🦌〈清華・楚居3〉
		晉 系	

〔註21〕 《甲骨文字典》，頁122。

〔註22〕 魯實先：《殷栔新詮（上）・釋麗》，頁64～70，臺北，黎明文化事業股份有限公司，2003年。

〔註23〕 黃錫全：《古文字論叢・甲骨文字釋叢》，頁39，臺北，藝文印書館，1999年。

	齊　系	〈塦𢆶子戈〉
	燕　系	
	秦　系	〈睡虎地・日書甲種 25 背〉　〈睡虎地・日書乙種 200〉
	秦　朝	〈麗山圓鍾〉　《秦代陶文》（1467）
	漢　朝	《馬王堆・養生方 79》　《馬王堆・天文雲氣雜占 B42》

729、《說文》「塵」字云：「，鹿行揚土也。从麤土。，籀文。」

〔註 24〕

「塵」字作「」，从麤土，與《馬王堆・老子乙本 192》的「」相近，「麤」字於小篆作「」，於《馬王堆・養生方 49》作「」，「」所从之「鹿」，僅保留「」的部分形體，若將「」所从之「麤」與「」相較，前者又進一步省減若干筆畫。籀文作「」，从麤、从二土，與「」相較，二者的差異，一為前者僅保留鹿首與角，二為籀文从二「土」，並將之置於上方，王國維指出此即「許君所謂揚土也」〔註 25〕，其言可從。

字　例	重　文	時　期	字　形
塵 		殷　商	
		西　周	
		春　秋	
		楚　系	
		晉　系	
		齊　系	
		燕　系	
		秦　系	
		秦　朝	
		漢　朝	《馬王堆・老子乙本 192》

〔註 24〕　《說文解字注》，頁 476。

〔註 25〕　王國維：《王觀堂先生全集・史籀篇疏證》冊七，頁 2432，臺北，文華出版公司，1968 年。

730、《說文》「鹿」字云：「鹿，鹿獸也。佀兔，青色而大。象形，頭與兔同，足與鹿同。凡鹿之屬皆从鹿。𠔻，籀文。」〔註26〕

甲骨文作「鹿」《合》（499），為「鹿」之側面取象。篆文作「鹿」，其下為「足」，籀文作「𠔻」，上半部與「鹿」近似，為「首」之形，「𠔻」疑為「𠃌」的訛寫，若將「𠃌」與「𠃌」疊加，即形成「𠔻」的形體。

字　例	重　文	時　期	字　形
鹿　鹿	𠔻	殷　商	鹿《合》（499）
		西　周	
		春　秋	
		楚　系	
		晉　系	
		齊　系	
		燕　系	
		秦　系	
		秦　朝	
		漢　朝	

731、《說文》「㹠」字云：「㹠，多畏也。从犬去聲。㤼，杜林說㹠从心。」〔註27〕

篆文作「㹠」，从犬去聲，重文作「㤼」，从心去聲。「㹠」字之義為「多畏」，「畏」有畏懼、害怕之義，如：《周易・震》云；「雖凶无咎，畏鄰戒也。」〔註28〕段玉裁〈注〉云：「本謂『犬』，叚借謂『人』，而「心」字云：「人心土臧也，在身之中。」〔註29〕可知从「犬」改易為「心」，係為了明確、詳實的記錄語言，故隨著語意的改變而更換偏旁。

〔註26〕《說文解字注》，頁 476～477。

〔註27〕《說文解字注》，頁 479。

〔註28〕（魏）王弼注、（晉）韓康伯注、（唐）孔穎達等正義：《周易正義》，頁 115，臺北，藝文印書館，1993 年。

〔註29〕《說文解字注》，頁 506。

字　例	重　文	時　期	字　形
		殷　商	
		西　周	
		春　秋	
		楚　系	
		晉　系	
		齊　系	
		燕　系	
		秦　系	
		秦　朝	
		漢　朝	

732、《說文》「獮」字云：「獮，秋田也。从犬璽聲。𥜽，獮或从示，宗廟之田也，故从豕示。」〔註30〕

篆文作「獮」，从犬璽聲；或體作「𥜽」，从豕示。段玉裁於或體下〈注〉云：「此篆文及解，疑皆有譌，不能遽定，姑仍其舊。」馬叙倫以爲許書言「宗廟之田也，故从豕示」，難以示意，該字可能是从示豕聲之字。〔註31〕其言或可備一說。「璽」字上古音屬「心」紐「脂」部，「豕」字上古音屬「書」紐「支」部，據「瓊」字考證，「支」、「錫」、「耕」，「脂」、「質」、「眞」分屬二組陰、陽、入聲韻部的文字，其間的關係十分密切，時有通假的現象，可知璽、豕作爲聲符使用時可替代；若「𥜽」字从豕示聲，「示」字上古音屬「船」紐「脂」部，與「璽」字爲脂部疊韻關係，二者在字音的關係較之於从「豕」聲者密切；又《說文》「豕」字云：「彘也」，「犬」字云：「狗之有縣蹏者也」，〔註32〕犬、豕皆爲哺乳類動物，在意義上有相當的關係，作爲形符時理可兩相替代。從字形與字音的觀察，或體「𥜽」可能爲从豕示聲之字。

字　例	重　文	時　期	字　形
		殷　商	

〔註30〕《說文解字注》，頁480。

〔註31〕馬叙倫：《說文解字六書疏證》四，卷十九，頁2511，臺北，鼎文書局，1975年。

〔註32〕《說文解字注》，頁459，頁477。

西　周		
春　秋		
楚　系		
晉　系		
齊　系		
燕　系		
秦　系		
秦　朝		
漢　朝		

733、《說文》「獒」字云：「獒，頓仆也。从犬敖聲。《春秋傳》曰：『與犬犬獒』。獒，獒或从死。」〔註33〕

篆文作「獒」，从犬敖聲；或體作「獒」，从死敖聲。「獒」亦有「死亡」之意，如：《左傳‧僖公四年》云：「公祭之地，地墳。與犬，犬獒。與小臣，小臣亦獒。」〔註34〕从「死」應爲明確表現「死亡」之意。此種現象亦見於戰國文字，如：「誅」字从戈朱聲作「戕」〈中山王　方壺〉，辭例爲「以誅不順」，《說文》「誅」字云：「討也。从言朱聲」，段玉裁〈注〉云：「凡殺戮、糾責皆是。」〔註35〕又《論語‧公冶長》云：「於予與何誅」，《孟子‧梁惠王下》云：「聞誅一夫紂矣，未聞弒君也。」《韓非子‧姦劫弒臣》云：「而聖人之治國也，賞不加於無功，而誅必行於有罪者也。」〔註36〕《論語》之「誅」字爲責罰之義，《孟子》爲殺戮之義，《韓非子》有懲罰之義。「誅」字的意義隨著時代的變遷有所變化，偏旁由「言」改爲「戈」，一則係爲明確表示其義，以「戈」替代「言」，一則亦可能是造字時取象不同所致。「獒」之字義爲「頓仆」，又有「死

〔註33〕《說文解字注》，頁 480。

〔註34〕（周）左丘明傳、（晉）杜預注、（唐）孔穎達等正義：《春秋左傳正義》，頁 204，臺北，藝文印書館，1993 年。

〔註35〕《說文解字注》，頁 101。

〔註36〕（魏）何晏注、（宋）邢昺疏：《論語注疏》，頁 43，臺北，藝文印書館，1993 年；（漢）趙岐注、（宋）孫奭疏：《孟子注疏》，頁 42，臺北，藝文印書館，1993 年；（周）韓非撰、（民）陳奇猷著：《韓非子集釋》，頁 249，高雄，復文圖書出版社，1991 年。

亡」之意，為明確表示其義，即以偏旁「死」取代「犬」。

字 例	重 文	時 期	字 形
獘 獘	獘	殷 商	
		西 周	
		春 秋	
		楚 系	
		晉 系	
		齊 系	
		燕 系	
		秦 系	
		秦 朝	
		漢 朝	

734、《說文》「狂」字云：「狴，猗犬也。从犬坒聲。㣻，古文从心。」[註37]

甲骨文作「𤘘」《合》（29234），从犬坒聲，或省略「坒」的部分筆畫，寫作「𤜏」《合》（28577）、「𤠔」《合》（30273），張世超等人指出此字應為「往」的異體，「緣往田而標犬為義符」，非《說文》的「狂」字[註38]，其說可參。春秋時期或从犬作「狴」〈侯馬盟書・宗盟類 152.2〉；戰國秦系文字為「狴」〈睡虎地・日書甲種 119〉，又从「坒」的「往」字作「狴」〈吳王光鑑〉，對照「狴」的形體，「生」係以共筆省減的方式將「止」的收筆橫畫「一」與「土」的起筆橫畫「一」共用所致，《說文》篆文「狴」源於此，其間的差異，係書體的不同：馬王堆漢墓出土文獻為「狂」《馬王堆・經法 45》，右側偏旁係在隸變過程中省略部分的形體；楚系文字从心坒聲作「㣻」〈包山 22〉、「㣻」〈包山 24〉，辭例皆為「羅狂」，其間的差異，係偏旁的位置經營不同，又「坒」下半部的形體似「壬」，應是在「土」的左側增添一道短斜畫「ノ」所致，古文「㣻」近於「㣻」，二者之別，亦為書體的不同，或見从心坒聲作「㣻」〈郭店・語

[註37] 《說文解字注》，頁 481。

[註38] 張世超、孫凌安、金國泰、馬如森：《金文形義通解》，頁 2410，日本京都，中文出版社，1995 年。

叢二3），辭例爲「恥生於狂」，「<ruby>屮</ruby>」爲「<ruby>生</ruby>」的訛省。《說文》「犬」字云：「狗之有縣蹏者也」，「心」字云：「人心土臟也」〔註39〕，二者的字義無涉，替代的現象，係造字時對於偏旁意義的選擇不同所致。

字　例	重　文	時　期	字　　　　　形
狂 狂	忹	殷　商	《合》（28577）《合》（29234）《合》（30273）
		西　周	
		春　秋	〈侯馬盟書・宗盟類 152.2〉
		楚　系	〈包山 22〉〈包山 24〉〈郭店・語叢二 3〉
		晉　系	
		齊　系	
		燕　系	
		秦　系	〈睡虎地・日書甲種 119〉
		秦　朝	
		漢　朝	《馬王堆・經法 45》

735、《說文》「獱」字云：「獱，獺屬。从犬扁聲。㺜，或从賓。」

〔註40〕

「獱」字从犬扁聲，或體「㺜」从犬賓聲。「扁」、「賓」二字上古音皆屬「幫」紐「眞」部，雙聲疊韻，扁、賓作爲聲符使用時可替代。

字　例	重　文	時　期	字　　　　　形
獱 獱	㺜	殷　商	
		西　周	
		春　秋	
		楚　系	
		晉　系	
		齊　系	
		燕　系	
		秦　系	

〔註39〕　《說文解字注》，頁 477，頁 506。
〔註40〕　《說文解字注》，頁 482。

秦 朝	
漢 朝	

736、《說文》「鼢」字云：「鼢，地中行鼠，伯勞所化也。一曰：『偃鼠』。从鼠分聲。蚡，或从虫分。」〔註41〕

篆文从「鼠」作「鼢」，與《馬王堆・五十二病方23》的「鼢」相同；或體从虫作「蚡」，《說文》「鼠」字云：「穴蟲之總名也。」「虫」字云：「一名蝮。博三寸，首大如擘指。」〔註42〕漢人以爲「鼠」爲「穴蟲」，在字義上與「虫」有關，作爲形符使用時可替代。

字 例	重 文	時 期	字 形
鼢 蚡	蚡	殷 商	
		西 周	
		春 秋	
		楚 系	
		晉 系	
		齊 系	
		燕 系	
		秦 系	
		秦 朝	鼢 《馬王堆・五十二病方23》
		漢 朝	

737、《說文》「鼨」字云：「鼨，豹文鼠也。从鼠冬聲。鼨，籀文省。」

〔註43〕

篆文作「鼨」，从鼠冬聲；籀文作「鼨」，「夂」字云：「古文終」〔註44〕，可知籀文从鼠終聲。「冬」字上古音屬「端」紐「冬」部，「終」字上古音屬「章」紐「冬」部，端、章皆爲舌音，錢大昕言「舌音類隔不可信」，黃季剛言「照系

〔註41〕 《說文解字注》，頁483。

〔註42〕 《說文解字注》，頁483，頁669。

〔註43〕 《說文解字注》，頁483。

〔註44〕 《說文解字注》，頁654。

三等諸紐古讀舌頭音」，可知「章」於上古聲母可歸於「端」，雙聲疊韻，冬、
終作爲聲符使用時可替代。

字　例	重　文	時　期	字　形
終 冬		殷　商	
		西　周	
		春　秋	
		楚　系	
		晉　系	
		齊　系	
		燕　系	
		秦　系	
		秦　朝	
		漢　朝	

738、《說文》「鼹」字云：「鼹，鼠屬。从鼠益聲。貖，或从豸作。」
〔註45〕

將篆文「鼹」與或體「貖」相較，前者从鼠益聲，後者从豸益聲，據「豻」
字考證，「鼠」、「豸」替換，屬義近偏旁的替代。

字　例	重　文	時　期	字　形
鼹 鼹	貖	殷　商	
		西　周	
		春　秋	
		楚　系	
		晉　系	
		齊　系	
		燕　系	
		秦　系	
		秦　朝	
		漢　朝	

〔註45〕　《說文解字注》，頁483。

739、《說文》「羆」字云：「羆，如熊，黃白文。从熊罷省聲。羆。」

〔註46〕

篆文作「羆」，从熊罷省聲，古文作「羆」，段玉裁〈注〉云：「古文从皮」。金文「能」字作「能」〈沈子它簋蓋〉、「能」〈番生簋蓋〉，篆文「皮」字作「皮」，將之與「羆」相較，古文字形爲从能皮聲。《說文》「能」字云：「熊屬」，「熊」字云「熊獸」〔註47〕，古文以「能」代「熊」，在意義上有相當的關係，作爲形符使用時理可兩相替代。又「罷」、「皮」二字上古音皆屬「並」紐「歌」部，雙聲疊韻，作爲聲符使用時可替代。

字 例	重 文	時 期	字 形
羆 羆	羆	殷 商	
		西 周	
		春 秋	
		楚 系	
		晉 系	
		齊 系	
		燕 系	
		秦 系	
		秦 朝	
		漢 朝	

740、《說文》「然」字云：「然，燒也。从火肰聲。爇，或从艸難。」

〔註48〕

金文作「爇」〈者瀘鐘〉，从黃从隹从火，从隹黃聲即「難」字，如：「難」〈齊大宰歸父盤〉，戰國以來多作「然」〈郭店·太一生水4〉、「然」〈望山1.43〉、「然」〈中山王𦩖鼎〉、「然」〈睡虎地·秦律十八種170〉，《說文》篆文「然」源於此，與「然」相近。或體从艸難聲作「爇」，「艸」部有「蘪」字作「蘪」，从艸鸘聲〔註49〕，大徐本於「然」字下言「臣鉉等案：艸部有蘪，注云：『艸

〔註46〕《說文解字注》，頁484。

〔註47〕《說文解字注》，頁484。

〔註48〕《說文解字注》，頁485。

〔註49〕《說文解字注》，頁46。

也』，此重出。」〔註50〕又據大徐本所載，「艸」部的「蘿」字從鳥作「」，火部的「蘿」字從隹作「」，從隹、從鳥之義相同，二者本爲一字，「然」、「蘿」二字上古音皆屬「日」紐「元」部，雙聲疊韻，理可通假，疑「然」字下的重文係因聲韻相同而通假爲「然」，故誤收於其下。

字　例	重文	時　期	字　形
然	蘿	殷　商	
		西　周	
		春　秋	〈者瀘鐘〉
		楚　系	〈望山 1.43〉　〈郭店・太一生水 4〉
		晉　系	〈中山王　鼎〉
		齊　系	
		燕　系	
		秦　系	〈睡虎地・秦律十八種 170〉
		秦　朝	《馬王堆・五十二病方 248》
		漢　朝	《馬王堆・春秋事語 82》

741、《說文》「熬」字云：「，乾煎也。從火敖聲。，熬或從麥作。」〔註51〕

金文作「」〈兮熬壺〉，從火敖聲，其後文字多承襲爲「」《馬王堆・五十二病方 61》，《說文》篆文「」源於此；或見易「火」爲「麥」作「」《馬王堆・五十二病方 293》，或體「」與之相近。《說文》「麥」字云：「芒穀，秋種厚薶故謂之麥。」「火」字云：「焜也」〔註52〕，二者的字義無涉，又段玉裁〈注〉云：「《方言》：熬，火乾也。凡以火而乾五穀之類，自山而東，齊楚以往謂之熬。」可知替代的現象，係造字時對於偏旁意義的選擇不同所致。

〔註50〕　（漢）許愼撰、（宋）徐鉉校定：《説文解字》，頁 207，香港，中華書局，1996 年。
〔註51〕　《説文解字注》，頁 487。
〔註52〕　《説文解字注》，頁 234，頁 487。

字　例	重　文	時　期	字　　　形
熬　　桑	熬	殷　商	
		西　周	〈兮熬壺〉
		春　秋	
		楚　系	
		晉　系	
		齊　系	
		燕　系	
		秦　系	
		秦　朝	《馬王堆‧五十二病方 61》《馬王堆‧五十二病方 293》
		漢　朝	《馬王堆‧雜禁方 9》

742、《說文》「稨」字云：「稨，吕火乾肉也。从火稫聲。稨，籀文不省。」〔註53〕

許慎認為篆文「稨」上半部的形體為「稫」的省形，即「稫」省去下半部的「冊」，寫作「稫」，再將「火」置於下方，遂形成「稨」。從字形言，篆文作「稨」，从火稫聲，籀文作「稨」，从火稫聲，又《說文》「禾」字云：「嘉穀也」，「黍」字云：「禾屬而黏者也，吕大暑而種故謂之黍。」〔註54〕「黍」為「禾」的一種，其義相關，作為形符使用時，理可因義近而替代。

字　例	重　文	時　期	字　　　形
稨　　稨	稨	殷　商	
		西　周	
		春　秋	
		楚　系	
		晉　系	
		齊　系	
		燕　系	
		秦　系	

〔註53〕　《說文解字注》，頁 487。

〔註54〕　《說文解字注》，頁 323，頁 332。

| | 秦　朝 | |
| 漢　朝 | |

743、《說文》「爛」字云：「爛，火孰也。从火蘭聲。爛，或从閒。」

〔註55〕

《馬王堆・五十二病方 284》作「爛」，从火闌聲，辭例爲「爛疽」；《說文》「爛」字从火蘭聲，或體「爛」从火閒聲。「闌」、「蘭」二字上古音皆屬「來」紐「元」部，「閒」字上古音屬「見」紐「元」部，闌、蘭爲雙聲疊韻的關係，蘭、閒爲疊韻的關係，闌、蘭、閒作爲聲符使用時可替代。

字　例	重　文	時　期	字　　形
爛 爛	爛	殷　商	
		西　周	
		春　秋	
		楚　系	
		晉　系	
		齊　系	
		燕　系	
		秦　系	
		秦　朝	爛 《馬王堆・五十二病方 284》
		漢　朝	

744、《說文》「雥」字云：「雥，火所傷也。从火雥聲。雥，或省。」

〔註56〕

甲骨文作「雥」《屯》（4565），戰國燕系文字作「雥」〈匽侯載器〉，秦系文字作「雥」〈睡虎地・日書甲種 55〉，皆从火从隹（或从鳥），與《說文》或體「雥」相近，〈匽侯載器〉的「雥」係於「火」的豎畫增添一道短橫畫「-」；《說文》篆文作「雥」，與戰國楚系文字「雥」〈上博・魯邦大旱 4〉相近。將「雥」與「雥」相較，後者上半部左側的「隹」係省略一道豎畫，寫作「雥」，

〔註55〕 《說文解字注》，頁 487。

〔註56〕 《說文解字注》，頁 489。

右側的「隹」因下方的筆畫與「火」右邊的筆畫相近，遂以借筆省減的方式書寫作「 」。

字　例	重　文	時　期	字　　　　形
鸌 雧	雥	殷　商	⿰ 《屯》（4565）
		西　周	
		春　秋	
		楚　系	⿰〈上博・魯邦大旱 4〉
		晉　系	
		齊　系	
		燕　系	⿰〈匽侯載器〉
		秦　系	⿰〈睡虎地・日書甲種 55〉
		秦　朝	
		漢　朝	⿰《馬王堆・相馬經 8》

745、《說文》「烖」字云：「烖，天火曰烖。从火𢦏聲。灾，或从宀火。災，籀文从𡿧。𤈣，古文从才。」 〔註57〕

甲骨文或作「⿱」《合》（8955）、「⿱」《合》（18741），「以火起室中會意為火災」 〔註58〕，或體从宀火作「灾」，蓋源於此，惟書體不同；或从火才聲作「⿱」《合》（19622），古文「𤈣」與之相近，除書體不同外，前者採取上才下火的結構，後者為左才右火，又篆文从𢦏聲作「烖」，籀文从𡿧聲作「災」，僅替換其聲符，「𢦏」字从戈才聲，「𢦏」、「𡿧」二字上古音皆屬「精」紐「之」部，「才」字上古音屬「從」紐「之」部，發聲部位相同，精從旁紐，疊韻，𢦏、𡿧、才作為聲符使用時可替代。戰國楚系文字或承襲「⿱」作「灾」〈上博・周易 21〉，或从示才聲作「𥘉」〈上博・三德 2〉，或从心才聲作「𢘓」〈上博・鮑叔牙與隰朋之諫 6〉，辭例依序為「邑人之災」、「天乃降災」、「其為災也深矣」，《說文》「示」字云：「天𠂹象，見吉凶，所吕示人也。」 〔註59〕從「示」係

〔註57〕 《說文解字注》，頁 489。

〔註58〕 《甲骨文字典》，頁 1117。

〔註59〕 《說文解字注》，頁 2。

表現上天降災示警之意，《說文》「心」字云：「人心土臟也」〔註60〕，從「心」
或表現內心之憂患，皆造字時對於偏旁意義的選擇不同所致。

字　例	重　文	時　期	字　形
栽 災	灾, 災, 秋	殷　商	《合》（8955）　《合》（18741）　《合》（19622）
		西　周	
		春　秋	
		楚　系	〈上博・周易21〉　〈上博・三德2〉　〈上博・鮑叔牙與隰朋之諫6〉
		晉　系	
		齊　系	
		燕　系	
		秦　系	
		秦　朝	
		漢　朝	

746、《說文》「煙」字云：「煙，火气也。從火垔聲。烟，或從因。
　　煙，籀文從宀。窒，古文。」〔註61〕

金文作「煙」〈哀成叔鼎〉，從宀從火垔聲，與《說文》籀文「煙」相近，
其間的差異，係「垔」的寫法不同，前者為「垔」，後者作「垔」，「囟」、「回」
皆為「西」字；楚系文字作「窒」〈上博・子羔11〉，或增添「攵」作「窒」
〈上博・三德8〉，辭例依序為「煙（娠）三」、「鬼神煙（禋）祀」，又「西」
字作「囟」〈幾父壺〉、「囟」〈楚王酓章鎛〉、「囟」〈少曲市西・平肩空首布〉，
較之於「煙」，「回」應為「西」，下半部的「壬」或「壬」，係於「土」的
豎畫上增添短斜畫「丶」所致，古文從宀垔聲作「窒」，蓋源於此構形；馬王
堆漢墓出土文獻作「煙」〈五十二病方246〉，從火垔聲，近於篆文「煙」，又
或體改易聲符為「因」，寫作「烟」。「垔」字上古音屬「影」紐「文」部，「因」
字上古音屬「影」紐「真」部，雙聲，垔、因作為聲符使用時可替代。

〔註60〕　《說文解字注》，頁506。
〔註61〕　《說文解字注》，頁489。

字　例	重　文	時　期	字　形
煙 煙	烟, 𤇄, 室	殷　商	
		西　周	
		春　秋	
		楚　系	室〈上博・子羔 11〉 𤇄〈上博・三德 8〉
		晉　系	𤇄〈哀成叔鼎〉
		齊　系	
		燕　系	
		秦　系	
		秦　朝	煙〈五十二病方 246〉
		漢　朝	

747、《說文》「光」字云：「光，眀也。从火在儿上，光眀意也。𤎫，古文；炗，古文。」〔註62〕

甲骨文作「光」《合》（1380），从火在人上，金文或作「光」〈癲鐘〉、「光」〈虢季子白盤〉，或易「人」爲「女」，寫作「光」〈宰甫卣〉，或於「火」的豎畫上增添飾筆性質的短橫畫「-」，並於「光」的兩側增添「)(」寫作「光」〈吳王光鑑〉。戰國楚系文字或承襲「光」而於下半部兩側增添「″`」寫作「光」〈包山 207〉，或承襲「光」爲「光」〈包山 270〉，《說文》古文作「炗」，係將下半部的「人形」與「火」疊加後的訛省之形，另一古文增添「炎」作「𤎫」亦爲訛誤之形；晉系文字作「光」〈中山王𧕙鼎〉，形近於「光」，並於「火」的豎畫上增添飾筆性質的小圓點「・」；秦系文字作「光」〈詛楚文〉、「光」〈睡虎地・日書甲種 123〉，對照「光」的形體，其間的差異係將「光」易寫爲「光」、「人」，篆文「光」源於此，形體近於「光」。

字　例	重　文	時　期	字　形
光 光	𤎫, 炗	殷　商	光《合》（1380） 光〈宰甫卣〉
		西　周	光〈癲鐘〉 光〈虢季子白盤〉
		春　秋	光〈吳王光鑑〉

		楚　系	〈包山 207〉〈包山 270〉
		晉　系	〈中山王■鼎〉
		齊　系	
		燕　系	
		秦　系	〈詛楚文〉〈睡虎地·日書甲種 123〉
		秦　朝	
		漢　朝	《馬王堆·易之義 29》

748、《說文》「熾」字云：「𤑔，盛也。从火戠聲。𤐫，古文。」
〔註63〕

篆文作「𤑔」，从火戠聲；古文作「𤐫」，从火戠省聲，與〈包山 139〉的「𤐫」相近，二者的差異，爲部件位置經營的不同，古文將「戈」置於「𤐫」的右側，後者於从「火」的部件上，再添加一筆短橫畫「-」，並將「戈」往下移，與「-」併連，又「戠」字作「𤐫」〈豆閉簋〉、「𤐫」〈免簋〉，對照「𤐫」或「𤐫」，後二者所从之「戠」皆爲「𤐫」、「𤐫」之省。

字　例	重　文	時　期	字　形
熾 𤑔	𤐫	殷　商	
		西　周	
		春　秋	
		楚　系	〈包山 139〉
		晉　系	
		齊　系	
		燕　系	
		秦　系	
		秦　朝	
		漢　朝	

〔註63〕《說文解字注》，頁 490。

749、《說文》「爟」字云：「爟，取火於日官名。从火雚聲。《周禮》
　　　曰：『司爟掌行火之政令，舉火曰爟。』烜，或从亘。」〔註64〕

「爟」字从火雚聲，或體「烜」从火亘聲。「雚」字上古音屬「見」紐「元」
部，「亘」字上古音屬「見」紐「蒸」部，雙聲，雚、亘作爲聲符使用時可替代。

字　例	重　文	時　期	字　　　形
爟 爟	烜	殷　商	
		西　周	
		春　秋	
		楚　系	
		晉　系	
		齊　系	
		燕　系	
		秦　系	
		秦　朝	
		漢　朝	

750、《說文》「燅」字云：「燅，於湯中爚肉也。从炎从熱省。爓，
　　　或从炙作。」〔註65〕

篆文作「燅」，从炎从熱省；或體作「爓」，从炙从熱省。「燅」的字義
爲「於湯中爚肉」，《說文》「炎」字云：「火光上也」，「炙」字云：「炙肉也」
〔註66〕，「炎」字有火苗向上之意，「炙」字爲燒烤肉品之意，二者的字義無涉，
替代的現象，係造字時對於偏旁意義的選擇不同所致。

字　例	重　文	時　期	字　　　形
燅 燅	爓	殷　商	
		西　周	
		春　秋	
		楚　系	

〔註64〕 《說文解字注》，頁 490～491。

〔註65〕 《說文解字注》，頁 491。

〔註66〕 《說文解字注》，頁 491，頁 495。

	晉 系	
	齊 系	
	燕 系	
	秦 系	
	秦 朝	
	漢 朝	

751、《說文》「黥」字云：「▨，墨刑在面也。从黑京聲。▨，或从
  刀作。」〔註67〕

篆文作「▨」，从黑京聲，與〈睡虎地・法律答問 5〉的「▨」近同；或
體作「▨」，从黑刀。段玉裁〈注〉云：「墨，黥也，先刻其面以墨窒之。……
刀之而墨之也，會也。」「黥」為古代的刑罰，於囚犯的面額上刺字，从刀者，
應指刑罰言，故或體應為从黑从刀的會意字。

字 例	重 文	時 期	字 形
黥 ▨	▨	殷 商	
		西 周	
		春 秋	
		楚 系	
		晉 系	
		齊 系	
		燕 系	
		秦 系	▨ 〈睡虎地・法律答問 5〉
		秦 朝	
		漢 朝	

752、《說文》「囪」字云：「▨，在牆曰牖，在屋曰囪。象形。凡囪
  之屬皆从囪。▨，古文。」〔註68〕

篆文作「▨」，古文作「▨」，中間的「▨」或「▨」，皆如段玉裁〈注〉

〔註67〕 《說文解字注》，頁 494。

〔註68〕 《說文解字注》，頁 495。

云：「象其交木之形」。又據大小徐本所載，「囪」字尚收錄一或體「窗」〔註69〕，從穴從囪，《說文》「穴」字云：「土室也」〔註70〕，增添「穴」應爲明確表達「在屋曰囪」之意。由大小徐本所載可知，段注本《說文》宜補入從「穴」的或體「窗」。

字 例	重 文	時 期	字　　形
囪 囟	𥦜	殷　商	
		西　周	
		春　秋	
		楚　系	
		晉　系	
		齊　系	
		燕　系	
		秦　系	
		秦　朝	
		漢　朝	

753、《說文》「炙」字云：「炙，炙肉也。從肉在火上。凡炙之屬皆從炙。𤋱，籀文。」〔註71〕

篆文作「炙」，從肉從火，與〈睡虎地·日書甲種21背〉的「𤊸」相近；籀文從炙從東作「𤋱」，王筠指出從東之意，「或亦如以肉貫弗」〔註72〕，今暫從其言。

字 例	重 文	時 期	字　　形
炙 炙	𤋱	殷　商	
		西　周	
		春　秋	

〔註69〕　（漢）許慎撰、（南唐）徐鍇撰：《說文解字繫傳》，頁203，北京，中華書局，1998年；《說文解字》，頁212。

〔註70〕　《說文解字注》，頁347。

〔註71〕　《說文解字注》，頁495。

〔註72〕　（清）王筠：《說文釋例》卷五，頁33～34，臺北，世界書局，1969年。

	楚　系	
	晉　系	
	齊　系	
	燕　系	
	秦　系	〈睡虎地・日書甲種 21 背〉
	秦　朝	《馬王堆・五十二病方 71》
	漢　朝	《馬王堆・周易 71》

754、《說文》「赤」字云：「赤，南方色也。从大火。凡赤之屬皆从赤。𤓥，古文从炎土。」〔註73〕

甲骨文作「赤」《合》（15679），从大火，兩周以來的文字多承襲爲「赤」〈𠭗鼎〉、「赤」〈頌鼎〉、「赤」〈睡虎地・日書乙種 134〉，《說文》篆文「赤」源於此，形體同於「赤」；或受到自體類化的影響，於「大」的兩側增添「ノ、」使之形體似「亦」，寫作「赤」〈黿公華鐘〉；戰國楚系文字習見於「火」的豎畫上增添飾筆性質的短橫畫「-」作「亦」，寫作「赤」〈包山 168〉，或因自體類化所致而訛爲「赤」〈望山 2.40〉、「赤」〈郭店・老子甲本 33〉，前者辭例爲「赤金」，後者爲「比於赤子」，無論形體如何變易，皆爲「赤」字異體。古文从炎从土作「𤓥」，段玉裁〈注〉云：「火生土」，以五行相生之法解釋，商承祚以爲「土經重火無不赤也」〔註74〕，其說可參。

字　例	重　文	時　期	字　形
赤 赤	𤓥	殷　商	《合》（15679）
		西　周	〈𠭗鼎〉　〈頌鼎〉
		春　秋	〈黿公華鐘〉
		楚　系	〈望山 2.40〉　〈包山 168〉　〈郭店・老子甲本 33〉
		晉　系	〈共屯赤金・圜錢〉
		齊　系	
		燕　系	

〔註73〕 《說文解字注》，頁 496。

〔註74〕 商承祚：《說文中之古文考》，頁 93，臺北，學海出版社，1979 年。

	秦　系	〈睡虎地・日書乙種 134〉
	秦　朝	《馬王堆・五十二病方 3》
	漢　朝	《馬王堆・雜療方 65》

755、《說文》「䞓」字云：「䞓，赤色也。从赤巠聲。《詩》曰：『魴魚䞓尾』。䞛，䞓或从貞；䞀，或从丁。」〔註75〕

「䞓」字从赤巠聲，或體「䞛」从赤貞聲，另一或體作「䞀」从赤丁聲。「巠」字上古音屬「見」紐「耕」部，又「貞」、「丁」二字上古音皆屬「端」紐「耕」部，三者為「耕」部字，若以「貞」、「丁」言，為雙聲疊韻，巠、貞、丁作為聲符使用時可替代。又據《汗簡》所載，「䞓」字作「」，其下云：「䞓音䞛，出石經」〔註76〕，从赤水之「渹」字，其義為「棠棗之汁也」，與「䞓」的字義不同，故段玉裁於「渹」下云：「渹與䞓音雖同而義異，別為一字，非即䞓字也。」〔註77〕由此可知，《汗簡》「䞓」字收錄的字形應改入「渹」。

字　例	重　文	時　期	字　　形
䞓 䞓	䞛， 䞀	殷　商	
		西　周	
		春　秋	
		楚　系	
		晉　系	
		齊　系	
		燕　系	
		秦　系	
		秦　朝	
		漢　朝	

〔註75〕《說文解字注》，頁 496。

〔註76〕（宋）郭忠恕編、（宋）夏竦編、（民國）李零、劉新光整理：《汗簡・古文四聲韻》，頁 28，北京，中華書局，1983 年。

〔註77〕《說文解字注》，頁 496。

756、《說文》「泜」字云：「泜，棠棗之汁也。从赤水。泟，泜或从正。」〔註78〕

「泜」字从赤水，爲會意字，或體「泟」从水正聲。段玉裁於「泜」字下云：「丑貞切，十一部」，《六書音均表》第十一部收錄从盈、平、井、瓶、天、成、貞、正、定、生、青等字，「正」字上古音屬「章」紐「耕」部，由會意字改爲形聲字，「正」聲的韻部與「泜」相合。

字　例	重　文	時　期	字　形
泜　泜	泟	殷　商	
		西　周	
		春　秋	
		楚　系	
		晉　系	
		齊　系	
		燕　系	
		秦　系	
		秦　朝	
		漢　朝	

757、《說文》「大」字云：「大，天大地大人亦大焉。象人形。古文㕯也。凡大之屬皆从大。」〔註79〕

《說文》「大」字云：「㕯，籀文大，改古文。亦象人形。凡㕯之屬皆从㕯。」〔註80〕

甲骨文作「大」《合》(478 正)，像人雙手雙腳張開站立之形，其後的文字多承襲此一形體發展，如：「大」〈散氏盤〉，《說文》古文「大」即源於此；籀文作「㕯」，與〈泰山刻石〉的「大」近同，而同於「㕯」〈南陵鍾〉。又晉系貨幣文字作「大」或「奉」〈大陰‧尖足平首布〉，後者係中間筆畫貫穿「∧」所致，因形體的變異，使得中間的筆畫與「丨」近同，又在「丨」增添一道斜畫，

〔註78〕《說文解字注》，頁 496。

〔註79〕《說文解字注》，頁 496～497。

〔註80〕《說文解字注》，頁 503。

以爲補白之用；齊系貨幣文字作「大」、「大」、「杏」〈節墨之大刀・齊刀〉，或作「容」〈明・弧背齊刀〉，將之與「大」相較，「大」係將上半部的筆畫以收縮的方式書寫，「杏」增添「口」於「大」的下方，「容」則於「杏」的形體上再增添「宀」，古文字習見增添無義的偏旁，如：「文」字作「𡥀」〈王孫遺者鐘〉，或作「�▢」〈新蔡・乙一 11〉，「紀」字作「絽」〈楚帛書・乙篇 4.13〉，「中」字作「𣃁」〈七年趞曹鼎〉，或作「𣃁」〈曾侯乙 156〉，「集」字作「𢓜」〈集作父癸卣〉，或作「𣃁」〈包山 209〉，「大」字所見之口或宀，應與此相同，皆屬無義偏旁的增添；燕系或見「大」〈大司馬鐓〉，較之於「大」，豎畫上的小圓點「・」，應爲飾筆的增添，此種現象習見於古文字，如：「經」字作「𦀚」〈虢季子白盤〉，或作「𦀚」〈齊陸曼簠〉，「年」字作「𥝅」《合》（846），或作「𥝅」〈中山王𗊶鼎〉，點畫的多寡並不影響原本承載的音義。

字　例	重　文	時　期	字　　　形
大 大	巾	殷　商	大《合》（478 正）　大《合》（13538）
		西　周	大〈散氏盤〉
		春　秋	大〈石鼓文〉
		楚　系	大〈曾侯乙 1 正〉　大〈包山 2〉
		晉　系	大，木〈大陰・尖足平首布〉
		齊　系	杏《古陶文彙編》（3.95）　杏〈節墨大刀・齊刀〉 大，大，杏〈節墨之大刀・齊刀〉　容〈明・弧背齊刀〉
		燕　系	木〈八年五大夫弩機〉　大〈大司馬鐓〉
		秦　系	大〈十三年相邦義戈〉
		秦　朝	大《秦代陶文》（495）　大〈泰山刻石〉
		漢　朝	巾〈南陵鍾〉　大《馬王堆・戰國縱橫家書 6》

758、《說文》「吳」字云：「吳，大言也。从矢口。𠁊，古文如此。」
〔註81〕
　　兩周文字作「𣃁」〈班簋〉、「吳」〈石鼓文〉、「𣃁」〈包山 174〉，从矢口，或作「𣃁」〈中山王𗊶鼎〉，从大口，从「大」者應是受到「大」的影響，遂

──────────

〔註81〕《說文解字注》，頁 498。

將「矢」誤爲「大」，《說文》篆文「吳」與「𰯲」相近，惟「矢」的筆畫略異；或以借用筆畫的方式書寫，如：「𰯲」〈吳王夫差矛〉，即「口」上半部的橫畫與「大」右側的「＼」相近，遂借用其筆畫，古文「𡘾」與之相近，其間差異，一爲古文將「口」置於左側，〈吳王夫差矛〉置於右側，一爲「大」字的形體不同，「大」與《說文》古文「大」字相同，與「吳」字古文所從的「大」之「夰」不同，「大」寫作「夰」，可能是受到籀文「巾」的影響，故於「大」下增添部件「八」，寫成「夰」。或見「吳」《秦代陶文》（404），從天口，較之於「𰯲」，「天」應是受「夭」的影響，若將「夭」上半部的短橫畫拉長即作「天」，遂將「矢」誤爲「天」，又將「口」置於「天」之上，已不見「大言」之意涵；或作「𰯲」《馬王堆・繆和 59》，從大口從一，「一」置於「大」的上方，寫作「𰯲」，蓋取意與「矢」相同。

字　例	重文	時　期	字　形
吳　　吳	𡘾	殷　商	
		西　周	𰯲〈班簋〉
		春　秋	𰯲〈蔡侯盤〉　𰯲〈吳王夫差矛〉　吳〈石鼓文〉
		楚　系	吳〈包山 174〉　𰯲〈郭店・唐虞之道 1〉
		晉　系	𰯲〈中山王𰯲鼎〉　𰯲〈八年茲氏令吳庶戈〉
		齊　系	
		燕　系	
		秦　系	
		秦　朝	吳《秦代陶文》（404）
		漢　朝	吳《馬王堆・戰國縱橫家書 206》　𰯲《馬王堆・繆和 59》

759、《說文》「尢」字云：「𰯲，𰯲也。曲脛人也。从大，象偏曲之形。凡尢之屬皆从尢。𰯲，篆文从𰯲。」[註82]

「尢」字屬象形字，篆文「𰯲」从尢𰯲聲，爲形聲字。「尢」字上古音屬「影」紐「陽」部，「𰯲」字上古音屬「匣」紐「陽」部，二者發聲部位相同，影匣旁紐，疊韻。由象形改爲形聲字，爲了便於時人閱讀使用之需，故以讀音

〔註82〕《說文解字注》，頁 499。

相近的字作爲聲符。

字 例	重 文	時 期	字　形
尢 尣	𤿼	殷　商	
		西　周	
		春　秋	
		楚　系	
		晉　系	
		齊　系	
		燕　系	
		秦　系	
		秦　朝	
		漢　朝	

760、《說文》「籫」字云：「𥴊，竆治皋人也。从𠦪人言竹聲。𥴈，
或省言。」〔註83〕

篆文作「𥴊」，从𠦪人言竹聲；或體作「𥴈」，从𠦪人竹聲。從字形言，許愼認爲「籫」字或體「𥴈」爲「省言」之字，係以「𥴊」省去右側的「𣓀」，即寫作「𥴈」。

字 例	重 文	時 期	字　形
籫 𥴊	𥴈	殷　商	
		西　周	
		春　秋	
		楚　系	
		晉　系	
		齊　系	
		燕　系	
		秦　系	
		秦　朝	
		漢　朝	

〔註83〕《説文解字注》，頁 501。

761、《說文》「奢」字云：「奢，張也。从大者聲。凡奢之屬皆从奢。

　　奓，籀文。」〔註84〕

　　金文作「奢」〈奓虎簋〉，从大者聲，「者」字从「口」，其後的文字承襲爲
「奢」《秦代陶文》（1411）、「奢」《馬王堆・繆和33》，因在「口」中增添一
道短橫畫「－」，遂易爲「甘」，「奢」所從之「大」僅餘「人」，係省減「大」
的形體所致，《說文》篆文「奢」即源於此；籀文从大从多作「奓」，形體與
〈詛楚文〉的「奓」相同。

字　例	重　文	時　期	字　形
奢　　奢	奓	殷　商	
		西　周	奓 〈奓虎簋〉
		春　秋	
		楚　系	
		晉　系	
		齊　系	
		燕　系	
		秦　系	奓 〈詛楚文〉
		秦　朝	奢 《秦代陶文》（1411）
		漢　朝	奢 《馬王堆・繆和33》

762、《說文》「亢」字云：「亢，人頸也。从大省，象頸脈形。凡亢

　　之屬皆从亢。頏，亢或从頁。」〔註85〕

　　甲骨文作「亢」《合》（18562），像人站立而於兩腿間畫一斜畫，金文承襲
爲「亢」〈亢簋〉，或增添「金」作「鈧」〈彌伯師耤簋〉，辭例爲「金亢」，古
文字習見受語境影響的類化，「鈧」應是受到前字影響而形成从金从亢的字形；
戰國秦系文字或作「亢」〈睡虎地・日書乙種97〉，或作「亢」〈睡虎地・日書
乙種129〉，對照「亢」的形體，「亢」、「亢」皆爲省減筆畫之形，《說文》篆
文「亢」源於此，形體近於「亢」；或體从頁作「頏」，「亢」的字義爲「人頸」，

《說文》「頁」字云：「頭也」〔註86〕，增添「頁」蓋有表示其位置的作用。

字 例	重 文	時 期	字 形
亢 亣	𩠐	殷 商	𡗕《合》（18562）
		西 周	𡗕〈亢簋〉 鈦〈弭伯師耤簋〉
		春 秋	𡘠〈亢·尖首刀〉
		楚 系	
		晉 系	
		齊 系	
		燕 系	
		秦 系	𠅃〈睡虎地·日書乙種97〉 𠅃〈睡虎地·日書乙種129〉
		秦 朝	
		漢 朝	𠅃《馬王堆·陰陽五行甲篇218》 𠅃《馬王堆·五星占110》

763、《說文》「奏」字云：「𡘶，奏，進也。从本从𠬞从屮。屮，上進之義。𡱀，古文：�，亦古文。」〔註87〕

甲骨文作「𣎃」《合》（30032），屈萬里指出「𣎃，當是𣎃之省，即奏字。」〔註88〕李孝定云：「契文作𣎃，與篆文近。篆文从屮𡗶者乃𣏓之譌。𣏓契文求字，字象兩手奉求奏進之義也。……又作𣎃从木，與舞字作𣎃所从之木同，疑象舞時所用之道具兩手奉之以獻神，故有進義也。」〔註89〕戰國秦系文字作「𡘶」〈睡虎地·語書13〉，因形體割裂而爲「㞋」、「夫」、「𠬞」所組成，「𠬞」从二手，即「廾」字，《說文》篆文作「𡘶」，从本从𠬞从屮，亦爲訛誤之形。古文从尸从𣎃作「𡱀」，「𣎃」爲「𣎃」的訛省，另一古文从女从𣎃作「�」，「𣎃」亦爲「𣎃」的訛寫，因形體變易而將「𠬞」改爲「女」，並置於「𣎃」的右側。

〔註86〕《說文解字注》，頁420。

〔註87〕《說文解字注》，頁502。

〔註88〕屈萬里：《殷虛文字甲編考釋》，頁425，臺北，中央研究院歷史語言研究所，1992年。

〔註89〕李孝定：《甲骨文字集釋》第十，頁3241，臺北，中央研究院歷史語言研究所，1991年。

字 例	重 文	時 期	字 形
奏 奏	奏， 奏	殷 商	奏《合》（30032）
		西 周	
		春 秋	
		楚 系	
		晉 系	
		齊 系	
		燕 系	
		秦 系	奏〈睡虎地・語書 13〉
		秦 朝	奏《馬王堆・五十二病方 130》
		漢 朝	奏《馬王堆・足臂十一脈灸經 27》

764、《說文》「竢」字云：「竢，待也。从立矣聲。㚸，或从巳。」

〔註 90〕

「竢」字从立矣聲，或體「㚸」从立巳聲。「矣」字上古音屬「匣」紐「之」部，「巳」字上古音屬「邪」紐「之」部，疊韻，矣、巳作爲聲符使用時可替代。又〈上博・容成氏 24〉作「㚸」，辭例爲「禹親執畚竢（耜）」，「巳」之形體作「巳」，與《說文》或體所从之「巳」不同。

字 例	重 文	時 期	字 形
竢 竢	㚸	殷 商	
		西 周	
		春 秋	
		楚 系	㚸〈上博・容成氏 24〉 㚸〈上博・慎子曰恭儉 3〉
		晉 系	
		齊 系	
		燕 系	
		秦 系	
		秦 朝	
		漢 朝	㚸《武威・泰射 68》

〔註 90〕《說文解字注》，頁 505。

765、《說文》「竲」字云：「竲，立而待也。从立須聲。䇓，或从芻。」
〔註91〕

「竲」字从立須聲，或體「䇓」从立芻聲。「須」字上古音屬「心」紐「侯」部，「芻」字上古音屬「初」紐「侯」部，黃季剛言「照系二等諸紐古讀精系」，可知「初」於上古聲母可歸於「清」，清心旁紐，疊韻，須、芻作爲聲符使用時可替代。

字　例	重　文	時　期	字　形
竲　竲	䇓	殷　商	
		西　周	
		春　秋	
		楚　系	
		晉　系	
		齊　系	
		燕　系	
		秦　系	
		秦　朝	
		漢　朝	

766、《說文》「替」字云：「替，廢也。一偏下也。从竝白聲。暜，
或从曰；替，或从兟从曰。」〔註92〕

甲骨文作「替」《合》（32892），从二立，爲一前一後之狀，金文承襲爲「竝」〈中山王𰯼鼎〉，辭例爲「毋替厥邦」；戰國楚系文字作「替」〈上博·周易44〉，辭例爲「井替（泥）不食」，从竝从曰，上半部作「竝」即「並」字，較之於「替」、「竝」，下半部的「曰」應具有區別的作用，《說文》或體「暜」與之相近，惟書體不同，另一或體从兟从曰作「替」，《說文》「先」字云：「前進也」，「立」字云：「侸也」〔註93〕，二者的字義雖無涉，然前者爲人前進之意，後者像人站立於地之形，皆取象於「人」，故以「兟」易「竝」。篆文从竝白聲

〔註91〕 《說文解字注》，頁505。

〔註92〕 《說文解字注》，頁505。

〔註93〕 《說文解字注》，頁411，頁504。

作「㬞」，與从「曰」的形體不同，古文字中亦見類似的現象，如：「智」字於殷商金文本从矢从口从于作「🔲」〈亞𧶠鄉宁鼎〉，後易爲从大从口从于从甘作「🔲」〈毛公鼎〉，《説文》篆文訛爲从白于知作「🔲」，以彼律此，「㬞」所从之「白」或爲「曰」的訛寫，而誤以爲聲符所在。

字 例	重 文	時 期	字 形
替 🔲	🔲， 🔲	殷 商	🔲《合》（32892）
		西 周	
		春 秋	
		楚 系	🔲〈上博・周易 44〉
		晉 系	🔲〈中山王🔲鼎〉
		齊 系	
		燕 系	
		秦 系	
		秦 朝	
		漢 朝	

767、《説文》「囟」字云：「🔲，頭會匘蓋也。象形。凡囟之屬皆从囟。🔲，或从肉宰。🔲，古文囟字。」[註94]

甲骨文作「🔲」《西周》（H11：2），「象頭囟有縫之狀」[註95]，楚系文字承襲作「🔲」〈包山 217〉，《説文》篆文「🔲」形體與之相近，惟筆畫略有差異，又較之於古文「🔲」，筆畫的差異愈大。或體作「🔲」，从肉宰聲，爲形聲字。「囟」字上古音屬「心」紐「眞」部，「宰」字上古音屬「精」紐「之」部，二者發聲部位相同，精心旁紐。甲骨文與戰國楚系文字皆爲象形字，尚未見从肉宰聲的字形，由象形改爲形聲字，爲了便於時人閲讀使用之需，故以讀音相近的字作爲聲符

字 例	重 文	時 期	字 形
囟	🔲，	殷 商	🔲《西周》（H11：2）

〔註94〕 《説文解字注》，頁 505。

〔註95〕 何琳儀：《戰國古文字典──戰國文字聲系》，頁 1163，北京，中華書局，1998 年。

		西　周	
⊗	山	春　秋	
		楚　系	⊕〈包山 217〉
		晉　系	
		齊　系	
		燕　系	
		秦　系	
		秦　朝	
		漢　朝	

768、《說文》「悳」字云：「悳，外得於人，內得於己也。从直心。
悳，古文。」〔註96〕

金文作「悳」〈季嬴霝德盤〉，戰國楚系文字作「悳」〈包山 245〉、「悳」〈郭店・五行 7〉、「悳」〈郭店・語叢三 24〉，「悳」易寫為「悳」、「悳」，或在「直」的形體上增添「L」，寫作「直」，中山國文字作「悳」〈中山王𗊕鼎〉，上半部的「直」與「直」相近，《說文》篆文「悳」源於此，形體近於「悳」，齊系文字襲自「悳」作「悳」〈墬侯因𦎫敦〉，馬王堆漢墓出土文獻承襲「悳」作「悳」《馬王堆・五行篇 247》，古文「悳」雖尚未見於出土文獻，對照「悳」的形體，「悳」即「直」，「回」為「目」之形，因將「直」的形體割裂，再加上形體的訛誤，遂產生「悳」。

字　例	重　文	時　期	字　　　形
悳	悳	殷　商	
	悳	西　周	悳〈季嬴霝德盤〉
		春　秋	
		楚　系	悳〈包山 245〉 悳〈郭店・五行 7〉 悳〈郭店・語叢三 24〉
		晉　系	悳〈中山王𗊕鼎〉
		齊　系	悳〈墬侯因𦎫敦〉
		燕　系	

		秦　系	
		秦　朝	
		漢　朝	奎《馬王堆‧五行篇 247》

769、《說文》「愼」字云：「愼，謹也。从心眞聲。峇，古文。」

〔註97〕

金文作「峇」〈黿公華鐘〉，从火从日，劉樂賢指出應从「日」得聲〔註98〕，楚系文字作「㤅」〈郭店‧語叢一 46〉，辭例爲「有愼有㤅」，《說文》古文「峇」與之相近，較之於「峇」，若將「夾」的橫畫作「一」，則與「峇」相同；秦系文字从心眞聲作「愼」〈睡虎地‧秦律十八種 196〉、「愼」〈睡虎地‧爲吏之道 35〉，「愼」右側的形體，係因「眞」所从之「目」的收筆橫畫與「丌」的起筆橫畫相同，故以共用筆畫的方式書寫，其後的文字多承襲「愼」爲「愼」〈泰山刻石〉、「愼」《馬王堆‧戰國縱橫家書 66》、「愼」《馬王堆‧十六經 93》，篆文「愼」源於此，形體近於「愼」。

字　例	重　文	時　期	字　　形
愼 愼	峇	殷　商	
		西　周	
		春　秋	峇〈黿公華鐘〉
		楚　系	㤅〈郭店‧語叢一 46〉
		晉　系	
		齊　系	
		燕　系	
		秦　系	愼〈睡虎地‧秦律十八種 196〉 愼〈睡虎地‧爲吏之道 35〉
		秦　朝	愼〈泰山刻石〉
		漢　朝	愼《馬王堆‧戰國縱橫家書 66》 愼《馬王堆‧十六經 93》

〔註97〕 《說文解字注》，頁 507。

〔註98〕 劉樂賢：〈釋《說文》古文愼字〉，《考古與文物》1993：4，頁 94～95。

770、《說文》「恕」字云：「🅰️，仁也。从心如聲。🅱️，古文省。」
〔註99〕

篆文作「🅰️」，从心如聲；古文作「🅱️」，从心女聲，與「🅲️」〈郭店‧語叢二 25〉、「🅳️」〈𡗵盉壺〉、「🅴️」《馬王堆‧陰陽五行甲篇126》相近，惟書體不同，〈𡗵盉壺〉的辭例為「唯司馬賙訴諮戰恕」，〈語叢二 25〉的辭例為「恕生於惡」，郭店竹簡中或見从「艸」之字作「🅵️」〈郭店‧老子甲本 34〉，辭例為「未知牝牡之合然脧恕」，所增添之「艸」應屬無義偏旁，或見省略「心」作「🅶️」〈上博‧從政乙篇 3〉，辭例為「恕則勝」，从心女聲之字，於戰國文字多作為「怒」，馬王堆漢墓之〈陰陽五行甲篇 126〉為「五日母恕出門」，又同墓出土文獻有「怒」字作「🅷️」《馬王堆‧春秋事語 43》，辭例為「事大不報怒」，「恕」字上古音屬「書」紐「魚」部，「怒」字上古音屬「泥」紐「魚」部，疊韻，理可通假，據此推測，「🅱️」應為「怒」字的古文，許慎未察而誤入「恕」字。

字 例	重 文	時 期	字 形
恕 🅰️	🅱️	殷 商	
		西 周	
		春 秋	
		楚 系	🅲️〈郭店‧語叢二 25〉 🅵️〈郭店‧老子甲本 34〉 🅶️〈上博‧從政乙篇 3〉
		晉 系	🅳️〈𡗵盉壺〉
		齊 系	
		燕 系	
		秦 系	
		秦 朝	
		漢 朝	🅴️《馬王堆‧陰陽五行甲篇 126》

771、《說文》「意」字云：「🆀️，滿也。从心䰜聲。一曰：『十萬曰意』。🆁️，籀文省。」〔註100〕

〔註99〕《說文解字注》，頁 508。
〔註100〕《說文解字注》，頁 510。

‧694‧

篆文作「意」，從心音聲；籀文為「意」，從心音省聲。「音」字金文作「音」〈九年衛鼎〉、「音」〈令狐君嗣子壺〉，下半部本從「口」，因在「曰」中增添一道短橫畫「-」遂寫作「甘」，較之於「意」的「音」，後者係省略中間的形體，故許書言「籀文省」。

字　例	重　文	時　期	字　形
意 意	意	殷　商	
		西　周	
		春　秋	
		楚　系	
		晉　系	
		齊　系	
		燕　系	
		秦　系	
		秦　朝	
		漢　朝	

772、《說文》「懼」字云：「懼，恐也。從心瞿聲。𢚩，古文。」 〔註101〕

戰國楚系文字或從心瞿聲作「𤠾」〈九店 621.13〉，或從心目聲作「𢞫」〈上博・從政乙篇 3〉，或從見目心作「𢝯」〈上博・武王踐阼 5〉，辭例依序為「恐懼」、「懼則背」、「武王聞之恐懼」，形體雖不同，實皆「懼」字異體，《說文》篆文「懼」近於「𤠾」，古文「𢚩」近於「𢞫」，「𢝯」形體與「𢚩」相近，惟古文上半部從「目目」，簡文將其中之「目」改為「見」，《說文》「目」字云：「人眼也」，「見」字云：「視也」〔註102〕，「目」為視覺的器官，與「見」在意義上有一定的關係，從「目」與從「見」替換的現象見於《說文》，如：「睹」字從目作「睹」，或從見作「覩」，「視」字從見作「視」，或從目作「眂」〔註103〕，可知「𢝯」左側所從之「見」本應作「目」，因改易為「見」，

〔註101〕《說文解字注》，頁 510。

〔註102〕《說文解字注》，頁 131，頁 412。

〔註103〕《說文解字注》，頁 133，頁 412。

在偏旁位置的安排，遂將「見」置於左側；晉系文字作「🐛」〈中山王🔲鼎〉，辭例爲「寡人懼其忽然不可得」，採取上瞿下心的結構，「瞿」寫作「🔲」，所從之「𦥑」以藝術形式表現作「🔲」；秦系文字作「懼」〈睡虎地・爲吏之道7〉，採取左心右瞿的結構，形體近於「懼」；馬王堆漢墓出土文獻或承襲「懼」，從心瞿聲作「懼」《馬王堆・戰國縱橫家書45》、「懼」《馬王堆・二三子問28》，或易爲上瞿下心的構形作「🔲」《馬王堆・九主389》，或從心𦥑聲作「🔲」《馬王堆・春秋事語65》，形體近於「🔲」，辭例依序爲「臣甚懼」、「故殿客恐懼」、「恐懼而不敢盡口口」、「誰則不懼」，形體雖異，亦爲「懼」字的異體。「瞿」字上古音屬「群」紐「魚」部，「𦥑」字上古音屬「見」紐「侯」部，二者發聲部位相同，見群旁紐，瞿、𦥑作爲聲符使用時可替代。

字　例	重　文	時　期	字　　形
懼 懼	🔲	殷　商	
		西　周	
		春　秋	
		楚　系	🔲〈九店621.13〉🔲〈上博・從政乙篇3〉 🔲〈上博・武王踐阼5〉
		晉　系	🔲〈中山王🔲鼎〉
		齊　系	
		燕　系	
		秦　系	🔲〈睡虎地・爲吏之道7〉
		秦　朝	
		漢　朝	🔲《馬王堆・戰國縱橫家書45》🔲《馬王堆・二三子問28》 🔲《馬王堆・九主389》🔲《馬王堆・春秋事語65》

773、《說文》「悟」字云：「悟，覺也。从心吾聲。憅，古文悟。」

〔註104〕

「悟」字从心吾聲，古文「憅」字从心五聲。「吾」、「五」二字上古音皆屬「疑」紐「魚」部，雙聲疊韻，吾、五作爲聲符使用時可替代。「悟」字小篆作「悟」，爲左右式結購，古文作「憅」，爲上下式結構。又重疊兩個「五」

〔註104〕《說文解字注》，頁510。

作「𦥑」的形體，其寫法在古文字中習見，如：「吾」字之「𠀤」〈毛公鼎〉、「獃」字之「𤝲」〈中山王𡧜鼎〉、「語」字之「𧮫」〈余贎𨐌兒鐘〉及「𧮫」〈中山王𡧜鼎〉等。

字　例	重　文	時　　期	字　　　　形
悟　　　悟	𢜶	殷　商	
		西　周	
		春　秋	
		楚　系	
		晉　系	
		齊　系	
		燕　系	
		秦　系	
		秦　朝	
		漢　朝	

774、《說文》「𢙏」字云：「𢙏，惠也。从心㤅聲。𢘓，古文。」

〔註105〕

戰國文字或从心㤅聲作「𢖧」〈中山王𡧜方壺〉、「𢖧」〈奻鎛壺〉、「𢖧」〈郭店・五行 13〉、「𢖧」〈郭店・五行 21〉、「𢖧」〈上博・緇衣 13〉、「𢖧」〈清華・程寤 9〉，「又」為「㝬」之省，「𢖧」之「廿」係增添一道飾筆性質的短橫畫「-」，「𢖧」右側所見「𠂤」亦為飾筆的增添，僅見於中山國器，如：「考」字作「𦒻」〈沈子它簋蓋〉，或作「𦒻」〈中山王𡧜鼎〉，「老」字作「𦒳」〈殳季良父壺〉，或作「𦒳」〈中山王𡧜鼎〉，「孝」字作「𡥈」〈頌鼎〉，或作「𡥈」〈中山王𡧜方壺〉，為中山國銅器文字特有的現象，《說文》篆文「𢙏」源於此，形體近於「𢖧」、「𢖧」；或从心既聲作「𢙖」〈包山 223〉，「既」之「皀」或易為「食」作「𢙖」〈包山 207〉，古文「𢘓」源於此，形體近於「𢙖」，其間的差異，係書體的不同。又从食、从皀替換的現象，據「簋」字考證，二者在意義上有相當的關係，作為形符使用時可替代。「既」、「㝬」二字上古音皆屬「見」紐「物」部，雙聲疊韻，既、㝬作為聲符使用時可替代。

〔註105〕《說文解字注》，頁 510。

字 例	重 文	時 期	字　　形
悉 喬	蠿	殷 商	
		西 周	
		春 秋	
		楚 系	蠿〈包山 207〉 蠿〈包山 223〉 爭〈郭店・五行 13〉 蜃〈郭店・五行 21〉 蜃〈上博・緇衣 13〉 蜃〈清華・程寤 9〉
		晉 系	專〈中山王█方壺〉 蜃〈奻鈭壺〉
		齊 系	
		燕 系	
		秦 系	
		秦 朝	
		漢 朝	

775、《說文》「懋」字云：「蠿，勉也。从心楙聲。〈虞書〉曰：『時惟懋哉』。蠿，或省。」〔註106〕

篆文作「蠿」，从心楙聲，與「蜃」〈史懋壺〉相近；或體作「蠿」，从心矛聲，與「蜃」《合》（29004）、「蠿」〈上博・容成氏 53 正〉相近。許書以為「懋」字或體為省減後的形體，即「蠿」省去兩側的「木」，遂作「蠿」，然從甲骨文與戰國文字的形體言，從心矛聲之字自古即有，無須將之視為省聲之字。「楙」、「矛」二字上古音皆屬「明」紐「幽」部，雙聲疊韻，楙、矛作為聲符使用時可替代。

字 例	重 文	時 期	字　　形
懋 蠿	蠿	殷 商	蜃《合》（29004）
		西 周	蜃〈史懋壺〉蜃〈帥隹鼎〉
		春 秋	
		楚 系	蠿〈上博・容成氏 53 正〉
		晉 系	
		齊 系	

〔註106〕《說文解字注》，頁 511。

	燕　系	
	秦　系	
	秦　朝	
	漢　朝	

776、《說文》「態」字云：「　，意態也。从心能。　，或从人。」
〔註 107〕

篆文从心作「　」，或體从人作「　」。「心」指人心，段玉裁〈注〉云：「心所能必見於外也」，此種行爲表現當指「人」所有，故以「人」取代「心」爲之，表明「意態」之「態」爲人的行爲表現。此外，《說文》「人」字云：「天地之性取貴者也」，「心」字云：「人心」〔註 108〕，「心」爲「人」體的器官之一，二者在字義上亦有一定的關係。再者，在偏旁結構上，从心能者，採取上能下心的結構，从人能者，爲左人右能的結構，究其因素，或爲「人」的形體較爲細長，若置於「能」的下方，會使得字形顯得過於狹長，故改易其形體結構。

字　例	重　文	時　期	字　形
態		殷　商	
		西　周	
		春　秋	
		楚　系	
		晉　系	
		齊　系	
		燕　系	
		秦　系	
		秦　朝	
		漢　朝	

〔註 107〕　《說文解字注》，頁 514。

〔註 108〕　《說文解字注》，頁 369，頁 506。

777、《說文》「憜」字云：「憜，不敬也。从心嶞省聲。《春秋傳》
曰：『執玉憜』。憜，憜或省自。嫷，古文。」〔註109〕

戰國文字作「憜」〈上博・中弓 18〉，辭例爲「毋自憜也」，从心从庙，「庙」
又見於〈包山 163〉的「庙」，字形从田从自左省聲，辭例爲「陸（隋）晨」，
可知「庙」即「墮（陸）」字，又「墮」字从土隋聲，「隋」字上古音屬「邪」
紐「歌」部，「左」字上古音屬「精」紐「歌」部，二者發聲部位相同，精邪旁
紐，疊韻，隋、左作爲聲符使用時可替代。《說文》篆文从心嶞省聲作「憜」，
或體从心作「憜」，古文从女作「嫷」，商承祚指出「惰」的字形釋爲「憜省」，
則「嫷」字應爲「女」部「嫷省」，非爲「憜」字古文〔註110〕，其說可從。「憜」、
「嫷」二字上古音皆屬「定」紐「歌」部，雙聲疊韻，二者可通假，疑「嫷」
本爲女部「嫷省」之字，爲「嫷」的重文，因文字通假之故，誤將之列於「憜」
字下。

字 例	重 文	時 期	字 形
憜	憜，嫷	殷 商	
		西 周	
		春 秋	
		楚 系	憜〈上博・中弓 18〉
		晉 系	
		齊 系	
		燕 系	
		秦 系	
		秦 朝	
		漢 朝	

778、《說文》「惎」字云：「惎，距善自用之意也。从心喈聲。〈商
書〉曰：『今女惎惎』。聲，古文从耳。」〔註111〕

篆文作「惎」，从心喈聲；古文作「聲」，从耳喈聲。段玉裁〈注〉云：「蓋

〔註109〕《說文解字注》，頁 514。

〔註110〕《說文中之古文考》，頁 95。

〔註111〕《說文解字注》，頁 515。

壁中文如是，孔安國易从耳爲从心。」《說文》「心」字云：「人心，土臧也。」「耳」字云：「主聽者也」〔註 112〕，二者皆爲人體的器官，在意義上有相當的關係，作爲形符使用時理可替換。

字　例	重　文	時　期	字　形
懖 		殷　商	
		西　周	
		春　秋	
		楚　系	
		晉　系	
		齊　系	
		燕　系	
		秦　系	
		秦　朝	
		漢　朝	

779、《說文》「愆」字云：「，過也。从心衍聲。，或从寒省。，籀文。」〔註 113〕

兩周文字或从心侃聲作「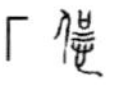」〈蔡侯紐鐘〉、「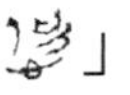」〈包山 85〉，或从言侃聲作「」〈侯馬盟書・委質類 185.7〉、「」〈侯馬盟書・委質類 203.10〉，據「言」部「詩」字等考證，心、言作爲形符使用時，習見偏旁替換的現象，《說文》籀文「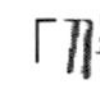」近於「」，惟書體與偏旁位置的經營不同。篆文从心衍聲作「」，或體从心寒省聲作「」。「衍」字上古音屬「余」紐「元」部，「寒」字上古音屬「匣」紐「元」部，「侃」字上古音屬「溪」紐「元」部，三者的韻部相同，疊韻，衍、寒、侃作爲聲符使用時可替代。

字　例	重　文	時　期	字　形
愆 	，	殷　商	
		西　周	
		春　秋	〈蔡侯紐鐘〉〈侯馬盟書・委質類 185.7〉

〔註 112〕《說文解字注》，頁 506，頁 597。

〔註 113〕《說文解字注》，頁 515。

		〈侯馬盟書・委質類 203.10〉
	楚　系	〈包山 85〉
	晉　系	
	齊　系	
	燕　系	
	秦　系	
	秦　朝	
	漢　朝	

780、《說文》「悁」字云：「悁，忿也。从心肙聲。一曰：『憂也』。㥵，籀文。」〔註114〕

篆文作「悁」，从心肙聲，與「悁」《秦代陶文》（447）近同；籀文作「㥵」，从心䏍聲。「䏍」字从肙得聲，肙、䏍作為聲符使用時可替代。戰國楚系文字作「」〈郭店・緇衣 10〉、「」〈郭店・尊德義 34〉、「」〈上博・孔子詩論 18〉、「」〈上博・曹沫之陳 17〉、「」〈清華・尹誥 2〉，辭例依序為「小民亦唯日悁（怨）」、「恭則民不悁（怨）」、「以抒其悁（怨）者也」、「不可以先作悁（怨）」、「作悁（怨）於民」，「肙」的上半部或為「」，或為「」，或為「」，陳邦懷指出「肙」字初文為「」、「」，正像蟲形，上半部的「」為頭，下半部的「」像「屈曲之身」〔註115〕，蔡哲茂進一步考證，「肙」字之「口」係由「」訛寫，所從之「肉」為身體的「」而來〔註116〕，其說為是，可知「肙」本應為「」，作「肙」者係於「」中增添一道短橫畫「－」，形體雖不同，實皆「悁」字異體。

字　例	重　文	時　期	字　　形
悁	㥵	殷　商	
悁		西　周	
		春　秋	

〔註114〕《說文解字注》，頁 515～516。

〔註115〕陳邦懷：《殷代社會史料徵存》，頁 19～20，天津，天津人民出版社，1959 年。

〔註116〕蔡哲茂、吳匡：〈釋肙（蜎）〉，《古文字學論文集》，頁 15～36，臺北，國立編譯館，1999 年。

	楚 系	〈郭店‧緇衣 10〉 〈郭店‧尊德義 34〉 〈上博‧孔子詩論 18〉 〈上博‧曹沫之陳 17〉 〈清華‧尹誥 2〉
	晉 系	
	齊 系	
	燕 系	
	秦 系	
	秦 朝	《秦代陶文》（447）
	漢 朝	

781、《說文》「怨」字云：「怨，恚也。从心夗聲。㤪，古文。」[註117]

篆文作「怨」，从心夗聲，與〈睡虎地‧為吏之道 25〉的「怨」相近；古文作「㤪」，从心从夗，「夗」近於戰國楚系文字「夗」〈上博‧緇衣 12〉，又據「宛」字考證，「夗」係省略「夕」，故馬叔倫指出古文應从心宛省聲[註118]，「夗」、「宛」二字上古音皆屬「影」紐「元」部，雙聲疊韻，夗、宛作為聲符使用時可替代。

字 例	重 文	時 期	字 形
怨 怨	㤪	殷 商	
		西 周	
		春 秋	
		楚 系	
		晉 系	
		齊 系	
		燕 系	
		秦 系	〈睡虎地‧為吏之道 25〉
		秦 朝	
		漢 朝	《馬王堆‧戰國縱橫家書 40》

〔註117〕 《說文解字注》，頁 516。

〔註118〕 《說文解字六書疏證》四，卷廿，頁 2696。

782、《說文》「怚」字云：「⿰忄旦，慚也。从心且聲。⿱旦心，怚或从心在旦下。《詩》曰：『信誓怚怚』。」〔註119〕

篆文「⿰忄旦」採取左右式結構，即左心右且，或體爲上下式結構，即上旦下心，寫作「⿱旦心」。古文字在偏旁位置的經營，往往左右或上下無別，只要能達到辨識的作用，並未明確、嚴格要求其偏旁的位置，如：「好」字作「⿰女子」《合》（154），或作「⿰子女」《合》（6948正），「張」字作「⿰弓長」〈二十年鄭令戈〉，或作「⿱長弓」〈廿年距末〉，「期」字作「⿱其月」〈沇兒鎛〉，或作「⿳其日月」〈蔡侯紐鐘〉等。

字　例	重　文	時　期	字　形
怚 ⿱旦心 ⿰忄旦	⿱旦心	殷　商	
		西　周	
		春　秋	
		楚　系	
		晉　系	
		齊　系	
		燕　系	
		秦　系	
		秦　朝	
		漢　朝	

783、《說文》「患」字云：「⿱串心，憂也。从心，上貫吅，吅亦聲。⿱串心，古文从關省；⿱串心，亦古文患。」〔註120〕

篆文作「⿱串心」，形體近於「⿱串心」〈郭店‧老子乙本7〉、「⿱串心」《馬王堆‧戰國縱橫家書8》，段玉裁於「从心，上貫吅，吅亦聲」下〈注〉云：「此八字乃淺人所改竄，古本當作从心毌聲四字，毌、貫古今字，古形橫直無一定，⋯⋯患字上从毌，或橫之作申，而又析爲二中之形，恐類於申也。」古文爲「⿱串心」，从心从⿱串，唐蘭指出「患」字从心串聲，「⿱串心」上半部的「⿱串」，應由「⿱串」字演變而來，「⿱串」即「貫」的初文，作「串」者爲其

〔註119〕《說文解字注》，頁517。

〔註120〕《說文解字注》，頁518～519。

省文〔註121〕，可知「串」、「﹗」皆為「貫」；另一古文作「閏」，從心關省聲，「關」字作「關」，「門」係省略「**」。「貫」、「關」二字上古音皆屬「見」紐「元」部，雙聲疊韻，貫、關作為聲符使用時可替代。

字　例	重　文	時　期		字　形
患　患	閏，患	殷　商		
		西　周		
		春　秋		
		楚　系		〈郭店・老子乙本7〉
		晉　系		
		齊　系		
		燕　系		
		秦　系		
		秦　朝		
		漢　朝		《馬王堆・戰國縱橫家書8》

784、《說文》「恐」字云：「恐，懼也。从心巩聲。恐，古文。」〔註122〕

篆文作「恐」，从心巩聲；古文作「恐」，从心工聲，形體近於「恐」〈九店621.13〉、「恐」〈中山王𧕙鼎〉。「巩」、「工」二字上古音皆屬「見」紐「東」部，雙聲疊韻，巩、工作為聲符使用時可替代。又〈睡虎地・為吏之道2〉為「恐」，《馬王堆・春秋事語16》作「恐」，亦从心巩聲，「巩」字於金文作「巩」〈毛公鼎〉，右側之「丮」，金文為「丮」〈沈子它簋蓋〉、「丮」〈班簋〉，將之與「恐」、「恐」、「恐」相較，無論寫作「丮」或「巩」，皆為「丮」之訛。

字　例	重　文	時　期		字　形
恐	恐	殷　商		
		西　周		

〔註121〕唐蘭：〈論周昭王時代的青銅器銘刻〉，《唐蘭先生金文論集》，頁290，北京，紫禁城出版社，1995年。

〔註122〕《說文解字注》，頁519。

	時期	字形
	春　秋	
	楚　系	〈九店 621.13〉
	晉　系	〈中山王 鼎〉
	齊　系	
	燕　系	
	秦　系	〈睡虎地・爲吏之道 2〉
	秦　朝	
	漢　朝	《馬王堆・春秋事語 16》

785、《說文》「惕」字云：「惕，敬也。从心易聲。，或从狄。」〔註123〕

　　兩周文字或从心易聲作「」〈侯馬盟書・宗盟類 16.3〉、「」〈趙孟庎壺〉、「」〈郭店・老子甲本 16〉、「」〈上博・從政甲篇 18〉，偏旁位置或採取左心右易，或上易下心的結構，「易」字爲「」〈大盂鼎〉、「」〈毛公鼎〉，較之於「」、「」，楚系文字所从之「易」係以割裂形體的方式書寫，遂寫作「」、「」，《說文》篆文「惕」源於此；或从心狄聲作「」〈睡虎地・爲吏之道 37〉，或體「」與之相近。「易」字上古音屬「余」紐「錫」部，「狄」字上古音屬「定」紐「錫」部，二者發聲部位相同，定余旁紐，疊韻，易、狄作爲聲符使用時可替代。

字　例	重　文	時　期	字　形
惕　惕		殷　商	
		西　周	
		春　秋	〈侯馬盟書・宗盟類 16.3〉　〈趙孟庎壺〉
		楚　系	〈郭店・老子甲本 16〉　〈上博・從政甲篇 18〉
		晉　系	
		齊　系	
		燕　系	
		秦　系	〈睡虎地・爲吏之道 37〉

〔註123〕《說文解字注》，頁 519。

		秦 朝	
		漢 朝	

786、《說文》「怖」字云：「𢛳，惶也。从心甫聲。𢜺，怖或从布聲。」
〔註124〕

「怖」字从心甫聲，或體「怖」从心布聲。「甫」、「布」二字上古音皆屬「幫」紐「魚」部，雙聲疊韻，甫、布作為聲符使用時可替代。

字 例	重 文	時 期	字 形
怖 𢛳	𢜺	殷 商	
		西 周	
		春 秋	
		楚 系	
		晉 系	
		齊 系	
		燕 系	
		秦 系	
		秦 朝	
		漢 朝	

787、《說文》「懣」字云：「𢜯，憝也。从心葡聲。𤵙，懣或从疒。」
〔註125〕

篆文从心作「𢜯」，或體从疒作「𤵙」。何謂「憝」？段玉裁〈注〉云：「《通俗文》『疲極曰憝』」，即極度的疲乏之意，又《說文》「疒」字云：「人有疾痛也」〔註126〕，或體以疒取代心，應是強調其極度的疲乏而有疾痛之感。

字 例	重 文	時 期	字 形
懣	𤵙	殷 商	
		西 周	

〔註124〕《說文解字注》，頁519。

〔註125〕《說文解字注》，頁519。

〔註126〕《說文解字注》，頁351。

𤔔		春　秋	
		楚　系	
		晉　系	
		齊　系	
		燕　系	
		秦　系	
		秦　朝	
		漢　朝